CARLEY FORTUNE es la autora de *Todos nuestros veranos*, un superventas internacional que escaló los puestos de la lista de libros más vendidos de *The New York Times*. Además, Carley es una periodista premiada que ha trabajado como editora en algunas de las publicaciones más importantes de Canadá, como *The Globe and Mail*, *Chatelaine*, *Toronto Life* o *Refinery29 Canada*. En su juventud vivió en Sídney y en Barry's Bay, un pueblo en los bosques de Ontario, pero actualmente reside en Toronto con su marido y sus dos hijos. *Todos nuestros veranos* es su primera novela, a la que siguen *Te veo en el lago* y *Esta vez será diferente*.

Papel certificado por el Forest Stewardship Council®

MIXTO
Papel | Apoyando la
silvicultura responsable
FSC® C117695
www.fsc.org

Penguin
Random House
Grupo Editorial

Título original: *Every Summer After*

Julio de 2025

© 2022, Carley Fortune
© 2023, 2025, Penguin Random House Grupo Editorial, S. A. U.
Travessera de Gràcia, 47-49. 08021 Barcelona
© 2023, María del Mar López Gil, por la traducción
Publicado mediante acuerdo con la autora,
representada por Baror International Inc., Armonk, Nueva York, Estados Unidos
Diseño de la cubierta: Adaptación de la cubierta original
de Vi-An Nguyen y Elizabeth Lennie / Penguin Random House Grupo Editorial

Printed in Spain – Impreso en España

ISBN: 978-84-9070-987-0
Depósito legal: B-8.850-2025

Compuesto en El Taller del Llibre, S. L.
Impreso en Black Print CPI Ibérica
Sant Andreu de la Barca (Barcelona)

BB 0 9 8 7 0

Todos nuestros veranos

CARLEY FORTUNE

Traducción de María del Mar López Gil

A mis padres, por llevarnos al lago
Y a Bob, por dejarme volver

1

En la actualidad

El cuarto cóctel me había parecido una buena idea. Igual que el flequillo, ahora que lo pienso. Pero mientras forcejeo con la cerradura de la puerta de mi apartamento, doy por hecho que por la mañana me arrepentiré de haberme tomado el último spritz. Quizá también del flequillo. Cuando me senté para que June me cortara el pelo hoy, comentó que los flequillos posruptura casi siempre son una pésima decisión. Pero no era June la que iba a acudir, otra vez soltera, a la fiesta de compromiso de su amiga aquella noche. El flequillo estaba más que justificado.

No es que siga enamorada de mi ex, no; nunca lo he estado. Sebastian es un poco esnob. Es un abogado de empresa prometedor, y no habría aguantado ni una hora en la fiesta de Chantal sin burlarse de la elección de la bebida o hacer referencia a que algún artículo pretencioso que había leído en *The New York Times* anunciaba que el Aperol spritz estaba pasado de moda. Se hacía el interesante examinando la carta de vinos, importunaba al barman con preguntas sobre el *terroir* y la acidez y, fueran cuales fueran las respuestas, se decidía por una copa del tinto más caro. No es que tenga un gusto excepcional o que sepa mucho de vinos, simplemente compra de los caros para dar la impresión de que es un entendido.

Sebastian y yo estuvimos juntos siete meses, lo que otorgó a nuestra relación el mérito de ser la más larga que he tenido hasta la fecha. Al final, dijo que en realidad no me conocía. Y tenía razón.

Antes de él, escogía mis ligues para pasármelo bien y a ninguno le importaba que la cosa nunca fuera en serio. Para la época en que conocí a Sebastian, empezaba a creer que ser una mujer adulta significaba que debía encontrar a alguien con quien mantener una relación adulta. Sebastian cumplía todos los requisitos. Era atractivo, culto, tenía éxito y, a pesar de ser un poco pedante, era capaz de hablar con cualquiera prácticamente de cualquier cosa. Sin embargo, aún me costaba abrirme en muchos sentidos. Hacía tiempo que había aprendido a reprimir mi tendencia a soltar lo primero que se me pasaba por la cabeza, sin filtros. Pensé que estaba dándole una oportunidad de verdad a nuestra relación, pero al final Sebastian se dio cuenta de mi indiferencia, y tenía razón. Él no me importaba. Ninguno de ellos me importó.

Solo existía una persona.

Y esa persona hace mucho tiempo que no está.

Así que disfruto de los hombres, de pasar el rato con ellos y de la válvula de escape que me proporciona el sexo. Me gusta hacerles reír, me gusta tener compañía y dejar descansar a mi vibrador de vez en cuando, pero no me ato a nadie ni profundizo demasiado.

Mientras sigo forcejeando con la llave (en serio, ¿le pasa algo a la cerradura?), mi teléfono vibra en el bolso. Es raro. Nadie me llama tan tarde; de hecho, nadie me llama nunca, salvo Chantal y mis padres. Pero Chantal aún está en su fiesta y mis padres, de viaje en Praga, no se habrán despertado todavía. El zumbido se detiene justo cuando consigo abrir la puerta y entrar a trompicones en mi apartamento de un dormitorio. Al mirarme en el espejo de la entrada veo que se me ha borrado casi todo el lápiz de labios, pero mi flequillo está espectacular. «Chúpate esa, June».

Cuando empiezo a desatarme las sandalias doradas de tiras, con una mata oscura de pelo cayéndome sobre la cara, el móvil vuelve a sonar. Lo saco del bolso y, con un pie descalzo, avanzo hacia el sofá con el ceño fruncido ante el «Número desconocido» que aparece en la pantalla. Seguramente se habrán equivocado.

—¿Diga? —respondo mientras me agacho para quitarme la otra sandalia.

—¿Percy?

Me incorporo tan deprisa que tengo que agarrarme al brazo del sofá para mantener el equilibrio. Percy. Ya nadie me llama por ese nombre. Últimamente casi todo el mundo me conoce como Persephone. A veces soy P. Nunca Percy. Llevo años sin ser Percy.

—¿Hola? ¿Percy?

La voz es grave y suave. No la he oído desde hace más de una década, pero es tan familiar que de pronto tengo trece años y estoy embadurnada de crema solar factor cincuenta, leyendo libros de bolsillo en el embarcadero. Tengo dieciséis y estoy quitándome la ropa para zambullirme en el lago, desnuda y pegajosa después de mi turno trabajando en La Taberna. Tengo diecisiete y estoy tumbada en la cama de Sam con el bañador húmedo, observando cómo desliza sus dedos largos por el libro de anatomía que está estudiando junto a mis pies.

Noto que un súbito torrente de sangre caliente me invade la cara y el fuerte latido de mi corazón resuena en mis tímpanos. Respiro entrecortadamente y, con un nudo en el estómago, me siento.

—Sí —consigo decir, y él deja escapar un largo suspiro de alivio.

—Soy Charlie.

Charlie.

No Sam.

Charlie. El hermano equivocado.

—Charles Florek —puntualiza, y empieza a explicarme cómo localizó mi número: algo sobre un amigo de un amigo y un contacto en la revista donde trabajo, pero apenas le escucho.

—¿Charlie? —interrumpo en un tono de voz agudo y tenso, con una parte de spritz y dos de conmoción. O a lo mejor es todo decepción. Porque esta voz no es la de Sam.

Por supuesto que no lo es.

—Ya, ya. Ha pasado mucho tiempo. Dios, ni siquiera sé cuánto —dice. Suena como una disculpa.

Pero yo sí. Sé exactamente cuánto tiempo. Llevo la cuenta.

Han pasado doce años desde la última vez que vi a Charlie. Doce años desde aquel desastroso fin de semana de Acción de Gracias, cuando todo se echó a perder entre Sam y yo. Cuando yo lo eché todo a perder.

Solía contar los días que faltaban para poner rumbo a la cabaña con mi familia para volver a ver a Sam. Hoy en día, él es un recuerdo doloroso que guardo entre mis costillas.

También sé que llevo más años sin Sam de los que pasé con él. El día de Acción de Gracias en el que se cumplieron siete años desde la última vez que nos vimos, sufrí un ataque de pánico, el primero desde hacía siglos, y luego me bebí una botella y media de rosado. Me parecía increíble: oficialmente, había pasado sin él más años de los que habíamos compartido en el lago. Lloré desconsolada sobre los azulejos del baño hasta perder el sentido. Chantal vino a verme al día siguiente con comida basura, me sujetó el pelo mientras yo vomitaba y las lágrimas corrían a raudales por mi cara, y se lo conté todo.

—Ha pasado una eternidad —le digo a Charlie.

—Lo sé. Y siento llamarte a estas horas —responde.

Su voz es tan parecida a la de Sam que duele, como si tuviera una bola de masa alojada en mi garganta. Recuerdo cuando teníamos catorce años y me resultaba prácticamente imposible distinguir su voz de la de Charlie por teléfono. También recuerdo haberme fijado en otras cosas de Sam aquel verano.

—Oye, Pers, te llamo para contarte algo —dice, utilizando el apodo por el que solía llamarme, pero en un tono mucho más serio que el del Charlie de entonces. Le oigo inhalar—. Mi madre falleció hace unos días, y yo…, bueno, pensé que querrías saberlo.

Sus palabras me golpean como un tsunami, y a duras penas las asimilo del todo. ¿Sue ha muerto? «Sue era joven».

Lo único que logro articular es un estridente:

—¿Qué?

—De cáncer. Ha luchado contra él un par de años. Estamos devastados, como es lógico, pero estaba harta de estar enferma, ¿sabes?

No es la primera vez que me da la impresión de que alguien robó el guion de mi vida y lo reescribió todo mal. Parece imposible que Sue estuviera enferma. Sue, con su gran sonrisa, sus vaqueros cortados y su coleta rubio platino. Sue, que hacía los mejores *pierogi* del universo. Sue, que me trababa como a una hija. Sue, la persona que soñé que tendría como suegra algún día. Sue, que estuvo enferma años sin yo saberlo. Debería haberlo sabido. Debería haber estado allí.

—Lo siento muchísimo —empiezo a decir—. No… No sé qué decir. Tu madre era… Era… —Noto el pánico en mi voz.

«Mantén la compostura —digo para mis adentros—. Perdiste el derecho a tener a Sue en tu vida hace mucho tiempo. No tienes permiso para venirte abajo ahora mismo».

Pienso en cómo Sue crio a dos niños sola mientras dirigía La Taberna, y también recuerdo el momento en que la conocí, cuando se presentó en la cabaña para asegurarles a mis padres, mucho mayores que ella, que Sam era un buen chico y que ella nos echaría un ojo. Recuerdo cuando me enseñó a sostener tres platos a la vez, y aquella ocasión en la que me aconsejó que no le pasara ni una a ningún chico, incluidos sus dos hijos.

—Ella era… todo —digo—. Era una madre maravillosa.

—Sí. Y sé lo mucho que significó para ti cuando éramos niños. Te llamo por eso más que nada —añade Charlie. Noto que vacila—. El funeral es el domingo. Sé que ha pasado mucho tiempo, pero me gustaría que asistieras. ¿Vendrás?

«¿Mucho tiempo?». Han pasado doce años. Doce años desde mi último viaje en coche al norte, al lugar que he considerado mi hogar más que ningún otro hasta la fecha. Doce años desde que me zambullí de cabeza en el lago. Doce años desde que mi vida empezó a ir a la deriva. Doce años desde la última vez que vi a Sam.

Pero solo hay una respuesta posible.

—Por supuesto que sí.

2

Verano, diecisiete años antes

Cuando compraron la cabaña, no creo que mis padres supieran que en la casa de al lado vivían dos chicos adolescentes. Mis padres querían que me evadiera de la ciudad, que me alejara un tiempo de la gente de mi edad, y es probable que los dos Florek, que campaban a sus anchas durante gran parte de las tardes y noches sin supervisión alguna, les sorprendieran a ellos tanto como a mí.

Algunos de mis compañeros de clase tenían casas de veraneo, pero todas estaban en Muskoka, al norte de la ciudad y a escasa distancia en coche, donde la palabra «cabaña» no parecía del todo apropiada para describir las mansiones que flanqueaban las orillas rocosas de la zona. Mi padre se negó rotundamente a buscar en Muskoka. Según él, lo mismo daba comprar una cabaña allí que quedarnos a pasar el verano en Toronto; estaba demasiado cerca de la ciudad y demasiado llena de torontonianos. Así pues, mi madre y él centraron su búsqueda en pueblos situados más al noreste, que mi padre encontró demasiado urbanizados o demasiado caros, y luego ampliaron el radio hasta que, finalmente, se decidieron por Barry's Bay, una tranquila localidad de clase trabajadora que se transformaba en un bullicioso destino turístico en verano, cuando las aceras eran un hervidero de veraneantes y viajeros europeos de camino a sus campamentos o a practicar senderismo en el Parque Provincial de

Algolquin. «Te encantará, cariño —me prometió—. Es la auténtica región de las cabañas».

Aunque acabaría por contar días que faltaban para ese trayecto de cuatro horas desde nuestra céntrica casa estilo Tudor de Toronto hasta el lago, ese primer viaje se me hizo eterno. Civilizaciones enteras podrían haber nacido y caído en lo que tardamos en llegar al cartel de «Bienvenidos a Barry's Bay», mi padre y yo en el camión de mudanzas y mi madre detrás en el Lexus. A diferencia del coche de mi madre, el camión no tenía equipo de música decente ni aire acondicionado, y no tuve más remedio que escuchar el monótono runrún de la CBC Radio, con los muslos pegados al asiento sintético y el flequillo aplastado contra mi frente pegajosa.

Casi todas las chicas de mi clase de séptimo grado se habían cortado el flequillo cuando lo hizo Delilah Mason, aunque a las demás no nos sentaba tan bien como a ella. Delilah era la chica más popular de todo nuestro curso y yo me consideraba afortunada de ser una de sus mejores amigas. O por lo menos así había sido hasta el incidente de la fiesta de pijamas. Su flequillo formaba una pulcra cortina pelirroja sobre su frente, mientras que el mío, que desafiaba tanto a la gravedad como a los productos para el pelo, se me quedaba a la vez ondulado y despeinado, lo cual me hacía parecer precisamente la adolescente torpe de trece años que era en vez de la misteriosa morena de ojos oscuros que anhelaba ser. Mi pelo no era ni liso ni rizado, y parecía cambiar de personalidad en función de factores impredecibles como el día de la semana, el tiempo que hiciera o la manera en que había dormido la noche anterior. Mientras yo hacía todo lo posible por gustar a la gente, mi pelo se negaba a acatar órdenes de nadie.

Bare Rock Lane, una estrecha carretera de tierra que serpenteaba en la zona boscosa de la orilla occidental del lago Kamaniskeg, hacía honor a su nombre. El camino por el que mi padre conducía se hallaba tan invadido de vegetación que las ramas arañaban los lados de la camioneta.

—¿Hueles eso, cariño? —me preguntó mi padre al bajar la ventanilla mientras avanzábamos dando tumbos en el camión. Ambos aspiramos hondo, y el aroma terroso y terapéutico de las pinazas entre la hojarasca impregnó mi nariz.

Paramos frente a la puerta trasera de una modesta cabaña con tejado a dos aguas que quedaba empequeñecida por los pinos blancos y rojos que crecían a su alrededor. Mi padre apagó el motor, se volvió hacia mí con una sonrisa bajo su bigote canoso y la mirada risueña tras sus gafas de montura oscura, y dijo:

—Bienvenida al lago, Persephone.

La cabaña despedía un increíble olor a humo de leña. Y nunca dejó de oler así por muchos años que mi madre pasara encendiendo sus caras velas Diptyque. Cada vez que regresábamos, yo me quedaba en la entrada, aspirándolo, igual que aquel primer día. La planta principal era un pequeño espacio abierto, revestido del suelo al techo con láminas de madera nudosa clara. Los enormes ventanales gozaban de unas vistas al lago casi insultantes.

—Guau —susurré al ver una escalera que descendía desde el porche por una empinada pendiente.

—No está mal, ¿eh?

Mi padre me dio una palmadita en el hombro.

—Voy a echar un vistazo al agua —dije, y salí como una flecha por la puerta lateral, que se cerró de un portazo.

Bajé corriendo decenas de escalones hasta llegar al embarcadero. Hacía una tarde húmeda; un manto de densos nubarrones cubría hasta el último centímetro del cielo, reflejándose en la quietud del agua argéntea. Apenas divisaba las cabañas que salpicaban la otra orilla. Me pregunté si sería capaz de cruzar a nado. Me senté en el borde del embarcadero y empecé a balancear las piernas en el agua, asombrada ante el silencio que se respiraba, hasta que mi madre me llamó para que los ayudara a desembalar las cajas.

Para cuando terminamos de descargar el camión, estábamos cansados y de mal humor de tanto mover cajas y ahuyentar a los mosquitos. Dejé a mis padres organizando la cocina y me dirigí a la planta de arriba. Había dos dormitorios; mis padres me cedieron el que miraba al lago, alegando que, como yo pasaba más tiempo en mi habitación, aprovecharía mejor las vistas. Saqué mi ropa de la maleta, hice la cama y puse una manta doblada de Hudson's Bay en los pies. Según mi padre, no necesitábamos mantas de lana tan gruesas en verano, pero mi madre insistió en traer una para cada cama.

—Es típico de Canadá —puntualizó en un tono que pretendía resaltar lo obvio.

Levanté una precaria torre de libros encima de la mesilla de noche y pegué con chinchetas un póster de *La mujer y el monstruo* sobre la cama. Me fascinaba el terror. Veía un montón de películas de miedo (hacía tiempo que mis padres habían renunciado a prohibírmelas) y devoraba libros clásicos de R. L. Stine y Christopher Pike, además de las últimas series sobre chicos guapísimos que se convertían en hombres lobo con la luna llena y chicas guapísimas que cazaban fantasmas después de los ensayos de las animadoras. En la época en la que aún tenía amigas, me llevaba los libros al colegio y leía las partes jugosas (cualquier cosa cruenta o remotamente sensual) en voz alta. Al principio, lo que me gustaba era provocar una reacción en las chicas y ser el centro de atención con la seguridad de que el entretenimiento fueran las palabras de otro. Pero cuantas más novelas de terror leía, más empezó a apasionarme la narrativa de la trama, la manera en la que los autores hacían creíbles situaciones inverosímiles. Me gustaba que cada libro fuera predecible y al mismo tiempo único, reconfortante e inesperado. Fiable, pero nunca aburrido.

—¿Cenamos pizza?

Mi madre se quedó en la puerta de mi habitación mirando el póster sin decir nada.

—¿Hay pizza aquí?

Barry's Bay no parecía lo bastante grande como para tener comida a domicilio. Y como resultó no serlo, fuimos en coche a recogerla a Pizza-Pizza, un sitio que solo tenía comida para llevar y que estaba en un rincón de una de las dos tiendas de ultramarinos del pueblo.

—¿Cuánta gente vive aquí? —pregunté a mi madre.

Eran las siete de la tarde, y daba la impresión de que la mayoría de los comercios de la calle principal estaban cerrados.

—Unas mil doscientas personas, aunque supongo que en verano se triplicará esa cifra con todos los veraneantes de las cabañas —respondió. El pueblo estaba bastante desierto, salvo por el abarrotado patio de un restaurante—. La Taberna debe de ser el sitio en el que la gente pasa la noche del sábado —comentó, reduciendo la velocidad al pasar por delante.

—Da la impresión de que es el único sitio donde pasarla —señalé.

Cuando volvimos, mi padre había instalado el pequeño televisor. No había televisión por cable, pero habíamos traído nuestra colección familiar de DVD.

—Estaba pensando en *Dos cuñados desenfrenados* —propuso mi padre—. Parece apropiada, ¿no crees, cariño?

—Mmm... —Me puse en cuclillas para examinar el contenido del aparador—. *El proyecto de la bruja de Blair* tampoco estaría mal.

—Yo no veo eso —se negó mi madre, mientras colocaba los platos y las servilletas junto a las cajas de pizza sobre la mesa de centro.

—Pues listo, *Dos cuñados desenfrenados* —dijo mi padre, y la metió en el reproductor—. John Candy, un clásico. ¿Acaso hay algo mejor?

El viento que se había levantado fuera movía las ramas de los pinos, y ahora las olas surcaban la superficie del lago. La brisa que entraba por las ventanas olía a lluvia.

—Vale —acepté, y le di un bocado a mi trozo de pizza—. La verdad es que esto está genial.

Un rayo atravesó en zigzag el cielo, iluminando los pinos, el lago y las colinas de la lejana orilla, como si alguien hubiera hecho una foto con flash con una cámara gigante. Contemplé la tormenta, embelesada, desde la ventana de mi dormitorio. La vista era mucho más amplia que el trocito de cielo que divisaba desde mi habitación en Toronto; el trueno, sonó tan fuerte que parecía estar justo encima de la cabaña, como si lo hubieran encargado expresamente para nuestra primera noche. Finalmente, el estruendo ensordecedor se fue apagando hasta convertirse en un retumbo lejano y volví a meterme en la cama, a escuchar el golpeteo de la lluvia que caía a mares contra las ventanas.

Mis padres ya estaban abajo cuando me desperté a la mañana siguiente, confundida durante unos instantes por el sol radiante que se filtraba a través de las ventanas y las motas de luz que se reflejaban en el techo. Estaban sentados, con sus respectivos cafés y su material de lectura en las manos: mi padre, en el sillón con un ejemplar de *The Economist*, rascándose la barba con aire absorto, y mi madre en un taburete en la barra de la cocina, hojeando una gruesa revista de decoración, con sus enormes gafas de montura roja sobre la punta de la nariz.

—¿Oíste la tronada de anoche, cariño? —me preguntó mi padre.

—Como para no oírla —respondí, al tiempo que cogía una caja de cereales de uno de los armarios, todavía casi vacíos—. Creo que no he dormido mucho.

Después de desayunar, llené una bolsa de lona de provisiones (una novela, un par de revistas, cacao y un tubo de protector solar factor cincuenta) y me dirigí al lago. Aunque había llovido la noche anterior, el sol de la mañana había secado casi por completo el embarcadero.

Extendí mi toalla, me embadurné de crema toda la cara y a continuación me tendí bocabajo, con la cabeza apoyada en las manos. Hacia un lado, el embarcadero más cercano estaba a unos ciento cincuenta metros, pero en la dirección contraria se hallaba uno relativamente próximo. Había una barca amarrada y una balsa flotando cerca de la orilla. Saqué mi libro y retomé la lectura donde la había dejado la noche anterior.

Debí de quedarme dormida, porque me desperté de pronto, sobresaltada al oír un fuerte chapoteo y las voces y risas de dos chicos.

—¡Voy a por ti! —gritó uno.

—¡Ni lo sueñes! —se mofó una voz más grave.

¡Zas!

Dos cabezas se balanceaban en el agua junto al embarcadero del vecino. Aún tumbada bocabajo, observé cómo los chicos se encaramaban a la balsa y se turnaban para zambullirse en el lago a bomba, de cabeza y dando volteretas en el aire. Aunque estábamos a principios de julio, ambos ya estaban bronceados. Supuse que eran hermanos y que el menor, el flaco, era más o menos de mi edad. El mayor le sacaba una cabeza, y entre las sombras se dibujaban los contornos de los músculos de sus brazos fibrosos y su torso. Cuando agarró a su hermano y lo tiró al agua, me incorporé riéndome. Hasta entonces no habían reparado en mi presencia, pero en ese momento el mayor miró fijamente en mi dirección esbozando una amplia sonrisa. El menor trepó a la balsa y se puso a su lado.

—¡Hola! —gritó el mayor, agitando la mano.

—¡Hola! —respondí a voces.

—¿Eres la nueva vecina? —vociferó.

—¡Sí! —me desgañité yo en respuesta.

El menor se quedó mirando hasta que el mayor le dio un manotazo en el hombro.

—Por Dios, Sam, saluda.

Sam levantó la mano y continuó mirándome hasta que el mayor volvió a tirarlo al lago de un empujón.

Los Florek tardaron ocho horas en encontrarme. Estaba sentada en el porche con mi libro después de lavar los platos de la cena cuando oí que llamaban a la puerta trasera. Me asomé, pero como no veía con quién hablaba mi madre, señalé la página con el marcapáginas y me levanté de la silla plegable.

—Hoy hemos visto a una chica en su embarcadero y queríamos saludarla. —Era una voz de adolescente, pero bastante grave—. Mi hermano no tiene a nadie de su edad con quien jugar por aquí.

—¿Jugar? No soy un bebé —repuso el otro chico, con la voz quebrada por la irritación.

Mi madre giró la cabeza hacia mí, entrecerrando los ojos con recelo.

—Persephone, tienes visita —dijo, dejando claro que no le hacía mucha gracia esa circunstancia.

Salí al porche, cerré la puerta mosquitera y levanté la mirada hacia los chicos de pelo castaño claro que había visto nadando por la mañana. Saltaba a la vista que estaban emparentados (ambos eran larguiruchos y de tez morena), pero sus diferencias eran igual de evidentes. El mayor sonreía de oreja a oreja, iba limpio como los chorros del oro y estaba claro que tenía maña con la gomina, mientras que el menor tenía la vista clavada en el suelo y una maraña de pelo ondulado que le caía caprichosamente sobre los ojos. Llevaba puestos unos holgados pantalones cortos con bolsillos laterales y una camiseta de Weezer descolorida que le quedaba como mínimo una talla demasiado grande. El mayor vestía unos vaqueros, un ajustado suéter de cuello a la caja blanco y unas Converse negras con las punteras de goma de un blanco impecable.

—Hola, Persephone, soy Charlie —se presentó el mayor, con dos hoyuelos bien marcados y unos ojos verde manzana que danzaban sobre mi cara. Era mono. Mono en plan «integrante de grupo de música masculino»—. Y este es mi hermano, Sam.

Le puso la mano en el hombro al más joven. Este me dedicó una media sonrisa de compromiso, todavía ocultándose bajo su mata de pelo, y acto seguido bajó la vista de nuevo. Era alto para su edad, pero toda esa altura le hacía desgarbado, con unos brazos y piernas como ramitas nudosas, y los codos y las rodillas puntiagudos como rocas dentadas. Sus pies parecían barcas.

—Eh…, hola —farfullé, dirigiendo la mirada del uno al otro—. Me ha parecido veros en el lago hoy.

—Sí, éramos nosotros —respondió Charlie, mientras Sam le daba con el pie a unas agujas de pino—. Vivimos al lado.

—Pero ¿siempre? —pregunté, aireando el primer pensamiento que me vino a la cabeza.

—Todo el año —confirmó.

—Nosotros somos de Toronto, así que esto —dije, haciendo un gesto hacia la vegetación circundante— es bastante nuevo para mí. Tenéis suerte de vivir aquí.

Sam resopló, pero Charlie, ignorándole, continuó:

—Bueno, Sam y yo haremos de guías con mucho gusto, ¿verdad, Sam? —preguntó a su hermano y, sin esperar su respuesta, añadió sin dejar de sonreír—: Y puedes utilizar nuestra balsa cuando quieras. No nos importa. —Se expresaba con la seguridad de un adulto.

—Genial. Lo haré, gracias. —Le correspondí con una tímida sonrisa.

—Oye, tengo que pedirte un favor —dijo Charlie en tono cómplice. Sam gruñó bajo su mata de pelo castaño cobrizo—. Unos amigos míos van a pasarse por mi casa esta noche, y pensaba que Sam podía pasar el rato contigo aquí mientras tanto. No tiene mucha vida social, y aparentas más o menos su edad —explicó, y me miró de arriba abajo.

—Tengo trece años —dije.

Miré fugazmente a Sam para ver qué opinaba acerca de la propuesta, pero él seguía con los ojos clavados en el suelo. O a lo mejor en sus pies tamaño submarino.

—Perrrfecto —ronroneó Charlie—. Sam también tiene trece. Yo tengo quince —puntualizó con orgullo.

—Enhorabuena —masculló Sam.

Charlie continuó:

—Bueno, Persephone…

—Percy —corregí en el acto. Charlie me miró extrañado. A mí me dio la risa nerviosa, hice girar la pulsera de la amistad que llevaba en mi muñeca y expliqué—: Es Percy. Persephone es… demasiado nombre. Y un pelín pretencioso.

En ese momento, Sam se enderezó, me miró y arrugó el gesto fugazmente. Tenía una cara bastante corriente, sin rasgos especialmente destacables, salvo por sus ojos, de un impresionante tono azul cielo.

—Pues Percy —convino Charlie, pero yo seguía pendiente de Sam, que me observaba con la cabeza inclinada. Charlie carraspeó—. Bueno, como te iba diciendo, me harías un gran favor si entretuvieras a mi hermanito esta noche.

—Por Dios —masculló Sam.

—¿Entretener? —pregunté justo al mismo tiempo.

Nos miramos el uno al otro sin dar crédito. Cambié el peso de un pie a otro, sin estar segura de qué decir. Habían pasado meses desde que había ofendido a Delilah Mason hasta el punto de quedarme sin amigas, meses sin juntarme con nadie de mi edad, pero lo último que quería era que Sam se viera obligado a pasar el rato conmigo. Antes de que pudiera explicarlo, él intervino.

—No tienes que hacerlo si no te apetece —dijo en tono comprensivo—. Solo quiere deshacerse de mí porque nuestra madre no está en casa. —Charlie le dio un empellón en el pecho.

La verdad es que tenía más ganas de tener un amigo que de domar mi flequillo. Si Sam estaba dispuesto, a mí me venía bien tener compañía.

—No me importa —le aseguré, y añadí con falsa confianza—: A ver, es una tremenda carga, así que para compensarme puedes enseñarme a hacer uno de esos saltos mortales desde la balsa.

Me dedicó una sonrisa torcida. Fue una sonrisa discreta, pero una gran sonrisa, con sus ojos centelleando como cristales marinos en contraste con su piel bronceada.

«Eso lo he provocado yo», pensé, al tiempo que me daba un subidón de adrenalina. Quería volver a hacerlo.

3

En la actualidad

Mi yo adolescente no se lo creería, pero no tengo coche. En aquel entonces estaba decidida a tener mi propio vehículo para poder poner rumbo al norte cada fin de semana que me fuera posible. Pero últimamente, mi vida se restringe a una zona frondosa del extremo occidental de Toronto, donde vivo, y al centro neurálgico de la ciudad, donde trabajo. Puedo ir a la oficina, al gimnasio y al piso de mis padres caminando o en transporte público.

Tengo amigos que ni siquiera se han molestado en sacarse el carnet de conducir; son de los que alardean de no ir nunca más allá de Bloor Street. Todo su mundo se restringe a una pequeña y estilosa burbuja urbana, y se enorgullecen de ello. El mío es igual, pero a veces me resulta asfixiante.

La verdad es que no me he sentido realmente como en casa en la ciudad desde que a los trece años me enamoré del lago, la cabaña y el campo. Por lo general, sin embargo, no me permito pensar en eso; no tengo tiempo. En el mundo que me he construido abunda el ceremonial del ajetreo urbano: largas jornadas en la oficina, clases de spinning y numerosos *brunches*. Me gusta vivir así. Tener la agenda saturada me resulta gratificante. Pero alguna que otra vez me sorprendo a mí misma fantaseando con abandonar la ciudad (encontrar un sitio pequeño a la orilla del agua para escribir, buscar un segundo trabajo en un restaurante para pagar las facturas), y noto que la piel me aprieta, como si mi vida no encajase en ella.

Esto sorprendería a casi todos mis conocidos. Soy una mujer de treinta años que lo tiene todo bajo control. Mi apartamento ocupa la última planta de una gran casa en Roncesvalles, un barrio polaco donde aún es posible encontrar *pierogi* bastante decentes. Es impresionante, con vigas vistas y techos inclinados, y diminuto, claro, pero un piso de un dormitorio independiente en esta parte de la ciudad no sale barato y mi salario en la revista *Shelter* es... modesto. Vale, es una mierda. Pero eso es lo normal cuando trabajas en prensa, y puede que mi sueldo sea escaso, pero tengo un gran trabajo.

En los cuatro años que llevo en *Shelter* he ascendido de modesta asistente editorial a editora sénior. Eso me sitúa en una posición de poder en la que asigno artículos y superviso las sesiones fotográficas de la revista de decoración más importante del país. Gracias en gran parte a mi esfuerzo, hemos logrado un gran número de fieles seguidores en las redes sociales y un multitudinario público online. Es un trabajo que me encanta y que se me da bien. En el fiestón del cuarenta aniversario de *Shelter*, la directora, Brenda, reconoció mi mérito por llevar la publicación a la era digital. Fue un hito en mi carrera.

Ser editora es el tipo de profesión que la gente piensa que es glamurosa. Parece un trabajo muy dinámico y llamativo, aunque, la verdad sea dicha, en su mayor parte conlleva pasar el día entero sentada en un cubículo buscando sinónimos de «minimalista» en Google. Pero también asisto a lanzamientos de productos y almuerzo con diseñadores emergentes. Es el tipo de trabajo ante el que peces gordos de la abogacía de empresa y banqueros trepas deslizan el dedo a la derecha, lo cual me ha servido para encontrar a gente que me acompañe en el circuito de saraos. Y tiene sus ventajas, como viajes de prensa, barras libres de champán y una cantidad obscena de cosas gratuitas. También me proporciona una retahíla interminable de cotilleos para compartir con Chantal, nuestra manera favorita de pasar un jueves por la noche. (Y mi madre nunca se cansa de ver a Persephone Fraser en la cabecera de la revista).

La llamada de Charlie atraviesa como un hacha mi burbuja, y me entra tal ansia por poner rumbo al norte que, nada más colgar, reservo un coche de alquiler y una habitación de motel para mañana, aunque el funeral es dentro de unos días. Es como si me hubiera despertado de un coma de doce años, y noto un zumbido de anticipación y terror en mi cabeza.

Voy a ver a Sam.

Me siento a escribir un correo electrónico a mis padres para ponerles al corriente de lo de Sue. Como en estas vacaciones por Europa no están muy pendientes de los mensajes, no sé cuándo lo leerán. Tampoco sé si todavía seguían en contacto con Sue. Mi madre lo mantuvo durante unos cuantos años después de que Sam y yo «rompiéramos», pero cada vez que me mencionaba a cualquiera de los Florek, los ojos se me llenaban de lágrimas. Con el tiempo, dejó de ponerme al tanto de las novedades.

Escribo una nota escueta y, al terminar, meto algo de ropa en la maleta de Rimowa que no puedo permitirme, pero que me compré de todas formas. Hace rato que pasó la medianoche, por la mañana tengo una entrevista y luego un largo trayecto en coche, así que me pongo el pijama, me tumbo y cierro los ojos. Pero estoy demasiado nerviosa para conciliar el sueño.

Hay escenas que rememoro cuando me invade la nostalgia, cuando lo único que deseo hacer es acurrucarme en el pasado con Sam. Puedo reproducirlas en mi cabeza como si fuesen antiguos vídeos caseros. Solía visualizarlas a todas horas en la universidad, una rutina que me resultaba tan familiar a la hora de acostarme como la manta con bolas de Hudson's Bay que me llevé de la cabaña. Pero los recuerdos y el remordimiento que avivaban me producían la misma picazón que la lana de la manta, y me desvelaba imaginando dónde estaría Sam en ese preciso instante, preguntándome si cabía alguna posibilidad de que estuviera pensando en mí. A veces estaba segura de ello, como si entre nosotros existiese un hilo invisible e irrompible que cubriera distancias inmensas y nos mantuviera unidos. Otras veces me quedaba dormida en mitad de una película y luego me despertaba de madrugada con la sensación de que mis pulmones estaban a punto de explotar, y no me quedaba otra que superar el ataque de pánico a base de respirar hondo.

Con el tiempo, hacia finales de mi etapa universitaria, conseguí desterrar esas escenas nocturnas llenándome la cabeza de exámenes inminentes, fechas de entrega de artículos y solicitudes de prácticas, y los ataques de pánico empezaron a remitir.

Esta noche no tengo tanto autocontrol. Recreo nuestras primeras veces —nuestro primer encuentro, nuestro primer beso, la primera vez que Sam me dijo que me quería— hasta que la perspectiva de volver a verle comienza a hacer mella en mí y mis pensamientos dan paso a un batiburrillo de preguntas para las que no tengo respuestas. ¿Cómo reaccionará cuando me presente allí? ¿Cuánto habrá cambiado? ¿Estará soltero? ¿O, joder, estará casado?

Mi terapeuta, Jennifer (no Jen, bajo ningún concepto Jen: una vez cometí el error de llamarla así y la mujer me corrigió con aspereza) tiene citas como «La vida empieza después de un café» y «No soy raro, soy una edición limitada» enmarcadas en la pared (así que no tengo claro qué tipo de seriedad creerá que puede añadirle su nombre sin abreviar). El caso es que Jennifer tiene trucos para lidiar con este tipo de espiral de ansiedad, pero las respiraciones abdominales profundas y los mantras no tienen la más remota posibilidad de ayudarme esta noche. Empecé las sesiones con Jennifer hace unos años, poco después del día de Acción de Gracias que pasé vomitando rosado y desahogándome con Chantal. No quería acudir a un terapeuta; creía que ese ataque de pánico había sido un incidente puntual en mi intento (¡por lo demás, bastante logrado!) de apartar a Sam Florek de mi corazón y de mi mente, pero Chantal insistió. «Esta mierda está por encima de mi categoría salarial, P», sentenció con su característica contundencia.

Chantal y yo nos conocimos cuando éramos becarias en la revista donde ahora trabaja como editora de entretenimiento. Hicimos buenas migas realizando la peculiar tarea de verificar los datos de las reseñas de los restaurantes («Entonces, ¿el fletán está cubierto de piñones en polvo, no de crujiente de pistacho?») y gracias a la ridícula obsesión de la directora por el tenis. El momento que consolidó nuestra amistad fue durante una reunión de contenidos que la directora empezó literalmente con las palabras: «He estado pensando mucho en el tenis». A continuación se dirigió a Chantal, que era la única persona negra de toda la redacción, y dijo: «A ti se te debe dar fenomenal el tenis». Ella mantuvo el semblante totalmente sereno cuando respondió que no jugaba, al tiempo que yo soltaba: «¿Estás de broma?».

Chantal es mi mejor amiga, pero no es que tenga mucha competencia. Mi renuencia a hacer confidencias embarazosas o íntimas de mí misma a otras mujeres hace que recelen de mí. Por ejemplo: Chantal estaba al corriente de las temporadas que pasé de adolescente en la cabaña y de que me juntaba con los chicos de la cabaña de al lado, pero no tenía ni idea del alcance de mi relación con Sam, ni de su catastrófico desenlace, del que nadie salió bien parado. Creo que el hecho de que yo le ocultara una parte tan crucial de mi pasado fue más impactante que la historia de lo que sucedió.

«Entiendes lo que significa tener amigos, ¿no?», me preguntó cuando le conté la terrible verdad. Teniendo en cuenta que mis dos mejores amigos ya no me dirigen la palabra, probablemente debería haber respondido: «Creo que no».

Sin embargo, he sido una buena amiga para Chantal. Soy la persona a quien llama para echar pestes del trabajo o de su futura suegra, que está empeñada en que se alise el pelo para la boda. A Chantal le traen sin cuidado muchos detalles del evento, excepto montar un fiestón con barra libre y ponerse un vestido despampanante, cosa que está bien, pero dado que de alguna manera hay que sacar adelante la boda, me he convertido en la única organizadora por defecto y me dedico a crear tableros en Pinterest con ideas de decoración. Soy de fiar. Se me da bien escuchar. Soy la que sabe qué nuevo restaurante de moda tiene el chef más puntero. Preparo unos manhattans excelentes. ¡Soy divertida! Simple y llanamente, no quiero hablar de lo que me quita el sueño. No quiero confesar que estoy empezando a plantearme si ascender en mi trabajo me ha hecho feliz, que a veces anhelo escribir y que me falta valor, o que me siento muy sola de vez en cuando. Chantal es la única persona capaz de sonsacarme.

Por supuesto, mi resistencia a hablar de Sam con mi mejor amiga no tiene nada que ver con si pienso en él o no. Por supuesto que lo hago. Pero intento no hacerlo, y no suelo tener muchos tropiezos. No he tenido un ataque de pánico desde que empecé las sesiones con Jennifer. Me gusta pensar que he madurado a lo largo de los últimos diez años. Me gusta pensar que he pasado página. A pesar de todo, en ocasiones el reflejo del sol sobre el lago Ontario me recuerda a la cabaña, y vuelvo a estar en la balsa con él.

Las manos me tiemblan hasta tal punto mientras relleno los formularios en el mostrador de alquiler de vehículos que me sorprende que el empleado me entregue las llaves. Brenda se mostró comprensiva cuando la llamé por teléfono para pedirme el resto de la semana libre; le dije que había fallecido un familiar y, aunque en teoría era mentira, Sue era como de la familia. O al menos lo había sido.

Aunque tampoco tenía necesidad de dar explicaciones. Este año me he tomado solamente un día libre para pasar un fin de semana largo en un spa con Chantal por San Valentín; celebramos ese día juntas desde que ambas estamos sin pareja, y ningún novio o prometido pondrá fin a esa costumbre.

Por un momento barajo la idea de no decirle a Chantal dónde voy, pero acto seguido tengo visiones en las que sufro un accidente y nadie sabe por qué me encontraba en la autopista tan lejos de la ciudad. Así pues, le escribo rápidamente un mensaje desde el aparcamiento de alquiler de vehículos y añado unos cuantos signos de exclamación a modo de «estoy estupendamente» antes de enviarlo: Tu fiesta ha sido una pasada!!! (Demasiado! No debería haberme tomado el último spritz!). Me voy unos días de la ciudad a un funeral. La madre de Sam.

Su mensaje suena segundos después: Sam, Sam??? Estás bien?

La respuesta es no.

Estaré bien, respondo.

Nada más enviarlo, mi teléfono vibra con la llamada de Chantal, pero dejo que salte el buzón de voz. He dormido tan poco que estoy funcionando a base de pura adrenalina y dos chutes de café que me tomado en la entrevista de esta mañana con un engreído diseñador de papel de pared. No me apetece nada hablar.

En el tiempo que tardo en orientarme por las calles de la ciudad hasta la 401, me dan unos retortijones tan tremendos que necesito hacer una parada de emergencia en una cafetería Tim Hortons que hay junto a la autopista.

Vuelvo al coche pertrechada con una botella de agua y un muffin de cereales integrales con pasas; sigo temblorosa, pero a medida que conduzco en dirección norte me embarga una calma algo surrealista. Por fin, los riscos de granito del macizo canadiense emergen de la tierra, y los carteles que anuncian cebo vivo y los camiones de comida ambulantes surgen entre los arbustos del arcén. Llevo mucho tiempo sin circular por esta carretera y, sin embargo, todo me resulta muy familiar, como si estuviera regresando a otra etapa de mi vida.

La última vez que hice este viaje fue el fin de semana de Acción de Gracias. Entonces también iba sola, a toda velocidad en el Toyota de segunda mano que me había comprado con mis propinas. No hice ninguna parada en las cuatro horas de trayecto. Habían pasado tres meses agónicos desde la última vez que había visto a Sam, y estaba desesperada por que me estrechara entre sus brazos, por que me arropara con su cuerpo, por contarle la verdad.

¿Cómo iba a imaginarme que durante aquel fin de semana viviría tanto los momentos más maravillosos como los más terribles de mi vida, que las cosas se truncarían rápidamente y que jamás volvería a ver a Sam? Había cometido un error meses antes, pero ¿acaso podría haber evitado las consecuencias que lo destruyeron todo?

Me da un vuelco el estómago en cuanto diviso el extremo sur del lago, y empiezo a realizar respiraciones profundas (*inhala, uno, dos, tres, cuatro* y *exhala, uno, dos, tres cuatro*) durante el resto del trayecto hasta el Cedar Grove Motel, a las afueras del pueblo.

Es media tarde para cuando me registro. Le compro un ejemplar del periódico local al anciano del mostrador de recepción y muevo el coche para aparcar delante de la habitación 106. Está limpia y es anodina. Los únicos toques de color son una lámina impersonal de un ciervo en un bosque que cuelga sobre la cama y una colcha de poliéster deshilachada que probablemente fuera granate al principio de su larga vida.

Cuelgo el vestido de tubo negro que me he comprado para el funeral, me siento en el borde de la cama y empiezo a dar toquecitos con los dedos sobre los muslos mientras miro por la ventana. Apenas se divisan el extremo norte del lago, el muelle del pueblo y la playa. Siento una comezón; no concibo estar tan cerca del agua y no ir a la cabaña. Llevo en la maleta el bañador y una toalla, así que podría acercarme caminando a la playa, pero lo único que me apetece es zambullirme de cabeza desde el extremo de mi embarcadero. Solo hay un problema: ya no es mi embarcadero.

4

Verano, diecisiete años antes

Jamás había estado con un chico en mi habitación hasta aquella primera noche en la que Charlie dejó a Sam en la puerta de nuestra cabaña. En cuanto nos quedamos a solas, mi nerviosismo me impidió decir una palabra. Sam no parecía tener el mismo problema.

—Oye, ¿qué clase de nombre es Persephone? —preguntó, y se metió una tercera Oreo en la boca.

Estábamos sentados en el suelo, con la puerta abierta ante la insistencia de mi madre. A pesar de lo taciturno que se mostró cuando nos conocimos, era mucho más parlanchín de lo que me figuraba. En cuestión de minutos me enteré de que había vivido toda su vida en la casa de al lado, que también iba a empezar octavo grado en otoño y que le gustaba bastante Weezer, pero que en realidad la camiseta la había heredado de su hermano.

—Como casi toda mi ropa —explicó sin tapujos.

A mi madre no le había hecho mucha gracia que le preguntara si Sam podía quedarse a pasar un rato allí aquella noche. «No sé si es muy buena idea, Persephone», dijo delante de él, y acto seguido miró a mi padre para que se pronunciara. Creo que el motivo no era tanto el hecho de que Sam fuese un chico, sino que mi madre quería mantenerme alejada de otros adolescentes durante al menos dos meses, hasta que regresásemos a la ciudad. «Necesita un amigo, Diane», había contestado mi padre. Me sentí humillada. Ocultando la cara bajo mi pelo, cogí a Sam del brazo y tiré de él en dirección a las escaleras.

Mi madre tardó cinco minutos en subir a echar un vistazo. Llevaba un plato de Oreos en la mano, como si tuviéramos seis años. Me sorprendió que no trajera vasos de leche. Estábamos masticando ruidosamente las galletas, con las camisetas llenas de migajas oscuras, cuando Sam me preguntó por mi nombre.

—Es de la mitología griega —le dije—. Mis padres son unos frikis de cuidado. Persephone es la diosa del inframundo. La verdad es que no me pega.

Tras examinar el póster de *La mujer y el monstruo* y los libros de terror apilados sobre mi mesilla de noche, me clavó la mirada enarcando una ceja.

—No sé... ¿Diosa del inframundo? Yo creo que sí te pega. Me parece bastante guay... —La voz se le fue apagando y se puso serio—. Persephone, Persephone... —Pronunció mi nombre moviendo la boca como tratando de descubrir a qué sabía—. Me gusta.

—¿De qué es diminutivo Sam? —pregunté, con las manos y el cuello sudorosos—. ¿De Samuel?

—Qué va. —Sonrió con suficiencia.

—¿Samson? ¿Samsagaz?

Giró bruscamente la cabeza, sorprendido.

—*El señor de los anillos*, buena referencia. —Se le quebró la voz al decir «buena», y me dedicó una sonrisa torcida que me provocó otro vuelco al corazón—. No. Es Sam a secas. A mi madre le gustan los nombres que se pronuncian con una sílaba, como Sam y Charles. Según ella, tienen más fuerza si son cortos. Pero a veces, cuando está muy mosqueada, me llama Samuel. Dice que tiene más donde agarrarse.

El comentario me hizo reír y su mueca se transformó en una sonrisa en toda regla, con una comisura ligeramente más elevada que la otra. Su actitud era desenfadada y tranquila, como si no le importase complacer o no a los demás. Eso me gustaba. Justo como yo deseaba ser.

Me estaba ventilando una galleta cuando Sam habló de nuevo.

—Oye, ¿qué ha querido decir tu padre antes?

Me hice la sueca. En cierto modo, albergaba la esperanza de que no lo hubiera oído. Sam entrecerró los ojos y añadió en voz baja:

—Lo de que necesitas un amigo.

Hice una mueca de dolor y acto seguido tragué saliva, dudando sobre qué decir o hasta dónde contar.

—He tenido algunos «problemillas» —dije, dibujando unas comillas en el aire— con unas cuantas chicas en el instituto este año. Ya no les caigo bien.

Jugueteé con la pulserita que llevaba en la muñeca mientras Sam reflexionaba sobre esto. Cuando levanté la vista hacia él, tenía la mirada clavada en mí y el ceño fruncido, como si estuviera resolviendo un problema de matemáticas.

—El año pasado expulsaron a dos chicas de mi clase por bullying —me contó por fin—. Estuvieron convenciendo a los chicos para que le pidieran salir a una chica en broma, y luego se burlaban de ella por creérselo.

Por mucho que me despreciara, no creo que Delilah hubiera caído tan bajo. Me pregunté si Sam habría participado en el episodio y, como si pudiera ver girar los engranajes de mi cerebro, dijo:

—Intentaron que yo participara, pero ni pensarlo. Me pareció mezquino y un poco retorcido.

—Es totalmente retorcido —convine, aliviada.

Sin apartar sus ojos azules de mí, cambió de tema.

—Háblame de esta pulsera con la que no dejas de juguetear —dijo, señalando hacia mi muñeca.

—¡Es mi pulsera de la amistad!

Antes de ser una marginada, era conocida por dos cosas en

el instituto: mi pasión por el terror y mis pulseras de la amistad. Las tejía con motivos elaborados, pero lo más importante era que siempre seleccionaba los colores adecuados. Elegía cuidadosamente cada paleta para que reflejase el carácter de la persona que iba a llevarla. La de Delilah era en tonos rosas y rojos oscuros: femenina y fuerte. La mía era una moderna combinación de naranja fosforito, rosa fosforito, melocotón, blanco y gris. Delilah siempre había sido la chica más guapa y popular de mi clase y, aunque yo caía bien, me constaba que mi estatus se debía a mi cercanía a ella. Cuando todas las chicas de mi clase, e incluso algunas de octavo grado, me encargaron pulseras, sentí como si por fin tuviera valor por mí misma aparte de ser la secuaz graciosa de Delilah. Me sentí creativa, guay e interesante. Sin embargo, un día encontré las pulseras que les había hecho a mis tres mejores amigas hechas trizas en mi pupitre.

—¿Quién te la regaló? —preguntó Sam.

—Bueno…, nadie. Me la hice yo.

—El diseño es una pasada.

—¡Gracias! —exclamé, animándome—. ¡Llevo practicando todo el año! Me pareció que los fosforitos y el melocotón quedaban muy chulos juntos.

—Totalmente —afirmó, acercándose más—. ¿Me podrías hacer una? —preguntó, levantando la vista hacia mí.

No bromeaba. Me levanté de un salto y desenterré el kit de hilos de bordado de mi escritorio. Coloqué en el suelo, entre nosotros, la pequeña caja de madera con mis iniciales grabadas.

—Tengo un montón de colores diferentes, pero no estoy segura de si habrá alguno que te guste —dije, y saqué el arcoíris de madejas de hilo. Nunca había hecho una para un chico—. Pero dime qué te gusta y, si no lo tengo, puedo pedirle a mi madre que me lleve al pueblo para ver si podemos encontrarlo. Suelo conocer un poco mejor a la gente antes de hacerlas. Puede parecer una tontería, pero procuro que los colores encajen con su personalidad.

—No me parece una tontería —señaló—. Bueno, ¿qué dicen esos colores acerca de ti?

Alargó la mano y tiró de uno de los cordoncitos que pendían de mi muñeca. Sus manos eran como sus pies, demasiado grandes en proporción a su cuerpo. Me recordaban a las enormes patas de un cachorro de pastor alemán.

—Bueno…, en realidad no significan nada —tartamudeé—. Simplemente me pareció una combinación original. —Ordené los hilos de bordado y los coloqué en una pulcra fila de claros a oscuros sobre el suelo de madera—. ¿Y si la hago en tonos azules a juego con tus ojos? —dije, pensando en voz alta—. No es que tenga muchos, pero solo necesitaré conseguir unos cuantos tonos más.

Le eché un vistazo a Sam para ver qué opinaba, pero él no estaba mirando los hilos; me observaba fijamente.

—No pasa nada —dijo—. La quiero idéntica a la tuya.

A la mañana siguiente engullí mi desayuno y fui como una exhalación hacia el agua con mi kit. Me senté con las piernas cruzadas en el embarcadero y enganché la pulsera a mis pantalones cortos con un imperdible para tejerla mientras esperaba a Sam.

Cuando cruzó con fuertes pisadas su embarcadero, fue como si sonaran justo a mi lado. Llevaba puestos los mismos pantalones cortos azul marino que el día anterior; daba la impresión de que en el momento menos pensado se le resbalarían de sus estrechas caderas. Al saludarle con la mano, él levantó la suya y acto seguido se lanzó al lago y vino a mi encuentro nadando. En menos de un minuto lo tenía en el agua delante de mí.

—Qué rápido —dije, impresionada—. Yo he dado clases de natación, pero para nada soy tan buena como tú.

Sam me dedicó su sonrisa torcida, tomó impulso para salir y se repantigó a mi lado. El agua le goteaba del pelo y se deslizaba en sinuosos hilos por su cara y su pecho, casi cóncavo. Si se sentía mínimamente cohibido por estar medio desnudo junto a una chica, lo disimulaba muy bien. Le dio un tironcito a las hebras de hilo de bordar con las que yo estaba tejiendo.

—¿Es mi pulsera? Tiene muy buena pinta.

—La empecé anoche —le dije—. En realidad no se tarda mucho en hacerlas. Seguramente la tendré lista mañana.

—Genial. —Señaló la balsa—. ¿Lista para recibir tu pago?

Sam y yo habíamos acordado que me enseñaría a hacer una voltereta en el aire desde la balsa a cambio de la pulsera.

—Claro que sí —respondí.

Me quité la gorra de los Jays y me apliqué una ingente cantidad de crema solar por toda la cara.

—Te tomas a rajatabla lo de protegerte del sol, ¿eh?

Cogió mi gorra.

—Supongo. Bueno, no. Es que no me gustan las pecas, y me salen con el sol. En los brazos y demás me da igual, pero no quiero tenerlas por toda la cara. —Lo único que deseaba era una tez inmaculada y de porcelana como la de Delilah Mason.

Sam negó con la cabeza perplejo y acto seguido se le iluminaron los ojos.

—¿Sabías que el origen de las pecas es una superproducción de melanina producida por la acción del sol?

Me quedé boquiabierta.

—¿Qué? Es verdad —dijo.

—No, si te creo —respondí despacio—. Lo que pasa es que es muy raro que conozcas ese dato.

Esbozó una amplia sonrisa.

—Voy a ser médico. Sé muchos «datos raros» —dijo, entrecomillando sus palabras con un gesto—, como tú los llamas.

—¿Ya sabes lo que quieres ser?

Me quedé pasmada. Yo no tenía ni idea de lo que quería hacer. Ni la más remota idea. La asignatura que mejor se me daba era Lengua, y me gustaba escribir, pero la verdad es que nunca me había planteado qué quería ser de mayor.

—Siempre he querido ser médico, cardiólogo, pero mi instituto es una mierda. Como no quiero quedarme estancado aquí para siempre, aprendo cosas por mi cuenta. Mi madre me pide libros de texto de segunda mano por internet —explicó Sam.

Asimilé esto.

—Así que… eres listo, ¿eh?

—Supongo. —Entonces se puso de pie, un manojo de brazos, piernas y articulaciones puntiagudas, y me levantó agarrándome de los brazos. Tenía una fuerza asombrosa para ser tan flacucho—. Y nadar se me da de miedo. Vamos, voy a enseñarte a hacer ese salto mortal.

Al cabo de innumerables panzazos, unas cuantas zambullidas de cabeza y un salto mortal medio decente, Sam y yo nos tumbamos sobre la balsa, mirando al cielo, mientras el sol de la mañana, que ya calentaba, secaba nuestros bañadores.

—Siempre estás haciendo eso —comentó Sam, mirándome.

—¿Haciendo qué?

—Tocándote el pelo.

Me encogí de hombros. Debería haber hecho caso a mi madre cuando me dijo que el flequillo no quedaría bien con mi tipo de pelo. En vez de eso, una noche de primavera, mientras mis padres corregían exámenes, tomé cartas —y las tijeras de costura buenas de mi madre— en el asunto por mi cuenta. Solo que no conseguí cortarme el flequillo recto, y con cada tijeretazo la cosa empeoró. En menos de cinco minutos, me hice una escabechina en el pelo.

Bajé a la sala de estar hecha un mar de lágrimas. Al oír mis sollozos, mis padres se volvieron hacia mí y me vieron ahí plantada con las tijeras en la mano.

—¡Persephone! ¿Qué demonios...?

A mi madre se le cortó la respiración y vino despavorida a mi encuentro, examinó mis muñecas y brazos buscando heridas y acto seguido me abrazó con fuerza, mientras mi padre seguía sentado con la boca abierta.

—No te preocupes, cielo. Arreglaremos esto —dijo, y se alejó para pedir cita en su peluquería—. Si vas a llevar flequillo, tiene que parecer que no es por accidente.

Mi padre esbozó un amago de sonrisa.

—¿En qué estabas pensando, cariño?

Mis padres ya habían hecho una oferta para comprar una propiedad junto al lago en Barry's Bay, pero el hecho de verme empuñando esas tijeras debió de ser la gota que colmó el vaso, porque al día siguiente mi padre llamó por teléfono a la agente inmobiliaria para pedirle que subiera la oferta. Querían sacarme de la ciudad en cuanto terminara el curso.

Sin embargo, incluso hoy pienso que reaccionaron de manera desproporcionada. Diane y Arthur Fraser, ambos profesores en la Universidad de Toronto, me mimaban como solo saben hacerlo los padres de clase media-alta mayores con hijos únicos. Mi madre, una erudita en sociología, tenía treinta y muchos años cuando nací; mi padre, que enseñaba mitología griega, tenía cuarenta y tantos. Cada vez que les pedía un nuevo juguete, ir a una librería o materiales para un nuevo hobby, respondían con entusiasmo y a golpe de tarjeta de crédito. Al ser una niña que prefería ganarse estrellas doradas a causar problemas, nunca les di motivos para inculcarme demasiada disciplina. A cambio, tenían manga ancha conmigo.

Así pues, cuando las tres chicas que formaban mi círculo de amistades más estrecho me dieron la espalda, como no estaba acostumbrada a lidiar con ningún tipo de adversidad, no tuve la menor idea de cómo gestionarlo excepto hacer todo lo posible por ganármelas de nuevo.

Delilah era la líder indiscutible de nuestra pandilla, una posición que le otorgamos porque contaba con los dos requisitos más importantes para el liderazgo entre adolescentes: una cara extraordinariamente bonita y una certeza absoluta del poder que le proporcionaba. Dado que era Delilah a la que había ofendido, Delilah era a quien necesitaba reconquistar, así que centré en ella mis esfuerzos para ser readmitida en el grupo. Pensé que cortándome el flequillo como ella le mostraría mi lealtad. En vez de eso, cuando me vio en el instituto levantó la voz en un murmullo exagerado y dijo: «Por Dios, ¿es que últimamente todo el mundo lleva flequillo? Me parece que ya es hora de que me lo deje crecer».

Cada mañana temía la jornada que tenía por delante: sentarme sola en el recreo, ver a mis viejas amigas reírse juntas, preguntarme si yo era el objeto de su burla… Un verano lejos de todo, durante el que pudiera leer mis libros sin preocuparme de que me tacharan de friki y nadar siempre que se antojase, me parecía un sueño.

Miré a Sam.

—¿Dónde está tu hermano hoy? —pregunté, pensando en cómo habían hecho el ganso en el agua el día anterior. Sam se tumbó boca abajo y se apoyó en los antebrazos.

—¿Por qué preguntas por mi hermano? —dijo, con el gesto torcido.

—Nada, curiosidad. ¿Ha quedado con sus amigos en tu casa esta noche?

Sam me miró por el rabillo del ojo. Lo que en realidad me interesaba saber era si a Sam le apetecía pasar el rato conmigo.

—Sus amigos se quedaron hasta las tantas —respondió por fin—. Seguía dormido cuando he bajado al lago. No sé qué planes tiene esta noche.

—Oh —musité. Acto seguido decidí arriesgarme—. Bueno, si te apetece pasarte por mi casa otra vez, sería genial. Nuestra tele es algo pequeña, pero tenemos una gran colección de DVD.

—Igual me paso —accedió Sam relajando la expresión—. O podrías venir tú a nuestra casa. La tele tiene un tamaño bastante decente. Mi madre nunca está, pero no le importará que vengas.

—¿Tenéis permiso para invitar gente cuando ella no está?

Mis padres no eran estrictos ni mucho menos, pero siempre estaban en casa cuando yo invitaba a alguien.

—Uno o dos no hay problema, pero a Charlie le gusta organizar fiestas. Nada del otro mundo, pero mi madre se mosquea si al llegar a casa se encuentra, qué se yo, a diez chicos por ahí.

—¿Eso pasa a menudo?

Nunca había estado en una fiesta de adolescentes en toda regla. Gateé hasta el borde de la balsa y metí los pies en el agua para refrescarme.

—Sí, pero por lo general son bastante aburridas, y mi madre no se entera. —Sam se acercó a mí, se sentó a mi lado, sumergió sus larguiruchas piernas en el lago y empezó a balancearlas—. Yo suelo quedarme en mi habitación, leyendo o lo que sea. Pero si tiene previsto invitar a una chica procura deshacerse de mí, como anoche.

—¿Tiene novia? —pregunté.

Sam se apartó el mechón que le caía sobre un ojo y me miró de soslayo, receloso. Yo nunca había tenido novio y, a diferencia de muchas chicas de mi clase, tenerlo no ocupaba un puesto alto en mi lista de prioridades. Pero tampoco me habían besado nunca y habría dado mi brazo derecho con tal de gustarle lo bastante a alguien como para que me besara.

—Charlie siempre tiene novia —respondió—. Lo que pasa es que no le duran mucho.

—Oye —dije, cambiando de tema—. ¿Y cómo es que tu madre no pasa mucho tiempo en casa?

—Haces muchas preguntas, ¿sabes?

Aunque no lo dijo con aspereza, su comentario me provocó un escalofrío de miedo en la nuca. Vacilé.

—No me importa —añadió, dándome un empujoncito con el hombro. Sentí que mi cuerpo se relajaba—. Mi madre dirige un restaurante. Es probable que aún no lo conozcas. La Taberna. Es de mi familia.

—¡Anda, sí que lo conozco! —exclamé, al acordarme del patio atestado—. Mi madre y yo pasamos por allí con el coche. ¿Qué tipo de restaurante es?

—Polaco..., o sea, de *pierogi* y cosas por el estilo. Mi familia es polaca.

No tenía ni remota idea de lo que eran los *pierogi*, pero no dije nada.

—Parecía estar hasta arriba de gente.

—Aquí no hay muchos sitios donde comer. Pero la comida es buena; mi madre prepara los mejores *pierogi* del mundo. Tiene mucho trabajo, así que se pasa fuera de casa la mayor parte de los días desde el mediodía.

—¿No le echa una mano tu padre?

Tras unos instantes, Sam respondió:

—Eh..., no.

—Vaaaale. Pero... ¿por qué no?

—Mi padre murió, Percy —dijo, mientras observaba una moto acuática que pasaba haciendo un ruido infernal.

No supe qué decir. En vez de mantener la boca cerrada, respondí:

—Nunca había conocido a nadie a quien se le hubiera muerto su padre.

Al instante deseé tragarme mis palabras. Puse los ojos como platos del pánico. ¿Le quitaría hierro o empeoraría la situación si me tirara al lago?

Sam se volvió hacia mí despacio, parpadeó una vez, me miró fijamente a los ojos y dijo:

—Nunca había conocido a nadie tan bocazas.

Me sentí como atrapada en una red. Me quedé como un pasmarote, con la boca abierta, mientras la garganta y los ojos me ardían. Entonces, la línea recta de sus labios se frunció y se echó a reír.

—Era broma —dijo—. No lo de que mi padre está muerto, lo otro, aunque es verdad que eres un poco bocazas…, pero me da igual. —Mi alivio fue instantáneo, pero acto seguido Sam me colocó las manos sobre los hombros, me zarandeó un poco y me puse rígida: fue como si todas las terminaciones nerviosas de mi cuerpo se concentraran bajo sus dedos. Sam me miró extrañado y me estrujó los hombros suavemente—. ¿Estás bien?

Inclinó la cabeza para mirarme a los ojos. Yo respiré entrecortadamente.

—A veces suelto las cosas de sopetón, sin pensar cómo suenan ni lo que pretendo decir de verdad. No quería ser grosera. Siento lo de tu padre, Sam.

—Gracias —contestó en voz baja—. Sucedió hace poco más de un año, aunque la mayoría de mis compañeros del instituto todavía se compadecen de mí. Prefiero tus preguntas a la lástima, sin ninguna duda.

—Vale —dije.

—¿Más preguntas? —inquirió con una sonrisita.

—Me las reservo para más tarde. —Me levanté con las piernas temblorosas—. ¿Te apetece enseñarme ese salto mortal otra vez?

Se puso de pie de un brinco y esbozó una sonrisa torcida.

—No.

Y en un abrir y cerrar de ojos, me agarró por la cintura y me arrojó al agua de un empujón.

Aquella primera semana de verano caímos en una rutina fácil. Entre nuestras respectivas propiedades había una vereda en el bosque que discurría por la orilla del lago, e íbamos de acá para allá varias veces al día. Pasábamos las mañanas nadando y tirándonos al agua desde la balsa, después leíamos sobre el embarcadero hasta que el sol picaba demasiado y entonces volvíamos a darnos un chapuzón.

Pese a la gran cantidad de tiempo que pasaba en el restaurante, Sue apenas tardó unos días en averiguar que Sam y yo estábamos más tiempo juntos que separados. Se presentó en nuestra puerta, con Sam a su espalda, sosteniendo un voluminoso táper de *pierogi* caseros. Sorprendía lo joven que era, mucho más que mis padres, vaya; iba vestida más como yo que como una adulta, con vaqueros recortados, una camiseta gris sin mangas y el pelo rubio claro recogido en una coqueta coleta. Era menuda y delicada, y en su amplia sonrisa se le marcaban los hoyuelos como a Charlie.

Mi madre preparó una cafetera y los mayores se sentaron a charlar en el porche mientras Sam y yo escuchábamos disimuladamente desde el sofá. Sue les aseguró a mis padres que yo era bienvenida en su casa cuando quisiera, que Sam era un «chico absurdamente responsable» y que nos echaría un ojo, al menos cuando estuviera en casa.

—Calculo que tuvo a esos chicos justo al terminar el instituto —oí a mi madre comentar a mi padre esa noche.

—Aquí las cosas son diferentes —fue lo único que dijo él.

Sam y yo acabamos pasando la mayor parte del tiempo en el agua o en su casa. Los días en los que el sol picaba demasiado, nos íbamos a su casa, construida al estilo de las antiguas granjas y pintada de blanco. Sobre la puerta del garaje había una canasta de baloncesto. Sue odiaba el aire acondicionado, prefería dejar abiertas las ventanas para sentir la brisa del lago, pero en el sótano siempre hacía fresco. Sam y yo nos dejábamos caer en los extremos del cómodo sofá de cuadros escoceses rojos y poníamos una película. Habíamos empezado a ver mi colección de cine de terror entera. Sam solo había visto un par de ellas, pero no tardó en cogerles el gusto tanto como yo. Creo que, para él, lo más divertido era corregir todos y cada uno de los detalles científicamente incorrectos que detectaba; su manzana de la discordia favorita era la cantidad surrealista de sangre. Yo ponía los ojos en blanco y decía: «Gracias, doctor», pero me gustaba lo pendiente que estaba.

Nos turnábamos para elegir qué ver, pero según Sam, yo me puse «muy rara» cuando él propuso ver *Posesión infernal*. Tenía mis razones: la película era el motivo por el que mis tres mejores amigas ya no me dirigían la palabra. Terminé contándole a Sam el incidente, incluida la fiesta de pijamas en mi casa y la catastrófica decisión de ver la película más sangrienta y obscena de mi colección.

Como a Delilah, Yvonne y Marissa les gustaban las historias de terror que les leía en el instituto, yo había dado por sentado que *Posesión infernal* era una apuesta segura. Nos acurrucamos frente al televisor en nidos de mantas y almohadas, en pijama, con cuencos de palomitas en las manos, y nos dispusimos a ver cómo un grupo de veinteañeros guapos a rabiar se dirigía a una cabaña siniestra en el bosque. En el transcurso de la escena más espeluznante, Delilah de pronto se tapó la cara, saltó del sofá y se fue corriendo al baño, dejando tras de sí una mancha húmeda en el tejido de microfibra. Las chicas y yo nos miramos con los ojos como platos, y yo fui a toda prisa a por papel de cocina y un bote de quitamanchas.

Abrigaba la esperanza de que Delilah se olvidase por completo del episodio de haberse hecho pis encima para cuando retomásemos las clases, pero no lo hizo. Ni mucho menos. De lo contrario, me habría ahorrado los siguientes meses de tortura.

—Ha sido bastante asquerosa —comentó Sam mientras pasaban los créditos—. Pero también una pasada.

—¡¿A que sí?! —exclamé, y me puse de rodillas para mirarlo de frente—. ¡Es un clásico! No soy rara porque me guste, ¿a que no?

Los ojos se le salieron de las órbitas ante mi repentino arrebato de euforia. ¿Parecía una chiflada? Seguramente sí.

—Bueno, entiendo por qué la tal Delilah perdió los papeles de esa manera al verla; no voy a pegar ojo esta noche. Pero es una gilipollas, y tú no eres rara por el hecho de que te guste —dijo. Satisfecha, me dejé caer en el sofá de nuevo—. Es que eres rara en general —apostilló, reprimiendo una sonrisa. Le di con un cojín. Él levantó las manos y añadió entre risas—: Pero me gusta lo raro.

Yo habría agradecido tener cualquier amigo ese verano, pero encontrar a Sam fue como ganar la lotería de la amistad. Era un cerebrito en el buen sentido, su sarcasmo era desternillante y le gustaba la lectura tanto como a mí, aunque a él le iban más los libros de hechiceros y las revistas de ciencia y naturaleza. En su sótano había una estantería repleta de revistas del *National Geographic*, y creo que se las había leído todas.

Sam se estaba convirtiendo rápidamente en mi persona favorita, y tenía la sensación de que él sentía lo mismo: siempre llevaba puesta la pulsera que le hice. En una ocasión tiró de ella hacia abajo para mostrarme la marca pálida de piel que había debajo. A veces desaparecía durante toda una mañana o una tarde que se me hacían eternas para juntarse con sus amigos del instituto, pero cuando estaba en su casa, casi siempre estábamos juntos.

A mitad del verano ya me habían salido un puñado de pecas en la nariz, las mejillas y el pecho. Un día, mientras estábamos tumbados en la balsa, Sam se inclinó hacia mí y comentó, como si yo no hubiera reparado en ellas:

—Supongo que el factor de protección solar cincuenta no era lo bastante alto.

—Supongo que no —gruñí—. Y gracias por recordármelo.

—No entiendo por qué odias tanto tus pecas —dijo—. A mí me gustan.

Me quedé mirándolo, sin parpadear.

—¿En serio? —pregunté. ¿A quién en su sano juicio le gustan las pecas?

—Sí... —Alargó la palabra y me miró con cara de «¿Qué mosca te ha picado?». Lo ignoré.

—¿Lo juras?

—¿Por qué? —preguntó, y yo vacilé—. Has dicho que lo jure, tendré que jurarlo por algo. ¿Por qué?

—Mmm... —Yo no lo había dicho en sentido literal. Miré a mi alrededor, y mis ojos aterrizaron en su muñeca—. Júralo por nuestra pulsera de la amistad.

Él frunció el ceño, pero al momento alargó la mano, enganchó el dedo índice a mi pulsera y le dio un tironcito.

—Lo juro —dijo solemne—. Ahora jura tú que superarás esa obsesión tan rara con las pecas.

Esbozó una sonrisa juguetona con los labios, y yo dejé escapar una risa antes de alargar la mano para enganchar mi dedo en su pulsera y darle un tironcito como él había hecho.

—Lo juro.

Aunque puse los ojos en blanco, en mi fuero interno estaba encantada. Y a raíz de eso dejé de darles tanta importancia a mis pecas.

«Halloween en agosto» fue el nombre que Sam y yo le dimos de manera oficial a la semana que dedicamos a darnos un atracón de la saga entera de *Halloween*. Nada más poner la cuarta película, Charlie bajó a grandes zancadas las escaleras del sótano en bóxer, se lanzó al sofá y se apoltronó entre nosotros. Para aquel entonces yo ya me había dado cuenta de que Charlie siempre lucía una sonrisa y rara vez una camiseta.

—¿Podrías sentarte todavía más lejos de ella, Samuel? —dijo, riendo por lo bajini.

—¿Podrías desnudarte todavía más, Charles? —respondió Sam en tono impasible.

Charlie sonrió de oreja a oreja enseñando los dientes.

—¡Claro! —exclamó, y acto seguido se levantó de un salto e introdujo los pulgares bajo la cinturilla de sus calzoncillos.

Yo chillé y me tapé los ojos.

—¡Por Dios, Charlie, ya basta! —gritó Sam, con voz quebrada.

A los chicos Florek les gustaba picar a los demás; yo era objeto de las sutiles provocaciones de Sam, mientras que este era víctima de las incesantes pullas de Charlie acerca de su delgadez e inexperiencia sexual. Sam rara vez entraba al trapo; la única señal de su enojo era el rubor de sus mejillas. En el lago, Charlie empujaba a Sam al agua a la mínima oportunidad, hasta el punto de que hasta a mí me parecía irritante. «Lo hace más cuando tú estás delante», me confesó Sam un día.

Charlie se echó a reír y se dejó caer de nuevo en el sofá. Me dio con el codo en el costado y dijo:

—Te han salido manchas rojas por todo el cuello, Pers. —Me apartó los brazos de la cara, me puso la mano sobre la rodilla y me la apretó—. Perdona, no quería molestarte.

Volví la vista hacia Sam, pero él tenía los ojos clavados en la mano de Charlie sobre mi pierna.

Sue nos interrumpió llamándonos para comer. Una fuente de *pierogi* de patata y queso nos esperaba en la mesa redonda de la cocina. Era una estancia soleada con aparadores crema, ventanas con vistas al lago y una puerta de cristal corredera que daba al porche. Sue lavaba una olla grande en el fregadero, con sus pantalones cortos recortados, una camiseta blanca y el pelo recogido en una coleta, como de costumbre.

—Hola, señora Florek —saludé. Me senté y me serví tres empanadillas enormes—. Gracias por preparar la comida.

Ella se giró desde el fregadero y dijo:

—Charlie, ve a vestirte. Y de nada, Percy; sé lo mucho que te gustan mis *pierogi*.

—Me encantan —le aseguré, y ella me dedicó una de sus sonrisas de oreja a oreja que le marcaban los hoyuelos.

Sam me dijo que los *pierogi* eran el plato favorito de su padre y que Sue había dejado de hacerlos en casa antes de mi llegada. Cuando terminé lo que me había servido, me eché un montón más junto con una cucharada colmada de crema agria.

—Sam, tu novia come como un caballo —farfulló Charlie entre risas.

Quise que la tierra me tragara al oír la palabra que empezaba por «n».

—Cállate, Charlie —ordenó Sue—. Jamás hagas comentarios acerca de cuánto come una chica, y no te metas con ellos. En cualquier caso, son demasiado jóvenes para eso.

—Pues yo no soy tan joven —repuso Charlie, haciéndome ojitos—. ¿Quieres cambiarlo por alguien mejor, Percy?

—¡Charlie! —bramó Sue.

—Estoy de coña —dijo él. Se levantó para limpiar su plato y le dio un coscorrón a su hermano.

Yo traté de cruzar la mirada con Sam, pero él miraba a Charlie con el ceño fruncido y la cara como el color de un tomate.

A medida que la última semana de vacaciones tocaba a su fin, comenzaron mis temores ante la vuelta a la ciudad. Tuve sueños en los que iba al instituto desnuda y me encontraba la pulsera de Sam cortada en trocitos naranjas y rosas en mi pupitre.

Estábamos tendidos en la balsa la tarde anterior a mi regreso. Llevaba todo el día haciendo lo posible por no ser una aguafiestas, pero por lo visto no se me estaba dando muy bien, porque Sam no dejaba de preguntarme qué me pasaba. De repente, se incorporó y dijo:

—¿Sabes lo que necesitas? Un último paseo en barco.

Los Florek tenían un pequeño motor de 9.9 en la popa de su barca de remos que Sam me había enseñado a manejar.

Cogí mi libro y Sam, su caña y su caja de aparejos de pesca. Descalzos y con los bañadores húmedos, doblamos las toallas sobre los bancos y puse rumbo a una bahía de cañizos que según Sam era un buen lugar para pescar. Apagué el motor y, mientras observaba cómo lanzaba el hilo desde la proa de la barca, empezó a hablar.

—Fue un ataque al corazón —dijo, sin apartar los ojos de la caña. Yo tragué saliva, pero me quedé callada—. En casa no hablamos mucho de él —añadió mientras enrollaba el sedal—. Y con mis amigos, desde luego que no. Apenas pudieron mirarme a la cara en el funeral. E incluso ahora, si alguno menciona algo sobre su padre, me miran como si hubieran dicho algo superofensivo sin querer.

—Vaya mierda —farfullé—. Puedo contarte todo sobre mi padre si quieres. Aunque te lo advierto: es aburridísimo. —Él sonrió, y continué—: Pero, en serio, a mí tampoco tienes por qué contarme nada. A menos que te apetezca.

—Ahí está la cosa —continuó, entrecerrando los ojos por el sol—. Es que me apetece. Ojalá hablásemos más de él en casa, pero mi madre se pone triste. —Soltó la caña de pescar y levantó la vista hacia mí—. Estoy empezando a olvidar cosas de él, ¿sabes?

Me subí al banco del centro para acercarme.

—La verdad es que no. No conozco a nadie a quien se le haya muerto su padre, ¿recuerdas? —Le di un empujoncito en el pie con el dedo gordo del mío, y él soltó una risotada ahogada—. Pero me lo puedo imaginar. Sé escuchar.

Él asintió con la cabeza y se atusó el pelo.

—Sucedió en el restaurante. Él estaba cocinando. Mi madre estaba en casa y llamaron por teléfono para decirnos que mi padre se había desplomado y que lo habían trasladado en una ambulancia al hospital. Solo tardamos diez minutos en llegar allí, ya sabes lo cerca que está el hospital, pero fue en vano. Había fallecido. —Lo dijo rápidamente, como si pronunciar las palabras le doliera.

Estiré el brazo, le apreté la mano y a continuación hice girar su pulsera para que la parte más bonita del diseño quedara hacia arriba.

—Lo siento —susurré.

—Eso explica mi obsesión por la medicina, ¿eh?

Me di cuenta de que estaba tratando de hacerse el fuerte, pero tenía la voz apagada. Sonreí, pero no contesté.

—Cuéntame cómo era… cuando estés preparado —puntualicé—. Quiero saberlo todo acerca de él.

—Vale. —Cogió la caña de nuevo. Tras unos instantes, añadió—: Perdona por ponerme en plan emo en tu último día.

—De todas formas, no estoy de humor. —Me encogí de hombros—. Estoy un poco deprimida porque se acaba el verano. No quiero volver a casa mañana.

Chocó su rodilla contra la mía.

—Yo tampoco quiero que te vayas.

5

En la actualidad

Sue, con el cabello recogido y una sonrisa tan radiante que le marca los hoyuelos, me mira fijamente. Las tenues líneas de expresión de las comisuras de sus ojos no solían estar ahí, pero incluso en su difuminado rostro impreso en el papel del periódico local se aprecia la determinación en su barbilla ligeramente levantada y su mano posada en la cadera. En la foto, insertada bajo el titular «HOMENAJE A UNA APRECIADA FIGURA EMPRESARIAL DE BARRY'S BAY», aparece de pie delante de La Taberna.

Se me da bien mantener a raya la soledad que amenazaba con consumirme a los veintitantos años. Es un método que conllevó dedicación absoluta al trabajo, sexo sin ataduras y cócteles carísimos con Chantal. Tardé años en perfeccionarlo. Sin embargo, sentada en la habitación del motel con el obituario de Sue entre las manos y los destellos del lago a lo lejos, la siento en cada parte de mi cuerpo: los retortijones de tripas, la tensión en la nuca, la presión en el pecho.

Podría hablar con Chantal. Me ha enviado tres mensajes más pidiéndome que la llamara, preguntándome cuándo es el funeral, preguntándome si quería que viniera. Al menos debería contestarle con un mensaje, pero, aparte de mi crisis nerviosa de Acción de Gracias, no le he contado gran cosa acerca de Sam. Digo para mis adentros que ahora mismo no tengo energía para abordar ese tema, pero más bien se trata de que, si me pongo a hablar de él, del tremendo trago que me supone estar aquí, de lo que me asusta, puede que no sea capaz de mantener la entereza.

Lo que realmente necesito es una botella de vino. Y tal vez comer algo; me ruge el estómago. A excepción de la magdalena de cereales integrales con pasas que me he tomado en mi parada de emergencia en Tim Hortons, no he probado bocado. Hace un calor abrasador de media tarde, de modo que me pongo lo más ligero que me he traído: un vestido de algodón sin mangas color amapola que me cae por encima de la rodilla, con botones grandes por delante y un cinturón forrado en la misma tela. Me ato las sandalias doradas y salgo a la calle.

Se tarda unos veinte minutos en ir a pie al centro del pueblo. Para cuando llego, tengo el flequillo aplastado contra la frente y me estoy sujetando el pelo en la coronilla para refrescarme el cuello. A excepción de una cafetería nueva con una pizarra a la entrada en la que se anuncian lattes y capuchinos (ninguno de los cuales era posible encontrar en el pueblo cuando yo era pequeña), los establecimientos familiares de la calle principal son prácticamente los mismos. En cierto modo no estoy preparada para el impacto que me causa ver el edificio amarillo pálido y el rótulo rojo pintado con flores del arte folclórico polaco. Me quedo quieta en medio de la acera, con la mirada fija. La Taberna está a oscuras y las sombrillas del frondoso patio, plegadas. Probablemente esta sea la primera vez desde su apertura que el restaurante está cerrado un jueves de julio por la noche. Hay un pequeño letrero pegado en la puerta principal. Me aproximo como una autómata.

Es una nota breve, escrita con rotulador negro: «La Taberna permanecerá cerrado hasta agosto como luto por la pérdida de su propietaria, Sue Florek. Les agradecemos su apoyo y comprensión». Me pregunto quién la habrá escrito. ¿Sam? ¿Charlie? Siento mariposas en el estómago. Apoyo la cabeza contra la puerta de cristal con las manos ahuecadas a ambos lados de la cara y veo una luz en el interior procedente de las ventanas que dan a la cocina. Hay alguien dentro.

Como atraída por una fuerza magnética, rodeo el edificio hasta la parte trasera. La recia puerta de acero que conduce a la cocina está entornada. Las mariposas se convierten en una bandada de gaviotas aleteando. Tiro de la puerta y me quedo petrificada nada más entrar.

Junto al lavaplatos hay un hombre alto de pelo rubio y, aunque está de espaldas a mí, es tan inconfundible como mi propio reflejo. Lleva unas zapatillas de deporte, una camiseta azul y unas bermudas de rayas azul marino y blanco. Sigue estando delgado, pero con su intenso bronceado dorado, sus hombros anchos y sus piernas fuertes, tiene mucha más presencia. Está restregando algo en el fregadero y lleva un paño de cocina colgado al hombro. Observo cómo se le tensan los músculos de la espalda al colocar una fuente en el escurreplatos. Al ver sus manos grandes, un súbito torrente sanguíneo bulle en mis oídos con tal intensidad que siento como si las olas rompieran dentro de mi cabeza. Lo recuerdo sobre mí en su dormitorio, recorriendo mi cuerpo con esos dedos como si hubiera descubierto un nuevo planeta.

Su nombre resbala suavemente de mis labios.

—¿Sam?

Se gira sobresaltado. Sus ojos conservan el azul claro del cielo de siempre, pero casi todo lo demás ha cambiado. Los contornos de sus pómulos y de su mandíbula son más pronunciados, y la piel bajo sus ojos está amoratada, quizá debido a la falta de sueño durante multitud de noches. Lleva el pelo más corto que antes, casi al rape por los lados y un pelín más largo por la parte de arriba, y tiene los brazos fornidos y fibrosos. Era guapo a los dieciocho, pero el Sam adulto es tan devastador que podría echarme a llorar. «Me he perdido cómo se transformaba en esto». Y el dolor por esa pérdida, por no ver a Sam hacerse un hombre, es un puño que me estruja los pulmones.

Sam escruta mi rostro con la mirada y a continuación desciende hacia mi cuerpo. Cuando sus ojos vuelven a encontrarse con los míos, noto el brillo de reconocimiento que los delata. Sam siempre mantuvo sus sentimientos bajo una coraza, pero yo me pasé seis años averiguando cómo quitársela. Dediqué horas a analizar el sutil reflejo de las emociones en su semblante. Eran como lluvia que viajaba desde la orilla lejana a través del agua, inapreciable hasta que la tenías ahí mismo, cayendo a mares contra las ventanas. Memoricé cómo centelleaba la travesura en su expresión, el trueno lejano de sus celos y las olas espumosas de su euforia. Conocía a Sam Florek.

Me mira fijamente a los ojos. Su intensidad es tan implacable como siempre. Tiene los labios apretados en un rictus, y su pecho se expande en respiraciones lentas y acompasadas.

Doy un paso al frente con vacilación, como si me acercara a un caballo salvaje. Eleva de pronto las cejas y da un respingo con la cabeza, como si acabaran de arrancarlo de un sueño. Me paro en seco.

Nos miramos fijamente en silencio, y a continuación viene a mi encuentro en tres grandes zancadas y me estrecha entre sus brazos con tanta fuerza que siento como si su corpulento cuerpo fuese una burbuja protectora. Huele a sol y a jabón, y a algo nuevo que no identifico.

Cuando habla, su voz es tan profunda que me ahogaría en ella.

—Has vuelto a casa.

Cierro los ojos con fuerza.

«He vuelto a casa».

Sam se aparta de mí sin levantar las manos de mis hombros. Me observa sin dar crédito.

Le sonrío con timidez.

—Hola —digo.

La sonrisa torcida que le curva la boca es una droga cuya adicción jamás he superado. Las líneas apenas visibles de las comisuras de sus ojos y su barba de tres días son nuevas y le dan un aire muy... sexy. Sam es sexy. Me he preguntado muchas veces qué aspecto tendría como un hombre adulto, pero la presencia del Sam de treinta años es mucho más sólida y peligrosa de lo que podría haber imaginado.

—Hola, Percy.

Mi nombre pasa de sus labios directamente a mis venas, un súbito chute de deseo, vergüenza y mil recuerdos. Y, con la misma rapidez, me acuerdo de por qué estoy aquí.

—Sam, lo siento muchísimo —digo con voz quebrada.

Tengo la pena y el arrepentimiento tan a flor de piel que soy incapaz de reprimir las lágrimas que se derraman por mis mejillas. Entonces Sam me abraza de nuevo, susurrando «shhh» contra mi pelo mientras me acaricia la espalda de arriba abajo.

—Tranquila, Percy —musita. Cuando levanto la vista, tiene el ceño fruncido de preocupación.

—Debería estar consolándote yo a ti —me excuso, enjugándome las lágrimas—. Lo siento.

—No pasa nada —dice con suavidad mientras me da palmaditas en la espalda. Luego da un paso atrás y se pasa una mano por el pelo. Ese gesto familiar toca una fibra rasgada en mi interior—. Llevaba años enferma. Hemos tenido mucho tiempo para asimilarlo.

—Me resulta inconcebible que cualquier cantidad de tiempo sea suficiente. Era muy joven.

—Cincuenta y dos.

Me falta el aliento; era incluso más joven de lo que yo creía. Y me puedo imaginar cómo esto debe de estar comiéndose a Sam por dentro. Su padre también murió joven.

—Espero que no te importe que haya venido —digo—. No estaba segura de si querrías verme.

—Sí, claro —responde, como si no hiciera más de una década desde la última vez que hablamos. Como si no me odiara. Se vuelve hacia el lavaplatos, vacía una bandeja de platos de postre y los apila sobre la encimera—. ¿Cómo te has enterado? —Me mira fugazmente y, como no contesto enseguida, entrecierra los ojos—. Ah.

Aunque ya se ha figurado la respuesta, lo digo de todas formas.
—Me llamó Charlie.

Se le ensombrece el semblante.

—Claro —dice en tono inexpresivo.

Sobre las encimeras hay hileras de fuentes y bandejas para calentar comida, el tipo de equipamiento necesario para organizar un gran evento. Me pongo a su lado junto al lavaplatos industrial y empiezo a colocar algunos utensilios sucios para servir en el lavavajillas. Es la misma máquina que había cuando yo trabajaba allí. La he puesto en marcha tantas veces que podría hacerlo con los ojos cerrados.

—Bueno, ¿para qué es todo esto? —pregunto, con los ojos clavados en el fregadero.

Pero no obtengo respuesta. El silencio me dice que Sam ha dejado de vaciar platos. Respiro hondo, *inspira*, *uno*, *dos*, *tres*, *cuatro* y *expira*, *uno*, *dos tres*, *cuatro*, antes de levantar la vista. Está apoyado en la encimera, con los brazos cruzados, observándome.

—¿Qué estás haciendo? —pregunta con la voz ronca.

Me vuelvo para mirarle de frente, respiro hondo de nuevo y,

en algún lugar recóndito que había olvidado, encuentro a Percy, la chica de aquel entonces. Levanto la barbilla y, con una mano en la cadera, lo miro con incredulidad. Tengo la mano empapada, pero me da igual, lo mismo que el vuelco que me ha dado el estómago.

—Estoy ayudándote, listo.

El agua me moja el vestido, pero no me inmuto. No aparto la mirada. El tic casi imperceptible de un músculo de su mandíbula y la sutil relajación de su ceño me bastan para saber que he entreabierto su coraza. Una sonrisa amenaza con quebrar mi cara de póker y me muerdo el labio para reprimirla. Me mira fugazmente la boca.

—Siempre fuiste un friegaplatos penoso —señalo.

Él suelta una carcajada estentórea que resuena contra las superficies de acero de la cocina. Es un sonido absolutamente magnífico. Quiero grabarlo para poder escucharlo después, una y otra vez. No sé cuándo fue la última vez que sonreí con tantas ganas.

Sus ojos azules brillan cuando se posan en los míos, y acto seguido su mirada desciende hasta la mancha húmeda que mi mano ha dejado sobre mi cadera. Traga saliva. Su cuello luce el mismo bronceado dorado que sus brazos. Me dan ganas de pegar la nariz a la curva que lo une con su hombro y aspirar su olor.

—Veo que tus pullas no han mejorado —comenta en tono afectuoso, lo que me hace sentir como si hubiera ganado una maratón. Hace un ademán en dirección a los platos que hay sobre la encimera y suspira—. Mi madre quería que todo el mundo se juntara aquí en una fiesta cuando falleciera. Le espantaba la idea de que estuvieran como pasmarotes, con sándwiches de ensalada de huevo sin corteza, en el sótano de la iglesia después de su funeral. Quiere que comamos, que bebamos y que lo pasemos bien. Fue muy específica —explica en tono cariñoso, aunque parece cansado—. Hasta preparó *pierogi* y rollitos de repollo hace meses, cuando todavía se encontraba con fuerzas, y los metió en el congelador.

A pesar de la quemazón de mis ojos y mi garganta, esta vez mantengo la compostura.

—Es típico de tu madre. Era organizada, detallista y…

—¿Siempre estaba cebando a la gente con hidratos de carbono?

—Iba a decir «cocinando para las personas a las que quiere» —respondo. Sam sonríe, pero con tristeza.

Nos quedamos en silencio, examinando el prolijo despliegue de equipamiento y platos. Sam se quita el paño de cocina del hombro, lo deja sobre la encimera y me mira durante unos instantes como si estuviera tomando una decisión.

Señala en dirección a la puerta.

—Salgamos de aquí.

Estamos comiendo helado en el mismo banco donde solíamos hacerlo de pequeños, cerca del centro del pueblo, en la orilla norte. Diviso el motel a lo lejos, al otro lado de la bahía. El sol ha bajado y una brisa sopla desde el agua. No hemos hablado demasiado, lo que a mí me da igual porque estar sentada al lado de Sam me parece increíble. Ha extendido sus largas piernas junto a las mías; no le quito ojo a sus rodillas y al pelo de sus pantorrillas. Sam ya dejó atrás su fase larguirucha a partir de la pubertad, pero ahora se ha convertido en un tío enorme.

—¿Percy? —pregunta, sacándome de mi ensimismamiento.

—¿Sí? —Me vuelvo hacia él.

—A lo mejor deberías darte un poco más de prisa —dice, apuntando hacia el hilo de helado rosa y azul que resbala por mi mano.

—¡Mierda!

Intento limpiarme con una servilleta, pero una gota aterriza sobre mi pecho. Le doy unos toquecitos con la servilleta, pero parece que solo sirve para empeorar las cosas. Sam me mira de reojo con una sonrisa burlona.

—No puedo creer que todavía elijas el sabor de algodón de azúcar. ¿Cuántos años tienes? —dice en tono burlón.

Señalo hacia su cucurucho con dos enormes bolas de Moose Tracks, el mismo sabor que acostumbraba a pedir de pequeño.

—Mira quién fue a hablar.

—¿Vainilla, caramelo y mantequilla de cacahuete? El Moose Tracks es un clásico —afirma.

—De eso nada. El de algodón de azúcar es el mejor. Lo que pasa es que nunca supiste apreciarlo.

Sam levanta una ceja con expresión diabólica y acto seguido se inclina y se lleva gran parte de mi bola de helado de un bocado. Doy un grito ahogado y miro boquiabierta las marcas de sus dientes.

Recuerdo la primera vez que Sam hizo lo mismo cuando teníamos quince años. Entonces, la visión fugaz de su lengua también me dejó muda.

No levanto la vista hasta que me da un codazo en el costado.

—Eso siempre te mosqueaba —murmura entre dientes con grave voz de barítono.

—Monstruo.

Sonrío, ignorando la creciente presión que noto en el bajo vientre.

—Te dejo que pruebes el mío para ser justos —dice, y me tiende su cucurucho. «Esto es nuevo». Me limpio las gotitas de sudor que se me han formado sobre el labio. Sam se da cuenta y esboza una pícara media sonrisa, como si pudiera leer cada pensamiento obsceno que me está pasando por la cabeza—. Te prometo que está bueno —me asegura con una voz tan oscura y suave como el café. No estoy acostumbrada a este Sam: al que parece plenamente consciente del efecto que ejerce sobre mí.

Sé que piensa que no me atreveré, pero eso no hace sino alentarme. Le doy un rápido lametón a su helado.

—Tienes razón —digo, encogiéndome de hombros—. Está bastante bueno. —Me mira un instante a la boca y carraspea.

Pasa un minuto de incómodo silencio.

—Bueno, ¿cómo te ha ido, Percy? —pregunta.

Yo extiendo las manos en el aire con un ademán.

—No estoy segura de por dónde empezar —respondo con una risa nerviosa. ¿Cómo es posible siquiera comenzar después de tantísimo tiempo?

—¿Qué te parece por tres novedades? —Me alienta, con brillo en la mirada.

Era un juego al que solíamos jugar. Pasábamos largas temporadas separados y, siempre que volvíamos a vernos, nos contábamos el uno al otro nuestras tres novedades más importantes de un tirón. «Tengo un nuevo borrador de mi historia para que lo leas. Estoy entrenándome para los cuatrocientos metros de estilo libre. He sacado un notable en el examen de Álgebra». Me río de nuevo, pero se me ha secado la garganta.

—Mmm…

Miro al agua con gesto pensativo. Ha pasado más de una década, pero ¿en realidad hay tanto que contar?

—Sigo viviendo en Toronto —empiezo a decir, y le doy un bocado al helado para ganar tiempo—. Mis padres están bien; se han ido de viaje por Europa. Y soy periodista; editora, para ser exactos. Trabajo en *Shelter*, la revista de diseño.

—Conque periodista, ¿eh? —dice con una sonrisa—. Es estupendo, Percy. Me alegro por ti. Me alegro de que estés escribiendo.

No le corrijo. Mi trabajo no consiste mucho en escribir, salvo por titulares y algún que otro artículo. Ser editora consiste en decirle a otros qué escribir.

—¿Y qué me dices de ti? —pregunto, volviendo a centrar mi atención en el agua: la imagen de Sam sentado junto a mí me remueve demasiado. Lo busqué en las redes sociales hace años; su foto de perfil era una instantánea del lago, pero jamás di el paso de añadirle como amigo.

—Una: ahora soy médico.

—Vaya. Eso es... ¡Es increíble, Sam! —exclamo—. No es que me sorprenda.

—Qué predecible, ¿verdad? Y dos: me especialicé en cardiología. Otro bombazo. —No está alardeando, ni mucho menos. Si acaso, parece algo avergonzado.

—Estás exactamente donde querías estar.

Me alegro por él: es para lo que siempre se ha esforzado. Sin embargo, en cierto modo también me duele que su vida continuase según lo previsto, pero sin mí. Yo conseguí terminar mi primer año de universidad a duras penas, esforzándome en mis clases de Escritura Creativa, incapaz de centrarme en casi nada, y mucho menos en la construcción de personajes. En un momento dado, un profesor me sugirió que probara suerte en Periodismo. Las reglas y la estructura de la redacción tenían sentido para mí, me proporcionaron un medio que no me resultaba tan íntimo, tan ligado a Sam. Renuncié a mi sueño de ser escritora, pero al final me marqué nuevos objetivos. En *Shelter* se rumorea que, cuando haya una nueva vacante en dirección, estaré la primera de la lista. Aunque yo me labré un porvenir diferente al que soñé, uno que me encanta, siento cierta envidia de que Sam sí haya logrado cumplir sus aspiraciones.

—Y tres —dice—. Estoy viviendo aquí, en Barry's Bay.

Doy un respingo, y él se ríe por lo bajo. Sam tenía tan claro que iba a marcharse de Barry's Bay como que iba a ser médico. Cuando se fue a la universidad, di por sentado que jamás volvería a vivir aquí.

Desde el instante en el que estuvimos juntos juntos, yo fantaseé con cómo sería nuestra vida cuando finalmente viviéramos bajo el mismo techo. Me imaginaba mudándome a dondequiera que él estuviese haciendo su residencia cuando terminara mi grado. Escribiría novelas y trabajaría de camarera hasta que tuviésemos ingresos estables. Regresaríamos a Barry's Bay siempre que pudiéramos, repartiendo nuestro tiempo entre el campo y la ciudad.

—Hice la residencia en Kingston —explica, como si me leyera el pensamiento.

Sam estudió Medicina en Queen's, una de las mejores universidades de todo el país. Kingston no era tan grande como Toronto ni por asomo, pero se hallaba junto al lago Ontario. Sam estaba destinado a vivir cerca del agua.

—Me vine aquí el año pasado para ayudar a mi madre. Ya llevaba enferma un año. Al principio teníamos esperanzas...

Su mirada se pierde en el lago.

—Lo siento —susurro.

Nos quedamos callados durante unos minutos, terminándonos los helados y observando a un tipo que está pescando en el muelle.

—Después de un tiempo, todo apuntaba a que las cosas no iban a mejorar —retoma—. Yo había estado yendo y viniendo en coche desde Kingston, pero quería estar en casa. Ya sabes, para acompañarla a los tratamientos y a todas las citas, echarle una mano en la casa y en el restaurante... Era demasiada carga para ella incluso antes de enfermar; La Taberna siempre fue un proyecto en común con mi padre.

La idea de que Sam llevara un año viviendo en la casa de Bare Rock Lane sin yo saberlo, sin estar aquí para echar una mano, no me entra en la cabeza. Poso la mano sobre la suya durante unos instantes y se la aprieto antes de volver a colocarla en mi regazo. Él sigue su recorrido con la mirada.

—¿Y tu trabajo? —pregunto con voz ronca.

—He estado trabajando aquí, en el hospital, realizando unos cuantos turnos a la semana.

Suena cansado de nuevo.

—Seguro que tu madre valoró muchísimo que regresaras —comento, tratando de parecer animada en vez de lo hecha polvo que estoy—. Ella sabía que tú no querías estar aquí.

—No está tan mal —asegura Sam, aparentemente en serio, y por segunda vez esta tarde me quedo boquiabierta—. Lo digo de verdad —promete con un amago de sonrisa—. Ya sé que de pequeño odiaba Barry's Bay, pero soy afortunado de tener esto —añade, asintiendo con la cabeza en dirección al agua.

—¿Quién eres y que has hecho con Sam Florek? —bromeo—. No, es estupendo. Es genial que vinieras a ayudar a tu madre y que te encuentres a gusto aquí. Yo he echado muchísimo de menos esto. Cada verano me da la fiebre de la cabaña en la ciudad. Con todo ese hormigón... la ciudad me resulta sofocante e irritante. Daría lo que fuera por zambullirme en el lago.

Él me observa fijamente con gesto serio.

—Bueno, eso tiene arreglo.

Sonrío y contemplo la bahía. Si las cosas hubiesen sido distintas, ¿habría estado viviendo aquí desde el año pasado, acompañando a Sue a sus citas, echando una mano en La Taberna? ¿Habría seguido escribiendo? Me hubiera gustado. Es todo lo que siempre he querido. La sensación de pérdida me oprime los pulmones de nuevo y necesito centrarme en mi respiración. Sin mirarle, noto que Sam tiene la mirada clavada en el perfil de mi cara.

—No puedo creer que estuvieras aquí todo ese tiempo —murmuro, apartándome el pelo de la frente.

Él me da un empujoncito con el pie en la pierna y ladeo la cabeza hacia él. En su rostro se ha dibujado una amplia sonrisa de suficiencia que le arruga las comisuras de los ojos.

—No puedo creer que vuelvas a llevar flequillo.

6

Verano, dieciséis años antes

Octavo grado no fue un asco.

No fue un asco, pero sí raro. Me vino la regla (por fin). Kyle Houston me tocó el culo en la fiesta de primavera. Y, hacia finales de septiembre, Delilah Mason y yo éramos uña y carne de nuevo.

Había venido a mi encuentro, con unas botas camperas blancas y una minifalda vaquera, el primer día de clase para elogiar mi bronceado. Le hablé de la cabaña procurando mantener una actitud lo más natural posible, y ella me puso al corriente de que había estado en un campamento ecuestre en los lagos Kawartha, donde había un caballo llamado Monopoly, y me contó un embarazoso incidente relacionado con su regla, unos pantalones cortos blancos y una excursión de un día a caballo. (Como es natural, a Delilah le vino el periodo y le crecieron las tetas a los once años).

Tras unos cuantos días de palabras amables y comidas en compañía, le pregunté por Marissa e Yvonne. Delilah hizo un mohín de disgusto.

—Salimos en una cita con mi primo y sus amigos, y se comportaron como auténticas niñatas.

No es que yo hubiera olvidado lo que había ocurrido el año anterior, pero estaba dispuesta a pasarlo por alto. El hecho de contar con Sam hacía que no me sintiera tan presionada por complacer a Delilah y que no me la tomara tan en serio, aunque estaba decidida a que no considerara que me comportaba «como una auténtica niñata». Además, ser su amiga significaba dejar de comer sola y de sentirme como un cero a la izquierda. Y, a pesar de que yo jamás la describiría como amable, Delilah era divertida y lista.

Ella, con el argumento de que los chicos de instituto eran mucho más monos, eligió amores platónicos para las dos, pero necesitábamos práctica para estar a la altura. El mío era Kyle Houston, que tenía tanto la tonalidad de piel como la personalidad de un puré de patatas. (Kyle, por su parte, tampoco parecía interesado; bueno, hasta que me metió mano en el baile).

Sam y yo manteníamos una interminable cadena de mensajes por correo electrónico, pero no volví a verlo hasta Acción de Gracias. Sue nos había invitado a comer el pavo con ellos y mis padres habían aceptado con mucho gusto. Puede que tuvieran sus dudas respecto a ella cuando la conocieron, pero habían hecho buenas migas. La habían invitado a tomar café un par de veces el verano anterior, y oí a mi madre decirle a mi padre lo impresionada que estaba por el hecho de que Sue estuviera criando sola a «esos chicos tan majos» y que seguro que tenía «buen olfato para los negocios», en vista de que había conseguido que La Taberna tuviera tanto éxito.

Sam me advirtió que su madre acostumbraba a celebrar por todo lo alto las fechas señaladas desde que su padre había fallecido y que bajo ningún concepto aceptaría que mis padres llevaran nada de comida. Así pues, nos presentamos con vino, coñac y un ramo de flores que habíamos comprado en la tienda. El sol se estaba poniendo y daba la impresión de que la casa de los Florek refulgía desde el interior. Cuando subimos los escalones del porche notamos el aroma del asado que flotaba en el ambiente; la puerta se abrió de par en par sin siquiera darnos tiempo a tocar.

Sam estaba en el umbral, con su espesa y rebelde mata de pelo repeinada y con la raya a un lado.

—He oído vuestros pasos sobre la gravilla —explicó al ver nuestras caras de sorpresa. Luego sujetó la puerta, se apartó para dejarnos pasar y añadió con un inusitado tono jovial—: ¡Feliz Acción de Gracias! ¿Me dan sus abrigos, señor y señora Fraser? —preguntó.

Iba vestido con una camisa blanca por dentro de unos pantalones de color caqui que le hacían parecer uno de los camareros del restaurante francés favorito de mis padres.

—Cómo no. Gracias, Sam —dijo mi padre—. Pero puedes llamarnos Diane y Arthur.

—¡Hola, chicos! ¡Feliz Acción de Gracias!

Sue recibió a mis padres con los brazos abiertos mientras yo dejaba los regalos que llevaba en el suelo y me quitaba el abrigo.

—¿Me permites, Persephone? —preguntó Sam con excesiva cortesía, alargando el brazo en dirección a mi abrigo.

—¿Por qué hablas así? —dije por lo bajini.

—Mi madre nos ha dado una charla muy larga para que nos comportemos de manera ejemplar. Incluso ha recurrido a la baza de «Haced que vuestro padre se sienta orgulloso». Él daba mucha importancia a los buenos modales —susurró—. Por cierto, estás preciosa esta noche —añadió en un tono excesivamente entusiasta.

Ignoré su comentario, aunque me había esmerado cepillándome el pelo para que brillara y me había puesto mi vestido de terciopelo elástico granate con mangas de farol.

—Bueno, corta el rollo —dije—. Ese tono que estás utilizando me da grima.

—Vale, nada de tonos raros. —Con una sonrisita, se agachó

para coger las botellas y las flores del suelo. Cuando se incorporó, se acercó más a mí y dijo—: Pero lo he dicho en serio. Estás muy guapa.

Su aliento contra mi mejilla me hizo sonrojarme, pero, sin darme tiempo a responder, Sue me abrazó.

—Me alegro mucho de verte, Percy. Estás preciosa. —Le di las gracias, aún trastocada por el comentario de Sam, y saludé con un ademán a Charlie, que se hallaba detrás de ella.

—El rojo es tu color, Pers —comentó. Llevaba un pantalón de vestir negro y una camisa que combinaba con el verde claro de sus ojos.

—No sabía que eras capaz de vestirte entero —señalé.

Charlie parpadeó, y a continuación Sue nos acomodó en la sala de estar, en cuya chimenea de piedra crepitaba el fuego. Mientras ella terminaba en la cocina, Sam nos fue pasando bandejas de queso y cuencos de frutos secos; Charlie, encargado de las bebidas, ofreció a mi madre un gin-tonic y preguntó a mi padre si prefería vino tinto («es un pinot noir») o blanco («sauvignon blanc»). A mis padres pareció impresionarles y hacerles gracia. «Me viene de oficio», fue todo lo que Charlie dijo a modo de explicación.

Sue se unió a nosotros cuando todo estaba prácticamente listo y se tomó una copa con mis padres. Iba más arreglada que de costumbre, con un ceñido jersey negro de cuello alto y unos pantalones capri. La melena rubia le caía sobre los hombros y llevaba los labios pintados de color rosa, lo que le hacía parecer más mayor y al mismo tiempo más guapa. Mi madre también era atractiva (siempre llevaba el pelo liso y oscuro en una pulcra melena francesa y sus ojos tenían una singular tonalidad miel) e iba a la moda. Pero Sue era guapa de verdad.

Para cuando nos sentamos a cenar, estábamos sonrojados por el fuego y las conversaciones solapadas. Charlie y Sam colocaron las fuentes, los platos y los boles de guarniciones y salsas; Sue puso el pavo en la cabecera de la mesa y lo trinchó ella misma. Los chicos le hincaron el diente a una velocidad impresionante, dejando atrás su alarde de buenos modales, y mis padres se quedaron mirando boquiabiertos.

—Deberíais ver mis tickets de la compra —bromeó Sue entre risas.

Yo estaba sentada al lado de Sam, y cuando alargué el brazo para servirme más puré de patatas, me miró estupefacto.

—No llevas puesta la pulsera —dijo en voz baja, sujetando el tenedor a medio camino de su boca, con un pedazo de carne oscura pinchado en el extremo.

—Eeeh…, no —contesté, al tiempo que veía un atisbo de decepción en sus ojos. Me sentía cohibida llevándola puesta en presencia de Delilah, pero no podía decírselo en ese momento—. Pero todavía la conservo. La tengo en mi joyero, en casa.

—Qué fría eres, Pers. ¡Sam jamás se quita la suya! —terció Charlie, y la cháchara que estaba teniendo lugar a nuestro alrededor cesó—. Se puso como loco cuando mamá quiso lavarla. Pensó que se estropearía en la lavadora.

—Se habría estropeado —dijo Sam en tono cortante, con las mejillas sonrojadas.

—La lavamos a mano y no hubo ningún problema —señaló Sue, bien percatándose de la tensa coyuntura entre los dos chicos, o bien haciendo caso omiso. Continuó charlando con mis padres.

—Idiota —masculló Sam sin levantar la vista de su plato.

Me acerqué a él y susurré:

—La próxima vez la llevaré puesta. Te lo prometo.

Mis padres me dejaron invitar a Delilah a la cabaña la primera semana del verano. El último día de junio, los cuatro subimos al nuevo todoterreno de mis padres, lleno hasta los topes. Cuando nos metimos por Bare Rock Lane, las rodillas me temblaban de anticipación y sonreía de oreja a oreja como una bobalicona. Como era necesario realizar unos arreglos en la cabaña antes de que pudiéramos visitarla en invierno, yo llevaba siete meses sin ver a Sam, desde Acción de Gracias.

—¿Qué te pasa? —susurró Delilah desde el otro lado de una pila de equipaje—. Tienes cara de trastornada.

Le había mandado un mensaje a Sam con nuestra hora estimada de llegada la noche antes del viaje, otro cuando estábamos cargando el coche y otro justo antes de salir. Él odiaba los mensajes y no respondió a ninguno. Aun así, sabía que nos estaría esperando. Pero no estaba preparada para ver dos figuras altas frente a la cabaña.

—¿Son ellos? —cuchicheó Delilah, y sacó una barra de brillo de labios del bolsillo.

—Sí… —confirmé con cierta vacilación. Sam estaba muy alto. Altísimo.

Salí del coche antes de que mi padre apagara el motor, me abalancé sobre él y me abracé a su torso delgado. Él me estrechó entre sus brazos fibrosos y noté que temblaba de risa.

Me aparté con una gran sonrisa.

—Hola, Percy —dijo, con las cejas enarcadas bajo su pelo alborotado.

El timbre de su voz me dejó de piedra. Era diferente. Grave. Me recuperé rápidamente de la sorpresa y lo agarré del brazo.

—Novedad uno —dije, pegando mi muñeca a la suya para que nuestras pulseras estuvieran juntas—. No me la he quitado desde Acción de Gracias. —Nos sonreímos el uno al otro como dos chiflados—. Así tendremos algo sobre lo que jurar —añadí.

—Menos mal. Era mi mayor preocupación.

El sarcasmo rezumó de las palabras de Sam como lo hacía el caramelo de un huevo de chocolate. Estaba satisfecho.

—Hola, Pers —saludó Charlie por detrás de Sam, y acto seguido se dirigió a mis padres—: Señor y señora Fraser, mi madre nos ha mandado para que les ayudemos a descargar.

—Qué detalle, Charlie —gritó mi padre con la cabeza en el maletero del todoterreno—. Pero deja ya lo de señor y señora, ¿vale?

—Soy Delilah —dijo una voz por detrás de mí.

Uy. Me había olvidado completamente de mi amiga. Una pequeña (bueno, vale, una gran) parte de mí era reacia a presentar a Delilah y a Sam. Ella era mucho más mona que yo y, mientras yo seguía plana como una tabla, las tetas de Delilah se habían puesto enormes ese año. Aunque sabía que no había nada entre Sam y yo, tampoco quería que hubiese algo entre ellos.

—Perdona, qué maleducada soy —me disculpé—. Sam, esta es Delilah. Delilah, Sam. —Aunque se saludaron, la frialdad de Sam fue evidente.

Sam había respondido literalmente con dos palabras al correo en el que le contaba que había retomado la amistad con Delilah: «¿Estás segura?». Yo lo estaba, pero evidentemente él no.

—Tú debes de ser Charlie —saludó Delilah, aproximándose a él como un zorro a un polluelo.

—Sí, hola —contestó él mientras caminaba cargado con una bolsa llena de comida, ignorándola por completo.

Ella se volvió tan campante hacia Sam con sus chispeantes ojos azules. Iba vestida con un minúsculo pantalón corto de color coral y un ceñidísimo top de tubo amarillo que enseñaba tanto su escote como su ombligo.

—Percy no me había dicho lo mono que eres —siguió, otorgándole una de sus inconfundibles sonrisas radiantes, toda labios rosas brillantes y aleteo de pestañas.

Sam hizo una mueca y me miró.

—Lo siento —dije articulando con los labios. Luego cogí a Delilah del brazo y me la llevé a rastras hacia el coche mientras ella reía tontamente.

—¿Puedes pasarte por mi casa luego? —preguntó Sam cuando terminamos de descargar—. Te quiero enseñar una cosa. Son las novedades una, dos y tres. —Por su manera de decirlo, como si Delilah no estuviera presente, sentí como si el pecho se me llenase de helio.

—¿Todavía no le has contado lo del barco? —preguntó Charlie. Sam se frotó la cara y se apartó el pelo de la frente en un gesto de enfado reprimido.

—No, iba a ser una sorpresa.

—Mierda, lo siento, tío —se disculpó Charlie. He de decir a su favor que parecía sincero.

—Bueno, pues cuéntanoslo —intervino Delilah con las manos apoyadas sobre sus curvas de vértigo.

—Hemos arreglado el barco viejo de mi padre —empezó Sam con orgullo en tono de barítono. Me iba a costar un poco acostumbrarme a su voz.

—Y con viejo quiere decir viejísimo —puntualizó Charlie.

—Era de nuestro abuelo, y nuestro padre lo reparó y lo mantuvo en funcionamiento hasta… —Sam dejó el resto de la frase en el aire.

—Ha estado todo este tiempo guardado en el garaje —intervino Charlie—. Mi madre siempre me prometió que podría utilizarlo cuando cumpliera dieciséis, pero necesitaba muchísimos arreglos. Nuestro abuelo ha ayudado a repararlo esta primavera, cuando volvieron de Florida. Hasta consiguió que este echara una mano.

Charlie le dio un codazo a Sam.

—Tienes que verlo, Percy —dijo Sam con una sonrisa torcida—. Es genial.

Delilah se echó el pelo por detrás de un hombro pálido.

—Nos encantaría.

—¡Madre mía, Percy! —chilló Delilah en cuanto subimos nuestras maletas a mi dormitorio—. ¿Por qué no me has dicho lo bueno que está Charlie? ¡Me habría puesto algo mucho más mono que esto!

Me eché a reír. Delilah estaba totalmente obsesionada con los chicos desde hacía más o menos un año.

—Sam no es tan guapo, pero también es mono —comentó con la vista clavada en el techo, como si estuviera reflexionando detenidamente—. Seguro que estará igual de bueno que su hermano cuando se haga mayor.

Noté el regusto amargo de los celos en la lengua. No quería que pensara que Sam era mono. No quería que pensara en Sam.

—No está mal, supongo —dije, encogiéndome de hombros.

—¡Vamos a elegir lo que nos vamos a poner para ir a su casa esta tarde! —exclamó abriendo su maleta.

—Son solo Sam y Charlie. Créeme: les da igual cómo nos vistamos —señalé, aunque en ese momento no lo tenía tan claro. Ella me miró con incredulidad—. Yo iré en bikini y pantalón corto, por si lo quieres tener en cuenta —apostillé.

Nos cambiamos después de deshacer el equipaje. Delilah se puso un bikini de triángulo negro que se sujetaba precariamente con unos endebles cordones, y se enfundó unos pulcros vaqueros deshilachados blancos tan cortos que la sonrisa de los cachetes del culo le asomaba por debajo.

—¿Qué te parece?

Dio una vuelta y, aunque intenté no fijarme en su pecho, me resultó prácticamente imposible teniendo en cuenta su proporción con respecto al bikini.

—Estás loca —dije—, pero en el buen sentido.

Lo dije en serio, aunque la quemazón acre de la envidia se extendió por mi garganta.

Mi madre no me permitía llevar bikinis de cordones, pero me había dejado ponerme uno naranja fosforito de tirantes anchos con hebillas. En la tienda me pareció chulo, pero en ese momento me sentí infantil y pensaba que mis pantalones cortos cubrían demasiado.

Bajamos los escalones hasta el lago. El cielo estaba despejado y el agua, de un azul intenso, rizada por la brisa que soplaba del sureste.

Había una lancha de color amarillo vivo en el embarcadero de los Florek, y las cabezas de Charlie y Sam asomaban mientras trajinaban en el interior.

—¡Bonito barco! —grité, y ambos se incorporaron rápidamente, como suricatos, descamisados y bronceados. Las ventajas de vivir junto al lago.

—Veo los músculos de Charlie desde aquí —chilló Delilah, emocionada.

—Calla, que el sonido se propaga rápidamente por el agua.

Pero ella tenía razón. Charlie estaba musculoso, y tenía los brazos, el pecho y los hombros más definidos.

—¿Queréis venir a verlo? —gritó Sam.

—¡Claro que sí! —respondió Delilah con un arrullo. Le di un codazo y levanté la mano con el pulgar hacia arriba.

Atajamos por el sendero que comunicaba nuestras propiedades y asomamos entre los árboles a unos cuantos metros de su embarcadero.

—¿A que es un barco magnífico? —Sam me sonrió de oreja a oreja desde el barco.

—Es una embarcación magnífica —corrigió Charlie.

—¡Es alucinante! —exclamé, y lo dije en serio. La lancha tenía el morro redondeado, bancos de vinilo marrón en la parte delantera y cabida para seis personas más en la parte trasera.

—Totalmente retro —musitó Delilah entusiasmada mientras caminábamos por el embarcadero.

—Vaya, vaya, Pers. —Charlie hizo un ademán con las manos en el aire—. El color de tu bikini junto al de la lancha... Iba a llevaros a dar un paseo, pero igual soy incapaz de ver.

Lo miré con el ceño fruncido.

—Qué gracioso —masculló Sam, y acto seguido me miró de arriba abajo—. Tu bikini es muy chulo. Te hace juego con la pulsera. Venga, súbete.

Sam alargó la mano para ayudarme y sentí una descarga caliente desde los dedos hasta el cuello.

«¿Qué ha sido eso?».

—Lo llamamos «barco banana» por razones obvias —comentó Sam, ajeno a la descarga que había provocado en mi brazo.

—Ni siquiera os hemos enseñado lo mejor.

Charlie empujó la palanca del timón y la bocina emitió un fuerte aaa-uuu-gaaa. Delilah y yo, sobresaltadas, nos reímos a carcajadas.

—¡Madre mía! ¡Este barco suena como un pervertido! —exclamó.

—Le da un nuevo significado al nombre barco banana, ¿eh? —Sam le sonrió con picardía, y la electricidad que fluía por mi brazo se desvaneció.

Una vez conseguido el beneplácito de mis padres, que ya estaban sentados en el embarcadero con sus respectivas copas de vino en la mano, Charlie nos llevó al sur, hasta una pequeña cala, y apagó el motor.

—Señoras, esta es la roca del salto —anunció.

Soltó el ancla y se quitó la camiseta. A pesar de mi gran esfuerzo por no quedarme mirando sus nuevos abdominales, fracasé.

—Es totalmente seguro saltar —dijo Sam—. Llevamos haciéndolo desde que éramos pequeños.

—¿Quién se apunta? —preguntó Charlie.

—¡Yo! —exclamó Delilah, levantándose para desabrocharse los pantalones cortos.

Yo había estado demasiado distraída como para fijarme en el acantilado rocoso frente al que habíamos fondeado. Me puse pálida.

—No tienes por qué hacerlo —me dijo Sam—. Me quedo contigo en el barco.

Me levanté y me quité los pantalones cortos. No iba a quedar como una niñata.

Nos tiramos de cabeza al agua desde la popa de la lancha y nadamos en dirección a la orilla, Delilah y yo a la zaga de Sam y Charlie por el costado del acantilado. Chillé cuando Charlie corrió hacia el borde y saltó al agua de repente.

Al acercarnos con cautela al borde, vimos su cabeza en el agua. Los hoyuelos de su sonrisa se distinguían incluso a esa altura.

—¿Quién es el siguiente? —gritó.

—¡Yo! —anunció Delilah.

Sam y yo nos hicimos a un lado para dejarle espacio. Ella retrocedió desde el borde, dio tres enormes zancadas y saltó. Emergió a la superficie riendo.

—¡Ha sido increíble! ¡Tienes que probar, Percy! —gritó.

Se me hizo un nudo en el estómago. Parecía muchísimo más alto desde ahí arriba que desde el barco. Miré hacia atrás, barajando la idea de bajar caminando sin más.

—¿Quieres volver por donde hemos venido? —preguntó Sam, leyéndome el pensamiento.

Hice un mohín.

—No quiero quedar como una gallina —confesé.

Volví la vista hacia el lago y a continuación hacia Charlie y Delilah.

—No, es normal, está altísimo —dijo Sam, inspeccionando el agua—. Podríamos tirarnos juntos. Te agarraré de la mano y saltaremos a la de tres.

Respiré hondo.

—Vale.

Sam entrelazó los dedos con los míos.

—Juntos, a la de tres —dijo, apretándome la mano con fuerza.

—Una, dos y tres...

Caímos como rocas; nuestras manos se soltaron cuando rompimos la superficie del agua. Fui hundiéndome cada vez más, como si llevara un yunque sujeto al tobillo y, durante una milésima de segundo, temí no poder emerger. Pero entonces, el impulso inicial de mi caída se redujo y pataleé para nadar en dirección a la luz. Salí sin aliento al mismo tiempo que Sam, que giró la cabeza de un lado a otro buscándome. Sonreía de oreja a oreja.

—¿Estás bien?

—Sí —jadeé, mientras trataba de recuperar el aliento—. Pero no pienso repetir.

—¿Y tú qué, Delilah? —preguntó Charlie—. ¿Quieres repetir?

—Claro que sí —respondió ella, como si no hubiera otra posibilidad.

Sam y yo nadamos hasta la lancha y subimos por la escalerilla de la popa. Me pasó una toalla y nos sentamos uno frente al otro en los bancos delanteros para secarnos.

—Delilah no es tan mala como pensaba —comentó.

—Ah, ¿sí?

—Sí, parece un poco... tonta, pero sigo vigilándola de cerca. Como se le ocurra meterse contigo, no tendré más remedio que poner en práctica mi venganza. —El pelo le goteaba sobre los

hombros, menos huesudos que antes—. La he estado maqui-
nando desde que me hablaste de ella. Lo tengo todo planeado.

Me hizo gracia.

—Gracias por defender mi honor, Sam Florek, pero ha cambiado.

Él me miró y se mudó de banco para sentarse a mi lado, con
el muslo pegado al mío. Yo, muy consciente de que se me había
puesto la piel de gallina al contacto con la suya, me pasé la toalla
sobre los hombros. Apenas reparé en las zambullidas de Charlie y Delilah cuando saltaron por segunda vez.

—¿Qué llevas en el pelo? —preguntó, haciendo un gesto hacia el mechón que me había liado con hilo de bordar.

—Oh, había olvidado que lo llevaba —dije—. Me lo hice a
juego con la pulsera. ¿Te gusta?

Cuando apartó la mirada de mi pelo para mirarme a la cara, el
intenso azul de sus ojos me dejó boquiabierta. No es que no hubiera reparado en ellos hasta entonces. ¿Sería porque nunca los había
tenido tan cerca? Sam tenía un aspecto diferente a la última vez,
los pómulos más prominentes, la zona bajo estos más marcada.

—Sí, es chulo. Igual me dejo crecer el pelo este verano para
que también puedas hacerme uno a juego con mi pulsera —comentó.

Me observó atentamente, y las chispas que sentía donde su
pierna tocaba la mía se convirtieron en una hoguera. Ladeó ligeramente la cabeza y apretó los labios. Tenía el de abajo más
grueso que el de arriba y una tenue línea dividía en dos la me-
dialuna rosa. Nunca me había fijado en eso.

—Estás diferente —musitó mientras me examinaba con los
ojos entrecerrados—. No tienes pecas —señaló al cabo de unos
segundos.

—No te preocupes, volverán —le aseguré, levantando la vista hacia el sol—. Quizá antes de que acabe el día.

Elevó un poco una de las comisuras de sus labios, pero siguió con el ceño fruncido.

—Ni flequillo —añadió, y tiró suavemente del mechón de mi pelo trenzado con hilo. Di un respingo, con el corazón acelerado.

«Pero ¿qué es lo que está pasando?».

—No, y no volveré a llevarlo jamás —contesté. Al levantar la mano para meterme el pelo detrás de la oreja, me di cuenta de que temblaba y la puse a buen recaudo bajo mi muslo—. ¿Sabes que eres el único chico que conozco que se fija tanto en el pelo? —Traté de decirlo con naturalidad, pero las palabras salieron como de una camisa de fuerza.

Él sonrió con picardía.

—Yo me fijo en muchas cosas de ti, Percy Fraser.

Los fuegos artificiales por el Día de Canadá eran un espectáculo impresionante para una localidad tan pequeña. El encendido se realizaba desde el muelle; las explosiones iluminaban el cielo nocturno y se reflejaban sobre el negro azabache del agua.

—¿Crees que los amigos de Charlie son tan monos como él? —preguntó Delilah, esparciendo ropa por todo el suelo mientras nos arreglábamos.

El plan era que Charlie, Sam y los amigos de Charlie nos recogieran en el barco banana al anochecer para poder ver los fuegos artificiales desde el lago.

—Conociendo a Charlie, supongo que serán solo chicas —contesté mientras me ponía un pantalón de deporte.

—Mmm… Entonces tendré que ir a por todas. —Sostuvo en alto un top de cuello halter rojo y una minifalda negra—. ¿Qué te parece?

—Que pasarás frío. Cuando se pone el sol, refresca.

Me lanzó una sonrisa diabólica.

—Correré el riesgo.

Así pues, una vez vestidas (ella con ropa para salir de fiesta, yo con una sudadera azul marino de la Universidad de Toronto que mi padre me había comprado en la tienda de regalos de la universidad) fuimos de camino al lago. Nos quedamos de piedra cuando llegamos al embarcadero y miramos hacia el de los Florek. Charlie y otro chico estaban ayudando a subir al barco a tres chicas. Me reconfortó el hecho de que iban vestidas con leggins y jerséis, más a mi estilo que al de Delilah.

Charlie arrimó el barco al extremo de nuestro embarcadero para que subiéramos a bordo y nos presentó al grupo. Delilah torció el gesto cuando se refirió a Arti como su novia, pero se recompuso enseguida y plantó el culo en el banco al lado de Sam. Yo me senté frente a ellos, sin despegar los ojos del punto donde Delilah tenía la pierna apretada contra la de Sam.

Charlie fondeó en las inmediaciones de la playa del pueblo, donde decenas de embarcaciones se mecían en el agua y los coches flanqueaban la orilla de la bahía entera. Evan, el amigo de Charlie, abrió un par de latas de cerveza y nos las pasó mientras esperábamos. Tanto Charlie como Sam declinaron el ofrecimiento, pero Delilah tomó un sorbo e hizo una mueca al saborearla.

—No te va a gustar, Percy —dijo, y se la devolvió a Evan.

Aproveché la penumbra para observar a Sam, que estaba escuchando a Delilah mientras esta le contaba sus planes para el verano: montar a caballo por los lagos Kawartha y tomar el sol en un complejo hotelero de Muskoka. Tenía el pelo abundante y rebelde, como siempre, y aunque no paraba de apartárselo, enseguida volvía a caerle sobre los ojos. Pensé que tenía una buena boca. Su nariz poseía el tamaño justo en proporción con su cara, ni demasiado grande ni demasiado pequeña; su perfección resultaba algo chocante. Y ya sabía que tenía los ojos más bonitos del mundo. La verdad es que todas sus facciones eran bonitas. Estaba muy flaco, pero no tenía los codos y las rodillas tan huesudos como el verano anterior. Delilah tenía razón: Sam era mono. Pero hasta ese momento no me había fijado.

Me quedé sentada en silencio con mi descubrimiento mientras Delilah describía la piscina del complejo hotelero y él asentía con la cabeza, con las manos grandes sobre las rodillas y los muslos apretados contra los de ella.

—¿Tienes frío? —le preguntó.

—Un poco —confesó ella. Aunque saltaba a la vista que estaba tiritando, cuando Sam se bajó la cremallera de su sudadera con capucha negra y se la ofreció, me sentó como una puñalada en el estómago.

La realidad me golpeó como un autobús: no tenía ni idea de la cantidad de tiempo que Sam pasaba con otras chicas a lo largo del año. Intuía que no tenía novia, pero claro, el tema no había salido a colación. Y Sam era monísimo. Y listo. Y atento.

—¿Estás bien, Percy? —preguntó. Me había pillado observándole con los ojos como platos.

Delilah me miró con gesto divertido.

—¡Sí! —Me salió con un gallo. Necesitaba una distracción—. Oye, Evan, ¿me das un sorbo? —pedí, señalando su cerveza.

—Sí, claro.

Me pasó la lata y… No, no me gustaba la cerveza. Tras darle el primer trago, sonreí a Evan y me vi en el compromiso de darle otros dos antes de devolvérsela. Sam se inclinó hacia mí, con los labios apretados.

—¿Bebes cerveza? —me preguntó con patente incredulidad.

—Me encanta —mentí.

Él frunció el ceño y levantó la muñeca.

—¿Lo juras?

—De eso nada.

Negó con la cabeza; el sonido de su risa me arrancó una sonrisa.

Delilah nos observaba como si estuviera viendo una partida de ping-pong. Cuando comenzaron los fuegos artificiales y su eco resonó en toda la bahía, se sentó a mi lado, entrelazó su brazo con el mío y me susurró al oído:

—Tu secreto está a salvo conmigo.

Durante la visita de Delilah hizo un tiempo perfecto: cielos despejados, ni una gota de lluvia y calor sin humedad, como si la madre naturaleza hubiera estado al corriente de su llegada y se hubiese puesto sus mejores galas. Para gran decepción de Delilah, Charlie no se mostró tan cooperativo, pues se pasó gran parte del tiempo trabajando en La Taberna o en casa de Arti, en el pueblo.

Su último día en el lago fue, como decía mi padre, como estar dentro de un horno, y cuando nos fue imposible caminar por el embarcadero sin achicharrarnos los pies, nos fuimos al sótano de los Florek.

—¿Y Charlie? —preguntó Delilah mientras los tres bajábamos con aire cansino por las escaleras con refrescos y una bolsa de patatas fritas con sal y vinagre.

—Durmiendo, seguramente —respondió Sam, y empuñó el mando a distancia—. ¿Qué os apetece ver?

Él y yo nos acomodamos, como de costumbre, en los extremos del sofá.

—Tengo una idea mejor —dijo Delilah, sacudiendo su melena pelirroja—. Juguemos a verdad o atrevimiento.

Sam resopló.

—No sé… —titubeé, incómoda—. Igual no somos suficientes para jugar.

—¡Claro que sí! Se puede jugar con solo dos personas y somos uno, dos y tres. —Sam observó a Delilah como si fuera una serpiente venenosa—. ¡Vamos! Es mi último día. Hagamos algo divertido.

—¿Solo un ratito? —Dirigí mi pregunta a Sam.

—Vale, venga —accedió con un fuerte suspiro.

Delilah aplaudió y nos colocó en círculo sobre la moqueta de sisal.

—Como no tenemos botella, haremos girar el mando a distancia para ver a quién le toca primero y listo. Empieza al que le señale el extremo de arriba —indicó—. Sam, ¿por qué no lo haces girar tú?

—Si no hay más remedio... —dijo bajo una cortina de pelo rubio oscuro.

Hizo girar el mando a distancia, que apuntó vagamente en dirección a Delilah.

—¿Verdad o atrevimiento? —preguntó Sam con el entusiasmo de una trucha muerta.

—¡Verdad!

Sam la enfiló con sus ojos azules como a un misil.

—¿Has hecho bullying a alguien alguna vez?

Le lancé a Sam una mirada de advertencia, pero Delilah no se percató.

—Qué pregunta más rara —dijo, haciendo un mohín con sus labios de fresa—. No, qué va.

Sam alzó una ceja, pero lo dejó pasar.

—Vale, me toca a mí preguntar —dijo ella, y se frotó las manos—. Sam: ¿tienes novia?

—No —contestó en un tono de aburrimiento mortal y un pelín condescendiente. Reprimí una sonrisa que nació en las yemas de mis dedos y solté el suspiro que había estado conteniendo desde la noche de los fuegos artificiales.

Tras quince minutos tediosos respondiendo a preguntas, Sam se frotó la cara y preguntó con desgana:

—¿Podemos acabar con esto si elijo atrevimiento?

Delilah lo sopesó hasta que en su cara de porcelana se dibujó un malicioso gesto de victoria.

—Magnífica idea, Sam. —Con el dedo índice sobre la barbilla, fingió estar pensativa. Instantes después, lo miró con los ojos entrecerrados—. Atrévete a besar a Percy.

Abrí la boca de par en par muy despacio. Llevaba días tratando de averiguar lo que sentía por Sam. Pero la mirada que este le estaba lanzando a Delilah, como si quisiera descuartizarla en pedazos minúsculos, era un rótulo luminoso que anunciaba: «Solo besaría a Percy Fraser si fuera la única chica de la galaxia, y tal vez ni siquiera entonces». Se me encogió el estómago.

—¿Qué, no te parece lo bastante mona para ti? —preguntó Delilah en un tono engolado, justo cuando oímos pasos por las escaleras.

—¿Quién no es lo bastante mona para ti, Samuel? —preguntó Charlie, caminando a grandes zancadas hacia nosotros con unos pantalones de deporte negros. Al estirarse para bostezar, su torso desnudo se convirtió en el centro de todas las miradas.

—Nadie —contestó Sam.

—Percy —replicó Delilah al mismo tiempo.

Charlie la miró con la cabeza inclinada, sus ojos verdes chispeantes de deleite.

—¿Y eso?

—Le he retado a besarla, pero está claro que no piensa hacerlo. Si se tratara de mí, me sentiría ofendida —dijo, como si yo no estuviera sentada justo a su lado.

—¿Ah, sí? —Charlie esbozó una sonrisa de suficiencia—. ¿Y cómo es eso, Samuel?

—Piérdete, Charles —masculló él mientras un torrente de sangre roja ascendía por su cuello.

—No quiero que Percy se sienta mal porque no tienes huevos para besarla —repuso Charlie.

Se agachó, me cogió la cara entre las manos y deslizó su boca sobre la mía sin darme tiempo a reaccionar. Sus labios, suaves y cálidos, sabían a zumo de naranja; los apretó contra los míos el tiempo suficiente como para que me sintiera cohibida con los ojos abiertos. Cuando terminó, se separó de mí unos cuantos centímetros sin despegar las manos de mis mejillas.

—El que parpadea, pierde, Sam —dijo, mirándome con sus ojos felinos. Me hizo un guiño, se enderezó y enfiló escaleras arriba, dejando tras de sí la estela acre de su desodorante.

—¡Guau, Percy! —Delilah me cogió del brazo. Me pasé la lengua por los labios, que guardaban un intenso regusto a cítrico—. ¡Tierra llamando a Persephone! —exclamó con una risita.

Sam me observaba en silencio, ruborizado hasta las orejas. Aparté la mirada y agaché la cabeza para ocultar mi cara tras el oscuro campo de fuerza de mi pelo.

Me acababan dar mi primer beso, pero mi único pensamiento era que Sam no había querido besarme. Ni siquiera en un juego de atrevimiento.

Mi madre llevó a Delilah de vuelta a la ciudad a la mañana siguiente. Delilah me dio un abrazo mientras me decía que se lo había pasado «mejor que nunca» y que iba a echarme muchísimo de menos. Respiré aliviada cuando se marchó. Quería tener a Sam para mí sola para que las cosas volvieran a la normalidad, y olvidar que Charlie me había besado y que Sam se había negado en redondo a hacerlo.

La parte de la vuelta a la normalidad fue fácil: nadamos, pescamos, leímos, vimos películas de terror de los ochenta… Pero ¿lo de olvidar el incidente del beso? No tanto, al menos para mí. Para Charlie no supuso ningún problema. Pensé que había llegado a olvidarse de que me había dado un pico (tal vez estuviera medio dormido o sonámbulo en ese momento), ya que no lo mencionó.

Estaba sentada en el barco banana rumiando acerca de todo esto mientras Charlie y Sam se secaban tras nuestra última excursión a la roca del salto (yo me quedé a bordo, de vigilante). No es que quisiera que Charlie sacara a colación lo del beso; es que, en cierto modo, deseaba confirmar que no era una negada absoluta a la hora de besar. Cuando tenía los ojos clavados en la boca de Charlie, noté que me tiraban de la pulsera. Era Sam, y me pilló *in fraganti*.

Cuando regresamos a la casa de los Florek, Sam y yo fuimos nadando hasta la balsa mientras Charlie se preparaba para su turno en el restaurante. En cuanto subimos a ella, Sam se tumbó con la cabeza apoyada en las manos y la cara hacia el sol y cerró los ojos sin mediar palabra.

«¿Qué mosca le ha picado?».

Apenas me había dirigido la palabra desde que me sorprendió mirando con ojos de deseo a su hermano, y de pronto me pillé un enfado monumental. Retrocedí unos pasos para coger carrerilla y me tiré a bomba al agua cerca de donde él estaba. Cuando salí a la superficie vi que Sam tenía las piernas cubiertas de gotas, pero no se había movido ni un pelo.

—Estás más callado que de costumbre —dije cuando volví a la balsa. Me quedé de pie junto a él para que el agua le goteara sobre el brazo.

—Ah, ¿sí? —contestó en tono impasible.

—¿Estás enfadado conmigo?

Lancé una mirada fulminante hacia sus párpados.

—No estoy enfadado contigo, Percy —dijo, y deslizó un brazo sobre su cara.

«Ya, claro».

—Vaya, pues no lo parece —gruñí—. ¿He hecho algo? —Mutis—. Sea lo que sea, lo siento —añadí con un deje de sarcasmo. Porque (¡ojo!) fue él quien me rechazó.

Nada. Impotente, me senté y le retiré el brazo de la cara. Me miró con los ojos entornados.

—Percy, que no. En serio —insistió.

Me di cuenta de que lo decía de verdad. Y también de que algo iba mal.

—Entonces, ¿qué te pasa?

Él se zafó de mí, se incorporó pesadamente, se sentó y nos quedamos uno frente al otro con las piernas cruzadas, rozándonos las rodillas. Ladeó un poco la cabeza.

—¿Fue ese tu primer beso? —preguntó.

Titubeé ante el repentino cambio de tema. Besar no era algo que hubiésemos tratado hasta entonces.

—¿El de Charlie, el otro día? —me azuzó.

Miré hacia atrás, por encima de mi hombro, buscando cómo escapar de aquella conversación.

—Técnicamente sí —murmuré, sin apartar los ojos del agua.

—¿Técnicamente?

Suspiré y lo miré de frente de nuevo, avergonzada.

—¿Tenemos que hablar de esto? Ya sé que catorce es tarde para un primer beso, pero…

—Charlie es un capullo —atajó con una inusitada aspereza.

—No pasa nada —dije con rapidez—. Solo es un beso. No es para tanto, no tiene importancia —mentí.

—Tu primer beso es muy importante, Percy.

—Ay, por Dios —rezongué, bajando la vista al punto donde se tocaban nuestras rodillas—. Pareces mi madre.

Me fijé en el pelo claro que salpicaba sus espinillas y muslos.

—¿Te ha bajado ya la regla?

Levanté la vista al instante.

—¡Pero qué dices! —grité.

Él lo había dicho como si tal cosa, como si me hubiera preguntado «¿Te gusta la calabaza?».

—¿Por qué no? La mayoría de las chicas menstrúan alrededor de los doce años. Tú tienes catorce —señaló como si tal cosa.

Me dieron ganas de tirarme al agua desde la balsa y no salir a respirar jamás.

—No me puedo creer que acabes de decir «menstrúan» —farfullé, con el cuello ardiendo.

Me había bajado la regla por primera vez un día en el instituto. Me quedé mirando la mancha roja en mis bragas con estampado de flores durante un minuto entero antes de tirar de Delilah para que entrara al cubículo del servicio porque, por mucho que me hubiera obsesionado con que me bajase, no tenía ni idea de qué hacer. Ella fue corriendo a su taquilla a por un neceser con compresas y tubos largos envueltos en papel amarillo. Tampones. Yo no podía creer que los usara. Después de enseñarme cómo ponerme la compresa, dijo: «Vas a tener que hacer algo con estas bragas de abuela. Ahora eres una mujer».

—Bueno, ¿la tienes? —preguntó Sam de nuevo.

—Y tú, ¿tienes sueños húmedos? —solté.

—No te lo pienso decir —respondió, rojo como un tomate.

Seguí erre que erre.

—¿Por qué no? Tú me has preguntado por la regla. ¿No te puedo preguntar por tus sueños húmedos?

—No es lo mismo —dijo, y bajó la vista un instante hacia mi pecho. Nos miramos fijamente.

—Responderé a tu pregunta si tú respondes a la mía —dije con evasivas tras un largo instante.

Él se quedó mirándome con los labios apretados.

—¿Lo juras? —preguntó.

—Lo juro —respondí, y le di un tironcito a su pulsera.

—Sí, tengo sueños húmedos —dijo de un tirón. Ni siquiera rompió el contacto visual.

—¿Qué sientes? ¿Duele? —Las preguntas salieron de mis labios sin mi aprobación.

Esbozó una sonrisa de suficiencia.

—No, Percy, no duele.

—No me imagino cómo es perder el control del cuerpo hasta ese punto.

Sam se encogió de hombros.

—Las chicas tampoco tienen control sobre su regla.

—Es verdad. Nunca lo había pensado.

—Pero sí que has pensado en los sueños húmedos.

Me observó detenidamente.

—Bueno, me parecen bastante repugnantes —mentí—. Aunque no tan repugnantes como la regla.

—La regla no es repugnante. Forma parte de la biología humana y en realidad, si te paras a pensarlo, es bastante guay —añadió en tono sincero, con los ojos muy abiertos—. Básicamente es el fundamento de la vida.

Me quedé boquiabierta. Sabía que Sam era listo (le había echado un ojo disimuladamente al boletín de notas que estaba pegado en la nevera de los Florek), pero a veces decía cosas como «La regla es el fundamento de la vida» que me hacían sentir a años luz de él.

—Menudo friki estás hecho —dije en tono burlón—. Solo tú podías decir que la regla es guay, pero créeme, es repugnante.

—De modo que la tienes —confirmó.

—Su capacidad de deducción es excepcional, doctor —dije, tras lo cual me tumbé bocarriba y cerré los ojos para zanjar la conversación.

Sin embargo, al cabo de unos instantes la retomó.

—La sensación es diferente cada vez. —Levanté la vista hacia él, pero contra el sol solo distinguía la silueta de su cara—. A veces siento cómo sucede mientras sueño, y otras veces me despierto y ya ha sucedido.

Me protegí los ojos con la mano para intentar ver su cara.

—¿Con qué sueñas? —susurré.

—¿Tú qué crees, Percy?

Yo tenía una idea aproximada de qué les parecía sexy a los chicos.

—¿Con rubias tetonas?

—A veces, supongo —respondió—. A veces, con chicas de pelo castaño —añadió en voz baja.

Su manera de mirarme hizo que mis entrañas se volvieran miel caliente.

—¿Cómo fue tu primer beso? —pregunté. De pronto sentí la necesidad apremiante de saberlo.

Se quedó callado durante largos instantes y, al hablar, lo hizo con un suave hilo de voz.

—No lo sé. Todavía no he besado a nadie.

En el instituto de Deer Park corría el rumor de que la señorita George era una bruja. La maestra de Lengua de noveno grado era una mujer soltera entrada en años cuyo pelo ralo de color herrumbre parecía tan quebradizo que me daban ganas de arrancarle un mechón. Vestía con capas de prendas holgadas en tonos negros y ocres que ocultaban su cuerpo menudo, y botas de punta y tacón alto atadas alrededor de sus flacas pantorrillas. Llevaba un brazalete de resina con un escarabajo encapsulado que, según nos aseguraba ella, era auténtico. Era estricta, brusca y un pelín siniestra. Me encantaba.

El primer día de clase repartió cuadernos en tonos pastel para que los utilizásemos a modo de diario. Nos dijo que los diarios eran sagrados, que no juzgaría su contenido. Nuestra primera tarea fue escribir acerca de la experiencia más memorable del verano. Delilah me miró y articuló con los labios: «Charlie sin camiseta». Reprimiendo una risita, abrí el cuaderno amarillo pálido y me puse a describir la roca del salto.

Escribir en el diario enseguida se convirtió en mi parte favorita del curso: unas veces, la señorita George nos asignaba un tema específico; otras, nos daba carta blanca. Me sentía bien al dar forma y poner en orden mis pensamientos, y me gustaba utilizar las palabras para describir escenas del lago y del bosque. Dediqué una página entera a los *pierogi* de Sue, pero también me inventé relatos terroríficos de fantasmas vengativos y experimentos médicos fallidos.

A las cuatro semanas del inicio del curso, la señorita George me pidió que me quedara al término de la clase. Cuando los demás alumnos desfilaron fuera de la clase, me comentó que yo poseía un talento innato para la escritura creativa y me animó a presentarme a un certamen de relatos cortos que había organizado el comité escolar. Los finalistas asistirían a un taller de escritura de tres días en un centro local durante las vacaciones de marzo.

—Pule una de tus historias de terror, querida —dijo, y me despachó.

Me llevé el cuaderno a la cabaña el fin de semana de Acción de Gracias para que Sam me ayudara a elegir una idea sobre la que trabajar. Nos sentamos en mi cama y nos tapamos las piernas con la manta de Hudson's Bay; Sam se puso a hojear las páginas mientras yo mantenía la mirada pegada en él como una lengua se pegaba a un poste metálico en invierno. Desde el instante en que Sam me contó que no había besado a nadie, no podía parar de pensar en las ganas que tenía de poner mi boca sobre la suya antes de que otra se me adelantara.

—Son buenísimos, Percy —comentó. Se puso serio y me dio unas palmaditas de «vaya, vaya» en la pierna—. A simple vista eres una chica guapa y dulce, pero en el fondo eres un bicho raro.

Le arrebaté el libro de las manos y le aticé con él, pero mi cerebro se había quedado atascado en la palabra «guapa».

—Lo digo como un cumplido —aclaró entre risas, protegiéndose con las manos en alto.

Hice amago de atizarle de nuevo, pero me agarró de la muñeca y, al tirar de mí, caí encima de él. Ambos nos quedamos inmóviles. Posé los ojos en la pequeña línea de su labio inferior, pero justo entonces oí pasos en las escaleras y me aparté a gatas precipitadamente. Mi madre apareció en el umbral, con el ceño fruncido tras sus enormes gafas de montura roja.

—¿Todo bien por aquí arriba, Persephone?

—Creo que deberías presentar el del cerebro ensangrentado —dijo Sam con voz ronca cuando mi madre se fue.

Mis padres dijeron que podíamos pasar las vacaciones de marzo en Barry's Bay si no me seleccionaban para el taller, y por un instante barajé la posibilidad de ni siquiera presentarme. Le planteé la idea a Delilah de camino a casa a la salida del instituto y me dio un pellizco en el brazo.

—Tienes cosas más importantes en las que pensar que en los Chicos del Verano —dijo.

La agarré con fuerza del brazo.

—¿Quién eres y qué has hecho con Delilah Mason? —gimoteé.

Ella me sacó la lengua.

—Lo digo en serio. Los chicos son para pasarlo bien. Para

pasarlo en grande. Pero no permitas que uno se interponga en tu grandeza.

Recurrí hasta mi último ápice de autocontrol para no troncharme de risa. Pero eso es lo que había.

Trabajé en el relato a lo largo del otoño. Era sobre un barrio residencial aparentemente idílico donde los adolescentes más listos y atractivos eran enviados a una academia de élite, solo que dicha escuela en realidad era una institución espeluznante donde les extraían la sangre del cerebro para desarrollar un suero de la juventud. Sam me ayudó a pulir los detalles por correo electrónico. Detectó lagunas en la trama y en los datos científicos y después hizo una lluvia de ideas conmigo para encontrar las soluciones.

Cuando terminé, le envié por correo postal un ejemplar con la portada firmada y con la dedicatoria: «Por saber siempre cuál es la cantidad precisa de sangre». Lo titulé *Sangre joven.*

Al cabo de cinco días, Sam llamó por teléfono a mi casa después de cenar.

—Voy a dejar de planear cosas para las vacaciones de marzo —dijo—. Está clarísimo que vas a ganar.

Pusimos rumbo a Barry's Bay el día después de Navidad. El bosque parecía un mundo diferente en comparación con el verano: los abedules y los arces estaban pelados, dos palmos de nieve alfombraban el suelo y el reflejo del sol sobre los cristales creaba minúsculas motas brillantes. Las ramas del pino parecían cubiertas de polvo de diamante. Uno de los residentes fijos había despejado el camino de entrada de nuestra cabaña y encendido el hogar, y del tubo de la chimenea emanaba una nube de humo. Parecía una postal navideña.

En cuanto deshicimos las maletas, me puse mi abrigo marinero de lana rojo, mis botas blancas con pompones de pelo y un gorro de punto con manoplas a juego. Cogí el paquete que había envuelto con esmero para Sam y salí a la intemperie. De mi aliento emanaban vaharadas argénteas y noté el mordisco del viento a través de las manoplas. Al llegar al porche de los Florek estaba tiritando.

Sue abrió la puerta y se sorprendió al verme.

—¡Percy! Cuánto me alegro de verte, cielo —dijo, y me dio un abrazo—. Pasa, pasa. ¡Hace un frío que pela!

La casa olía como en Acción de Gracias: a pavo, humo de leña y velas con aroma a vainilla.

—Feliz Navidad, señora Florek. Espero que no le importe que me haya presentado sin avisar. Traigo un regalo para Sam y quería darle una sorpresa. Está en casa, ¿no?

—No me importa en absoluto. Eres bienvenida en cualquier momento, ya lo sabes. Está… —La interrumpió un coro de gritos ahogados y, seguidamente, risas—. Está en el sótano, jugando a los videojuegos con un par de amigos. Deja aquí tus cosas y baja.

Me quedé mirándola, quieta. En teoría, yo sabía que Sam tenía otros amigos. Últimamente los mencionaba más que cuando nos conocimos; yo le animaba a aparcar los deberes y quedar con ellos. Pero no los conocía.

«¿Me apetece conocerlos? ¿Les apetecerá conocerme? ¿Acaso sabrán de mi existencia?».

—¿Percy? —Sue me alentó con gesto risueño—. Cuelga tu abrigo, ¿vale? Son muy majos, no te preocupes.

Bajé las escaleras en calcetines. Al llegar abajo me topé con tres pares de ojos sorprendidos.

—¡Percy! —exclamó Sam, y se levantó—. Pensaba que aún no habías llegado.

—¡Tachán! —dije, haciendo media reverencia. Los otros dos chicos soltaron sus mandos y se levantaron.

Sam me dio un fuerte abrazo, igual que hacía cuando estábamos a solas los dos. Yo cerré los ojos durante unos instantes; olía a suavizante para la ropa y a aire fresco. Parecía más fornido, más fuerte.

—Madre mía, estás helada —dijo al soltarme—. Tienes la nariz como un tomate.

—Sí, me parece que no voy bien abrigada para el norte.

—Deja que te traiga una manta.

Me dejó plantada en medio de la habitación mientras rebuscaba en una cómoda.

—Hola. —Saludé con la mano a los amigos de Sam—. Como está claro que Sam no sabe presentar a la gente, soy Percy.

—Ah, perdona —se excusó Sam, tendiéndome una colorida manta de ganchillo de patchwork—. Este es Finn —dijo, señalando al del pelo negro alborotado y gafas redondas. Era casi tan alto como Sam—. Y este es Jordie. —Jordie tenía la piel oscura y el pelo casi al rape. Era más bajo que los otros dos, pero no tan enjuto. Los tres iban vestidos con vaqueros y camisetas.

—La famosa Percy. Encantado de conocerte —dijo Finn sonriendo.

«De modo que han oído hablar de mí».

—La chica de la pulsera —comentó Jordie con una sonrisita—. Por fin podemos ver por qué Sam nunca queda con nosotros en verano.

—¿Porque está claro que yo soy más interesante? —bromeé.

Me acurruqué en el sillón de piel; Finn y Jordie se dejaron caer en el sofá de nuevo y cogieron los mandos. Sam se sentó en el brazo de mi sillón.

—Exacto —dijo.

—¿Tres novedades? —pregunté.

Se apartó el pelo e hizo un gesto hacia a la tele.

—Nuevo videojuego. —Se señaló el pecho—. Nueva sudadera. —Apuntó hacia unos patines de hockey amontonados—. Hemos hecho una pista de hielo en el lago. Te va a encantar. —Me colocó la manta sobre el regazo—. Podemos prestarte equipamiento de invierno. Te toca.

—Mmm... —Titubeé como si no tuviera previsto qué contarle—. Me han regalado un ordenador portátil por Navidad. Mi madre se ha traído una cafetera exprés, así que, si quieres cogerle el tranquillo al arte del latte, tenemos lo necesario. Y —reprimí una sonrisa— me han seleccionado para el taller de escritura.

La cara se le iluminó con un destello de ojos azules y dientes blancos.

—¡Es increíble! No es que me sorprenda, pero aun así, ¡es una pasada! Seguro que hubo muchísima competencia.

Le sonreí de oreja a oreja.

—Vaya, enhorabuena —dijo Finn desde el sofá, haciéndome un saludo marcial.

—Sí —terció Jordie—. Sam nos contó lo de tu relato. De hecho, se puso muy pesado con el tema.

Enarqué las cejas, sintiéndome más ligera que las palomitas de maíz.

—Ya te dije que me pareció bueno —comentó Sam. Inclinó la cabeza en dirección al voluminoso regalo que yacía en mi regazo—. ¿Eso es para mí?

—No —contesté, con aire inocente—. Es para Jordie y Finn.

—Es buena —dijo Jordie, apuntando hacia mí con el dedo índice antes de continuar con la partida.

—Es una tontería —comenté en voz queda, mirando a los amigos de Sam. Él me siguió con la mirada.

—Yo también tengo algo para ti —confesó.

Vi que Jordie le daba un codazo a Finn.

—Ah, ¿sí?

—Está arriba —dijo—. Chicos, volvemos enseguida —anunció, y subimos a la planta principal. Sam señaló en dirección a las escaleras que conducían a la primera planta—. En mi habitación.

Yo solo había estado en el dormitorio de Sam un par de veces. Era acogedor, con paredes azul marino y moqueta gruesa. Sam lo tenía muy ordenado: la cama hecha con un edredón de cuadros escoceses, sin fardos de ropa por el suelo o papeles desperdigados encima del escritorio. Al lado de la cama había una estantería llena de cómics, libros de biología de segunda mano y colecciones completas de J. R. R. Tolkien y Harry Potter. En la pared había una gran lámina con un diagrama en blanco y negro de un corazón con flechas señalando las distintas partes.

Había un nuevo portarretratos sobre el escritorio. Solté el regalo y lo cogí. En la foto aparecíamos Sam y yo en mi primer verano en el lago. Estábamos sentados en el extremo de su embarcadero, con las toallas alrededor de los hombros, el pelo mojado, con los ojos entrecerrados por el sol, Sam con un atisbo de sonrisa y yo con una que mostraba todos los dientes.

—Qué buena foto —comenté.

—Me alegro de que te guste.

Abrió el cajón de arriba y me tendió un pequeño regalo envuelto en papel de estraza y atado con un lazo rojo. Lo abrí con cuidado y guardé el lazo en el bolsillo de mis pantalones de deporte. En el interior había un marco de fotos de peltre con la misma foto.

—Así puedes llevarte el lago a casa —dijo.

—Gracias. —Lo sujeté contra mi pecho y acto seguido rezongué—: La verdad es que no quiero darte el tuyo. Esto es todo un detalle. El mío es... una tontería.

—Me gustan las tonterías —respondió Sam encogiéndose de hombros, y cogió su regalo del escritorio.

Me mordí el labio mientras él retiraba el papel y examinaba la ilustración infantil de un hombre desnudo impresa en la tapa del juego de mesa *Operación*. Como el pelo le caía sobre la frente, me costaba leer su expresión, y cuando me miró fue con una de sus miradas indescifrables.

—Como quieres ser médico… —expliqué.

—Sí, lo he pillado. Soy un genio, ¿recuerdas? —Sonrió—. Definitivamente, es el mejor regalo que me han hecho este año.

Suspiré aliviada.

—¿Lo juras?

Sujetó mi pulsera entre el pulgar y el dedo índice.

—Lo juro. —Pero acto seguido torció el gesto—. No quiero que te lo tomes a mal, pero creo que a veces te preocupas demasiado de lo que piensan los demás. —Se rascó la nuca y agachó la cabeza para que su cara estuviera a la altura de la mía.

Yo masculé algo incoherente. Sabía que tenía razón, pero no me gustaba que tuviera esa opinión sobre mí.

—Lo que estoy tratando de decir es que no importa lo que la gente opine porque, si no les caes bien, está claro que son idiotas.

Se hallaba tan cerca de mí que podía distinguir las motas más oscuras de azul en sus ojos.

—Pero tú no eres la gente —susurré. Sus ojos se posaron fugazmente en mi boca; me acerqué un pelín más a él—. Me importa lo que piensas.

—A veces creo que nadie me entiende como tú —dijo, al tiempo que el rubor rosáceo de sus mejillas se volvía encarnado—. ¿Alguna vez tienes esa sensación?

Me notaba la boca seca y deslicé la lengua por el labio superior. Él siguió el recorrido con la mirada y alcancé a oír cómo tragaba saliva.

—Sí —respondí. Puse la mano temblorosa sobre su muñeca, convencida de que él cerraría el hueco que nos separaba.

Sin embargo, parpadeó como si se hubiera acordado de algo importante, se enderezó completamente y dijo:

—No quiero echar a perder eso por nada del mundo.

7

En la actualidad

Sam y yo volvemos caminando a La Taberna después de tomarnos los helados. Al llegar a la puerta trasera, nos miramos el uno al otro con vacilación, sin estar seguros de cómo despedirnos.

—Me alegro muchísimo de verte —le digo, tirando del dobladillo de mi vestido y odiando lo falso que suena. Seguro que Sam también lo percibe, porque alza las cejas y hace un súbito y leve movimiento hacia atrás con la cabeza—. Iba a pasar un momento por la tienda de licores antes de que cierre. Hay una botella de vino que lleva grabado mi nombre. Es un poco abrumador estar aquí de nuevo. —Hago una mueca de dolor.

¿Por qué he dicho eso? ¿Cómo es posible que haya pasado apenas una hora con Sam y el cierre de mi bocaza se haya arrancado de cuajo?

Sam se pasa la mano por la cara y a continuación por el pelo.

—¿Por qué no entras a tomar algo? Doce años es mucho con lo que ponerse al día.

No se me pasa por alto que ya ha hecho el cálculo.

Titubeo. No hay nada que desee más que pasar tiempo con Sam, simplemente estar cerca de él, pero necesito tiempo para decidir qué voy a decirle. Quiero hablar de la última vez que nos vimos. Decirle cuánto lo siento. Contarle por qué hice lo que hice. Sincerarme. Pero esta noche no puedo entrar ahí. No estoy preparada. Sería como librar la batalla de mi vida sin armadura.

Echo un vistazo a la tranquila bocacalle.

—Vamos, Percy. Ahórrate el dinero.

—Vale —accedo.

Le sigo a oscuras hasta la cocina. Cuando enciende las luces, mi mirada desciende por su sinuosa espalda hasta la curva de su culo, lo cual es una gran equivocación, porque se trata de un culo increíble. Justo en ese momento, él se gira y me pilla comiéndomelo con los ojos.

—¿Vamos al bar? —pregunto, haciéndome la tonta.

Le rozo al atravesar la puerta del comedor y enciendo las luces de la sala principal. Con la mano aún sobre el interruptor, contemplo el espacio. No tengo más remedio que parpadear unas cuantas veces para procesar lo que estoy viendo; es inaudito lo poco que ha cambiado. Los revestimientos de pino cubren paredes y techos; los suelos son de alguna variedad de madera más recia, tal vez de arce. Crean el efecto de estar en una cabaña acogedora a pesar de las grandes dimensiones de la sala. En las paredes hay colgadas fotos históricas de Barry's Bay junto a hachas y sierras antiguas y pinturas de artistas locales, entre ellas unas cuantas de La Taberna. La chimenea de piedra se halla en el lugar de siempre, y la foto de la familia está colocada encima de la repisa, en el lugar de siempre. Me acerco a ella mientras Sam coge un par de vasos del estante que hay detrás de la barra.

Es una foto enmarcada de los Florek delante de La Taberna, y sé que la hicieron el día de la inauguración del restaurante. Los padres de Sam aparecen sonriendo de oreja a oreja. El padre, Chris, posa imponente junto a Sue, con el brazo alrededor de sus hombros, apretándola con fuerza contra él. Charlie, muy pequeño, aparece agarrado de su otra mano. Sue lleva en brazos a Sam, que aparenta unos ocho meses, con el pelo muy claro, casi blanco, y los brazos y piernas regordetes. Examiné esa foto incontables veces cuando era adolescente. Ahora, deslizo el dedo por el rostro de Sue. En la imagen es más joven que yo.

—Siempre me encantó esta foto —comento, sin dejar de contemplarla.

Oigo un gorgoteo de líquido y al girarme veo a Sam, al Sam adulto, observándome con gesto acongojado.

Voy a su encuentro, apoyo las manos en la barra y me siento frente a él. Me tiende un vaso de whisky bien cargado.

—¿Estás bien? —pregunto.

—Tenías razón —dice, con voz áspera como la grava—. Es un poco abrumador tenerte aquí. Me siento como si me hubieran dado un puñetazo en el corazón.

Se me corta la respiración. Él se lleva el vaso a los labios, echa hacia atrás la cabeza y lo apura de un trago.

De pronto, mi temperatura aumenta mil grados y soy absolutamente consciente del sudor de mis axilas y de que llevo el flequillo aplastado contra la frente. Es probable que se me haya formado un caracol ahí arriba. Trato de apartármelo de la cara.

—Sam… —titubeo y acto seguido me quedo callada, sin estar segura de qué decir.

«No quiero hacer esto ahora. Aún no».

Me llevo el vaso a la boca y le doy un buen trago.

Sam me traspasa con su mirada implacable. Su capacidad para mantener el contacto visual es algo a lo que llegué a acostumbrarme después de nuestro primer encuentro. A medida que nos hicimos mayores, esa mirada azul hacía que me hirviera la sangre, pero ahora su intensidad me sobrepasa. Y lo sé, sé de sobra que no debería sentirme atraída por él precisamente ahora, pero sus ojos oscuros y su mandíbula recia me están deshaciendo. No cabe duda de que es guapo a rabiar, incluso con tanta intensidad. Tal vez especialmente entonces.

Apuro el whisky y resoplo por la quemazón. Está esperando a que diga algo y yo jamás he sido capaz de darle largas. Pero no estoy preparada para hurgar en nuestras heridas ahora mismo, no hasta saber si sobreviviremos a ellas por segunda vez.

Bajo la vista a mi vaso vacío.

—He pasado doce años pensando en lo que te diría si volviese a verte. —Hago una mueca ante mi propia honestidad. Me quedo callada y cuento cuatro inhalaciones y cuatro exhalaciones—. Te he echado muchísimo de menos. —Me tiembla la voz, pero continúo—: Quiero arreglar las cosas. Pero ahora mismo no sé qué decir para hacerlo. Por favor, dame un poco más de tiempo.

Sigo con la vista clavada en mi vaso vacío, sujetándolo con ambas manos para que no se percate de que me tiemblan. Oigo el tenue sonido del descorche de una botella. Levanto la mirada temerosa, con los ojos de par en par. Sin embargo, su mirada se ha suavizado e incluso destila cierta tristeza.

—Tómate otra copa, Percy —dice con suavidad, llenándome el vaso—. No tenemos por qué hablar de eso ahora.

Asiento con la cabeza y respiro hondo, aliviada.

—*Na zdrowie* —dice al chocar su vaso contra el mío, y se lo lleva a los labios esperando que yo haga lo mismo. Juntos, nos tomamos la bebida de un trago.

Su teléfono vibra en su bolsillo; no es la primera vez que suena esta noche. Echa un vistazo a la pantalla y lo vuelve a guardar en sus pantalones cortos.

—¿Tienes que responder? —pregunto, pensando en Chantal y sintiendo una punzada de remordimiento—. No me importa.

—No, puede esperar. Voy a apagarlo. —Sostiene en alto la botella de whisky—. ¿Otra?

—Joder, ¿por qué no? —Intento sonreír.

Él sirve más y rodea la barra para sentarse en el taburete que hay a mi lado.

—Deberíamos tomarnos esta despacio —comenta, inclinando su vaso.

Me sacudo el flequillo con los dedos, en parte debido a mi nerviosismo y en parte con la esperanza de darle un aspecto medianamente presentable.

—En una ocasión juraste que no volverías a llevar flequillo en tu vida —dice Sam, mirándome de soslayo. Me recoloco en el asiento para mirarle de frente.

—¡Es mi flequillo posruptura! —anuncio.

Guau, ¿ya estoy borracha?

—Tu ¿qué? —pregunta y, al girarse para mirarme de frente, con una sonrisa torcida, me roza las piernas con las suyas. Bajo la vista un segundo a mis piernas aprisionadas entre las suyas y vuelvo a mirarle a la cara.

—Los flequillos posruptura, ya sabes... —digo, procurando expresarme con la mayor claridad posible. Se queda perplejo—. Las mujeres cambiamos de peinado cuando nos dejan. O cuando dejamos a alguien. O a veces sencillamente cuando necesitamos empezar de cero. El flequillo es como la Nochevieja del pelo.

—Entiendo —dice Sam despacio.

Su tono claramente quiere decir «No lo entiendo» y también «Menuda locura», pero una sonrisa juguetea en su boca. Procuro no fijarme en la tenue línea que tiene en medio del labio inferior. Me doy cuenta de que el alcohol y Sam son una combinación peligrosa, porque tengo las mejillas calientes y en lo único que puedo pensar es en las ganas que tengo de chupar esa línea.

—Bueno, ¿fuiste tú quien lo dejó o te dejó él? —pregunta.

—Me dejó él. Hace poco. —Trato de concentrarme en sus ojos.

—Oh, mierda. Lo siento, Percy.

Inclina la cabeza a mi altura para situarse justo en mi línea de visión. Ay, Dios, ¿se ha dado cuenta de que me había quedado mirando su boca? Hago de tripas corazón para sostenerle la mirada. Su semblante tiene una extraña expresión adusta. Me arde la cara. Noto cómo se forman gotitas de sudor sobre mi labio superior.

—No, no pasa nada —digo, al tiempo que trato de secarme con un discreto toquecito—. No íbamos muy en serio, no estuvimos juntos mucho tiempo. O sea, fueron siete meses, lo cual para mí fue una relación larga. De hecho, la más larga. Pero no lo es para la mayoría de la gente madura, vaya.

«Estupendo, estoy desvariando. Y a lo mejor arrastrando las palabras».

—En fin, todo bien —añado—. No era el tío adecuado para mí.

—Ah —dice. Parece más relajado cuando lo miro—. ¿No era aficionado al terror?

—Recuerdas eso, ¿eh?

Siento un hormigueo de placer en los dedos de los pies.

—Por supuesto —afirma abiertamente con una honestidad que desarma. Yo sonrío; es una sonrisa enorme y bobalicona, fruto del whisky—. ¿Quién podría olvidar haber sufrido durante años de películas de miedo cutres?

Es puro Sam: provocador, pero siempre amable y jamás cruel.

—¡¿Perdona?! ¡Te encantaban mis películas!

Le doy un golpe en broma con el puño en el brazo y, madre mía, tiene el bíceps como el cemento. Agito la mano y le miro sin dar crédito. Él esboza una sonrisita, como si supiera exactamente lo que estoy pensando. Bebo un trago de whisky para aligerar la tensión que se está creando.

—Pues el caso es que no: a Sebastian no le gustaban nada las películas de terror —explico, y acto seguido reflexiono al respecto—. Bueno, la verdad es que no lo sé. Nunca se lo pregunté. Y nunca vimos una juntos, así que, ¿quién sabe? A lo mejor le encantaban.

No le digo que no he hablado con ninguno de los hombres con los que he salido de esa rara pasión mía, ni que ya ni siquiera veo películas de miedo. Es probable que para Sam mi pasión por los clásicos de terror fuera un dato biográfico fundamental de Percy, pero para mí era un detalle demasiado íntimo como para revelárselo a cualquiera. Y, lo que es más: desde aquel primer verano en el lago, asocio esas películas con Sam. Verlas ahora me resultaría demasiado doloroso.

—¿Estás de coña? —pregunta él, obviamente confundido. Niego con la cabeza—. Bueno, tienes razón —continúa con un hilo de voz—. Está claro que no era el tío adecuado para ti.

—¿Qué me dices de ti? —pregunto—. ¿Sigues leyendo libros de anatomía por gusto?

Me mira algo perplejo; me da la impresión de que se le han ensombrecido las mejillas bajo la barba de tres días. No era mi intención sacar a colación ese recuerdo en particular: el de sus manos y su boca sobre mí, en su dormitorio.

—No pretendía… —empiezo a decir, pero me interrumpe.

—Creo que mis días de lectura de libros de texto pasaron a la historia —dice, sacándome del apuro. Pero enseguida añade—: Tranquila, Percy. Da la impresión de que te han pillado viendo porno.

Dejo escapar un sonido a medio camino entre la risa y el suspiro.

Terminamos las bebidas en un agradable silencio. Sam sirve más. Ya ha oscurecido y no tengo la menor idea de cuánto tiempo llevamos aquí.

—Mañana lamentaremos esto —digo, pero es mentira. Estaría dispuesta a aguantar una resaca de dos días con tal de pasar otra hora con Sam.

—¿Sigues en contacto con Delilah? —pregunta, y casi me atraganto.

Llevo años sin hablar con Delilah. Como somos amigas en Facebook, sé que es algo así como una experta en relaciones públicas en el mundo de la política en Ottawa, pero me distancié de ella poco después de echar a perder mi relación con Sam. Perdí a mis dos mejores amigos en cuestión de meses. Y en ambos casos, fue mi culpa.

Deslizo el dedo índice por el borde de mi vaso.

—Nos distanciamos en la universidad —respondo. Este hecho todavía me reconcome, aunque no es la historia completa ni por asomo. Miro a Sam para ver si se ha percatado.

Él se rebulle en el taburete con aire incómodo y bebe un buen trago.

—Siento oír eso. Estabais muy unidas por entonces.

—Así era —convengo—. En realidad —añado, levantando la vista hacia él— es probable que la vieras más que yo, porque ambos fuisteis a Queens.

Él se rasca la barba de tres días bajo el mentón.

—Es un campus grande, pero sí, me la encontré un par de veces —reconoce en tono áspero.

—Se quedaría flipada al ver en qué te has convertido —suelta mi bocaza sin pensar a causa del whisky. Bajo la vista a mi vaso.

—¿Ah, sí? —pregunta, y choca ligeramente su rodilla contra la mía—. ¿Y en qué me he convertido?

—En un engreído, al parecer —farfullo, observando mi vaso con los ojos entornados, porque no me cuadra que haya dos.

Él se ríe entre dientes, se inclina hacia mí y me susurra al oído:

—Tú también te has convertido en una engreída.

Sam se echa hacia atrás y me estudia.

—¿Puedo contarte una cosa? —pregunta, un poco de carrerilla.

—Por supuesto —respondo con voz ahogada.

Aunque tiene la mirada algo perdida, me mira a los ojos.

—Cuando estaba estudiando el pregrado, había una tienda increíble de libros y vídeos de segunda mano en Kingston —empieza—. Tenían una sección enorme dedicada al terror con todas las pelis que te encantaban, pero también había otras. Otras casi desconocidas que pensaba que a lo mejor no habías visto. Pasaba horas y horas allí, curioseando sin más. Me recordaba a ti. —Sam hace un ademán con la cabeza, recordando—. El dueño era uno de esos tíos cascarrabias con tatuajes y bigote. Un día se mosqueó mucho conmigo porque iba cada dos por tres y nunca compraba nada, así que cogí un ejemplar de *Posesión infernal* y lo planté encima del mostrador. A partir de entonces seguí yendo allí como siempre, pero claro, no tenía más remedio que comprar algo cada vez que iba. Terminé con *Carrie*, *Psicosis*, *El exorcista* y todas esas entregas terribles de *Halloween*. —Hace una pausa y me escudriña—. Sin embargo, nunca las vi. Mis compañeros de habitación creían que estaba loco por acumular todas esas películas que no veía. Pero, sencillamente, era incapaz de hacerlo. No podía sin ti.

Esto me remueve.

He pasado horas, días, años enteros preguntándome si era posible que Sam me añorase como yo lo echaba de menos a él. En cierto modo, me hacía ilusiones. En los meses posteriores a nuestra ruptura le dejé infinidad de mensajes en el contestador del teléfono de su residencia, le envié mensaje tras mensaje y correo tras correo preguntándole cómo estaba, diciéndole lo mucho que lo echaba de menos y suplicándole que hablásemos. No contestó a ninguno. En mayo, alguien respondió al teléfono: un estudiante nuevo se había instalado en su habitación. Barajé la idea de coger el coche y presentarme en Barry's Bay para contárselo todo, para rogarle que me perdonara, pero pensé que a esas alturas él ya me habría borrado de su mente, junto con mi nombre y cualquier recuerdo de nosotros.

En lo más profundo de mi ser siempre he abrigado un atisbo de esperanza de que a veces él no pudiera evitar acordarse de mí, de nosotros. Él lo era todo para mí, y sé que sentía lo mismo. El oírle hablar acerca de la tienda de vídeos reaviva un poco esa chispa de esperanza latente en el fondo de mi ser.

—Yo tampoco las veo —confieso con un hilo de voz.

—¿No?

—No. —Carraspeo—. Por la misma razón.

Nos miramos sin pestañear. La presión de mi pecho me resulta casi insoportable. La tentación de acercarme a él, de demostrarle lo que significa para mí con las manos, la boca y la lengua, me resulta casi imposible de ignorar. Pero sé que no sería justo. Aunque mi corazón es como una estampida de animales escapando del zoo, me quedo inmóvil, a la espera de su respuesta.

Y entonces Sam sonríe y sus ojos azules se iluminan. Intuyo lo que va a decir y ya estoy sonriendo.

«Te conozco», pienso.

—¿Quieres decir que por fin ha mejorado tu gusto cinematográfico?

Su comentario de listillo aligera la tensión del ambiente, y a ambos nos da un ataque de risa. Está claro que el whisky ha surtido todo su efecto, porque el hipo interrumpe mis carcajadas mientras se me saltan las lágrimas. Sin pensarlo, pongo la mano sobre la rodilla de Sam para no perder el equilibrio. Seguimos desternillándonos y, mientras tomo bocanadas de aire para calmarme, la voz de una mujer silencia nuestro arrebato.

—¿Sam?

Levanto la vista y, cuando Sam se gira en dirección a las puertas de la cocina, la mano se me resbala de su rodilla. En el umbral hay una rubia alta. Aparenta más o menos nuestra edad, pero va vestida impecablemente con un pantalón de estilo marinero blanco y una blusa de seda sin mangas a juego. Delgada y de aspecto pulcro, lleva el pelo recogido en un moño bajo a la altura de la nuca de su largo cuello. De pronto soy plenamente consciente de que mi vestido está hecho un gurruño y mi pelo, seguramente desgreñado.

—Siento la interrupción —dice, acercándose a nosotros, con las llaves del coche en la mano.

Su expresión es indiferente y más que verla calibrarme, lo intuyo, porque estoy mirando a Sam confundida.

—Te he llamado varias veces —dice, y sus ojos de color avellana oscilan entre nosotros.

Conocí a algunas de las primas de Sam cuando éramos pequeños; trato de ponerle la cara de esta mujer a alguna ellas.

—Mierda, perdona —farfulla él para disculparse—. Se nos ha ido el santo al cielo.

Ella hace un mohín.

—¿No vas a presentarnos? —pregunta, haciendo un ademán hacia mí. Tiene la tez clara de los Florek, pero desde luego no su calidez.

Sam se gira y me dedica una sonrisa torcida que no se refleja en sus ojos.

—Percy, esta es Taylor —dice.

—¿Tu prima? —pregunto, pero Taylor responde por él.

—Su novia.

Sam está presentándome a Taylor. Su novia. No su prima. Sam tiene novia.

¡Pues claro que tiene novia!

¿Cómo no me lo había imaginado? Es médico, está buenísimo, es alto y tiene esos ojos, y el pelo alborotado le sienta fenomenal. Casi seguro que, sea como sea ese torso duro que esconde bajo su camiseta, se me saltarían las lágrimas si lo viera. Además de eso, el Sam que yo conocía era amable, divertido y brillante…, tanto que jugaba en su contra. Y es mucho más. Es Sam.

Taylor, plantada delante de nosotros con los brazos en jarras, despide un aire fresco, estiloso e imponente con su conjunto blanco de los pies a la cabeza, mientras yo estoy sentada con la boca abierta. ¿Qué persona normal es capaz de ir vestida de blanco integral sin mancharse? Ahora que lo pienso, ¿quién se pone un pantalón de vestir y un top de seda a juego un jueves por la noche en Barry's Bay? ¿O cualquier noche en Barry's Bay? Me dan ganas de rociarla con un bote de kétchup del restaurante.

—Taylor, esta es Percy —dice Sam. Suena como si le hubiera hablado de mí, pero Taylor lo mira con gesto inexpresivo—. ¿No te acuerdas? Te he hablado de Percy —insiste—. Tenía una cabaña al lado de la nuestra. De pequeños solíamos pasar el rato juntos.

«¿Pasar el rato? ¡¿Pasar el rato?!».

—Qué monos —comenta Taylor en un tono que da la impresión de que nuestras quedadas de la infancia no le hacen ni pizca de gracia—. ¿De modo que os estáis poniendo al día?

Aunque la pregunta va dirigida a Sam, me mira e intuyo lo que está tratando de decidir: ¿supongo una amenaza o no? Mi vestido está arrugado y posiblemente sudado; llevo un lamparón de helado y seguro que apesto a whisky. Relaja los hombros un poco: no cree que haya nada de lo que preocuparse.

Sam le está respondiendo algo, pero no tengo ni idea de lo

que es porque de repente me da un golpe de náuseas y no me queda otra que agarrarme a la barra.

«Necesito aire».

Empiezo a hacer respiraciones profundas. *Inhala, uno, dos, tres, cuatro y exhala, uno, dos, tres cuatro.* El whisky, que hace unos instantes me sabía agradable y dulce como la miel, me ha dejado un regusto acre y amargo en la boca. Hay una alta probabilidad de que vomite.

—¿Estás bien, Percy? —pregunta Sam, y caigo en la cuenta de que he contado en voz alta. Taylor y él me están mirando.

—Sí... —balbuceo con los labios apretados—, pero creo que el whisky se me está subiendo a la cabeza. Será mejor que me vaya. Encantada de conocerte, Taylor. —Bajo del taburete y, al dar un paso, se me engancha el pie en la pata del de Sam. Trastabillo delante de Taylor, que por cierto huele como un puto jardín de rosas.

—Percy. —Sam me agarra del brazo, y cierro los ojos durante unos instantes para recuperar el equilibrio—. No puedes conducir. —Me vuelvo hacia él, y veo en su expresión que siente lástima de mí. Lo odio.

—No pasa nada —empiezo a decir—. No, o sea, sé que no puedo conducir, pero no pasa nada porque no he venido en coche. He venido andando.

—¿Andando? ¿Dónde te alojas? Te llevamos nosotros —ofrece Sam.

«Nosotros. Nosotros. Nosotros».

Miro a Taylor, a la que no se le está dando muy bien disimular que está molesta. Pero claro, si yo me encontrara al buenorro de mi novio médico borracho con una desconocida patosa que me toma por su prima, yo también me molestaría. Y si ese novio fuese Sam, no se quedaría ahí la cosa: me saldría el instinto asesino.

—Está claro que los dos necesitáis que os lleven —señala Taylor—. Vámonos. Mi coche está ahí detrás.

Sigo a Taylor y Sam. Puedo imaginármelos fácilmente juntos en una cita: ambos altos, en forma y guapos a rabiar. Ella, con sus gráciles brazos y piernas y el pelo recogido en ese pulcro moño, podría ser bailarina de danza clásica. Él tiene constitución de nadador: ancho de hombros, estrecho de cintura, con piernas musculosas pero no voluminosas. Sus pantorrillas parecen esculpidas en mármol. Es probable que siga saliendo a correr. Es probable que salgan a correr juntos. Es probable que salgan a correr juntos y que después se den un revolcón empapados de sudor como hace la gente feliz y atlética.

Taylor es la primera en salir por la cocina y Sam me sostiene la puerta para que pase. Le espero mientras cierra con llave y Taylor se mete en su BMW blanco. Me fijo en que su bolso y sus mocasines también son blancos. Esta mujer seguramente cagará blanco.

—¿Estás bien? —me pregunta él en voz baja.

Como estoy demasiado borracha como para urdir una mentira convincente, le sonrío débilmente antes de dirigirme al coche.

Me acomodo en el asiento trasero. Me siento como una niña, como una sujetavelas, y también muy mareada.

—Bueno, ¿cómo os conocisteis? —pregunto, a pesar de que no tengo ninguna gana de saber la respuesta.

«¿Qué demonios me pasa?».

—En un bar, mira tú por dónde —dice Taylor y, a tenor de la mirada que me lanza por el espejo retrovisor, deduzco que no pasa mucho tiempo de cervezas ligando con tíos. El mero hecho de imaginar a Sam por el mundo, de bares, con la intención de conocer mujeres, me resulta tan espantoso que necesito un momento para recomponerme—. ¿Cuándo fue, Sam? ¿Hace dos años y medio?

«Dos años. Dos años significa que van en serio».

—Mmm —dice Sam a modo de respuesta.

—¿Y a qué te dedicas, Taylor? —pregunto, cambiando rápidamente de tema.

Sam ladea la cabeza y me echa una mirada que significa «¿Qué estás tramando?». Hago caso omiso.

—Soy abogada. Fiscal.

—¿Estás de broma? —suelto. No sé si mi absoluta falta de filtros es a causa de Sam o del alcohol—. ¿Una abogada y un médico? Eso debería estar prohibido. Entre los dos acaparáis a toda la gente guapa y rica.

«Ay, estoy muy pero que muy borracha».

Sam suelta una carcajada estentórea, pero Taylor, que a todas luces no aprecia mi sentido del humor fruto de la embriaguez, se queda callada y me mira atónita por el retrovisor.

El trayecto es corto y llegamos al motel en menos de cinco minutos. Señalo hacia la habitación 106 y Taylor para delante de ella. Le doy las gracias por traerme en tono alegre (que posiblemente suena demencial) y, sin pizca de gracia, salgo a trompicones del coche, me dirijo hacia la puerta arrastrando los pies y saco la llave del bolso.

—¡Percy! —grita Sam detrás de mí.

Cierro los ojos un instante antes de darme la vuelta, con todo el peso de mi humillación aplastándome los hombros. Quiero dejarme caer en la cama y no despertarme jamás. Él ha bajado la ventanilla y está inclinado sobre su musculoso antebrazo, apoyado sobre el borde. Nos quedamos mirándonos un segundo.

—¿Qué? —digo en tono inexpresivo. Se acabó lo de fingir que soy la Percy alegre.

—Nos vemos pronto, ¿vale?

—Claro —contesto, y me vuelvo hacia la puerta.

Cuando consigo abrirla, la luz de los faros delanteros se mueve, pero no vuelvo la vista mientras el coche se aleja. En vez de eso, voy corriendo al baño y meto la cabeza en la taza del inodoro.

Estoy tumbada en la cama con la mirada perdida en el techo. Sé que debe de ser bien entrada la mañana porque el sol ya está alto. No me he girado para mirar el reloj; no quiero despertar a la bestia del dolor de cabeza que merodea en mis sienes. La boca me sabe como si me hubiera pasado la noche lamiendo el suelo de un garito de carretera. Sin embargo, sonrío para mis adentros.

«He encontrado a Sam».

Y la he sentido. La atracción entre nosotros, la que surgió cuando teníamos trece años, la que cobró aún más fuerza a medida que nos hicimos mayores, la que traté de negar hace doce años.

«No la rompí. Nos rompí a nosotros. Puedo arreglarlo».

Y, en ese momento, aparece ella entre la neblina de mi resaca con un traje pantalón blanco: Taylor. «Puaj». Su nombre me provoca un placer morboso. Taylor es uno de esos nombres que solían estar de moda y que ahora suena anticuado y corriente. A mi madre le parecería horroroso.

«¿Cuándo nos conocimos, Sam? ¿Hace dos años y medio?».

Arrugo la nariz al recordar la forzada actitud desenfadada de Taylor. Mucho me sorprendería que no llevara el cálculo preciso del tiempo que llevan juntos.

Sam tiene novia. Una novia guapa, triunfadora y supuestamente inteligente. Alguien que, en otras circunstancias, me caería bien.

Necesito distraerme.

Me aventuro a ladear un poco la cabeza hacia el reloj y respiro aliviada al comprobar que el martilleo no empeora. Veo dos envoltorios morados de chocolatinas junto a mí encima de la cama y me acuerdo de haberlas sacado del minibar después de vomitar. Son las diez y veintitrés. Gimo; debería levantarme. Me he pedido el día libre, así que no tengo que trabajar, pero necesito ducharme. Hasta yo puedo olerme. Seguro que Taylor se despierta enfundada en un traje pantalón recién planchado. Seguro que guarda una barrita de chocolate negro 75 por ciento de comercio justo en el cajón de la cocina y se toma una única onza en ocasiones especiales. Por mucho que me codee con diseñadores de interiores y arquitectos pedantes, que recomiende el último restaurante que se ha puesto de moda y que, de hecho, ofrece comida y servicio de calidad o que pase la noche en tacones sin que el dolor se me note en la cara, en el fondo siempre seré un desastre.

Por lo general, se me da bien mantener oculta esa faceta de mí misma, aunque de vez en cuando sale a la luz, como aquella ocasión en la que llamé al mejor amigo de Sebastian, un tío con barba y aparentemente progresista, «misógino recalcitrante» durante una cena por no dejar de mirarle el escote a nuestra camarera y preguntarme si cuando tuviera hijos optaría por la media jornada o dejaría definitivamente el trabajo. Sebastian, que jamás me había visto perder los papeles así, me miró con la mandíbula desencajada. Me disculpé por mi arrebato y lo achaqué al vino.

Todavía con el vestido de ayer puesto, salgo con cuidado de la cama y avanzo despacio hacia el baño. Me encuentro agarrotada, pero no tengo náuseas. Me suelto el cinturón, me saco el vestido por la cabeza, me quito la ropa interior y a continuación me coloco bajo el chorro de agua caliente de la ducha. Mientras el jabón y el agua disipan la neblina de mi cerebro, decido ir a la playa después de desayunar. Sam y yo nunca íbamos a la playa cuando éramos jóvenes. Quedamos un par de veces con sus amigos en el parque que había por allí cerca, pero la playa estaba reservada para los chicos del pueblo que no vivían junto al lago. Sé que allí no hay embarcadero ni balsa, pero me muero de ganas de darme un chapuzón.

Después de ducharme, me seco el pelo con una toalla hasta que solo está húmedo y me peino. Me arriesgo a echar un vistazo a mi teléfono.

Hay otro mensaje de Chantal: LLÁMAME.

En vez de eso, le respondo: Hola! Ahora no puedo hablar. No hace falta que vengas. Estoy bien. Ayer me encontré con Sam.

Me la puedo imaginar poniendo los ojos en blanco al leer mi respuesta. Sé que no debería ocultarle nada y me siento culpable por no llamarla, pero el estar aquí y ver a Sam ayer me parece tan surrealista que me resulta inconcebible expresarlo con palabras.

Pulso enviar y acto seguido me pongo el bañador, un bikini de color rojo vivo que rara vez tengo ocasión de lucir, y un pantalón corto vaquero. Cuando estoy a punto de ponerme una camiseta para dirigirme al restaurante del motel, llaman a la puerta. Me detengo. Es demasiado temprano para el servicio de limpieza de habitaciones.

—Percy, soy yo —dice una voz grave y ronca.

Abro el pestillo. Sam está plantado en la puerta con el pelo húmedo y la cara recién afeitada. Viste unos vaqueros y una camiseta blanca y lleva en la mano un café y una bolsa de papel. Es la fantasía de cualquier mujer heterosexual con resaca materializada en la entrada de mi habitación. Me los tiende y, al mirarme de arriba abajo, se entretiene en la parte de arriba de mi bikini, que solo tiene un tirante. De alguna manera, sus ojos azules brillan más hoy.

—¿Te apetece venir al lago?

—¿Qué haces aquí? —pregunto, y cojo el café y la bolsa—. Da igual, no me importa el motivo. Eres mi héroe.

Sam se echa a reír.

—Te dije que nos veríamos pronto. Suponía que me perdonarías por emborracharte si me presentaba aquí con comida, y sé que no te gusta desayunar dulce. O al menos no te gustaba.

—No, sigue sin gustarme —confirmo, y meto la nariz en la bolsa—. ¿Cruasán de jamón y queso?

—De brie y jamón serrano, de la nueva cafetería del pueblo —responde—. Y un latte. Barry's Bay ahora está a la última.

—Ayer noté un ambiente más refinado. —Sonrío con retintín y le doy un sorbo—. ¿A Taylor no le importará si voy a la casa? Como de pequeños solíamos «pasar el rato» juntos, igual se siente incómoda.

Y he aquí el problema de ver a Sam sin haber tenido tiempo de reflexionar acerca de cómo hablar con él o, como mínimo, de tomarme un café. Suelto las palabras a bocajarro, tal y como me vienen a la cabeza; así ocurría cuando éramos adolescentes y es evidente que eso no ha cambiado, por mucho que yo haya madurado, por mucho que me haya convertido en una mujer de éxito. Es una actitud mezquina, infantil y celosa.

Sam se frota la nuca e inclina la cabeza con aire pensativo. En los dos segundos que tarda en volver a mirarme, me deshago en un charco pegajoso de vergüenza y vuelvo a recomponerme en lo que espero sea un ser humano normal.

—Lo que pasa entre Taylor y yo...

Le interrumpo con un frenético movimiento de cabeza antes de que termine la frase. No me interesa lo que pase entre Taylor y él.

—No tienes por qué dar explicaciones —le aseguro.

Se queda mirándome desconcertado y parpadea una única vez antes de apretar los labios y asentir con la cabeza: una señal de acuerdo para cambiar de tema.

—Ha surgido algo urgente en un caso en el que está trabajando y ha tenido que regresar a Kingston esta mañana.

—Pero el funeral es mañana. —Suelto las palabras sin pensar, y están recubiertas de desaprobación. Sam, como es lógico, se queda atónito al oírlas

—Conociendo a Taylor, se las apañará para regresar —responde él. Es un comentario extraño, pero lo dejo pasar—. ¿Vamos? —pregunta, señalando con el pulgar por encima de su hombro en dirección a una camioneta pick-up roja en la que no me había fijado hasta ahora.

Lo miro pasmada. Nada relativo a Sam llevaría a pensar que conduce una camioneta roja, salvo por el hecho de que nació y se crio en la Ontario rural.

—Ya —dice—. Es de mi madre; empecé a usarla cuando me mudé aquí. Es mucho más práctica que mi coche.

—Vives en Barry's Bay, conduces una camioneta… Has cambiado, Sam Florek —afirmo en tono solemne.

—Te sorprendería lo poco que he cambiado, Persephone Fraser —contesta él con una sonrisa torcida que me provoca calor donde no debería.

Me doy la vuelta, aturullada, y meto rápidamente mi toalla y una muda de ropa en una bolsa de playa. Sam me la quita de la mano, la echa a la parte trasera de la camioneta y me ayuda a subir. Una vez cerradas las puertas, el intenso aroma a café se mezcla con la fragancia del jabón de Sam.

Mi mente se acelera cuando arranca el motor. Necesito encontrar una estrategia de una vez. Anoche le dije a Sam que le daría una explicación acerca de lo ocurrido hace tantos años, pero eso fue antes de conocer a Taylor. Él ha pasado página; tiene una relación estable. Le debo una disculpa, aunque para hacerlo no tengo por qué cargarle con mis errores del pasado. ¿O quizá sí?

—Qué callada estás —dice cuando salimos del pueblo en dirección al lago.

—Supongo que estoy nerviosa —confieso—. No he venido por aquí desde que vendimos la cabaña.

—¿En aquella Acción de Gracias?

Me mira un instante y asiento con la cabeza.

Nos quedamos en silencio. Tenía por costumbre hacer girar mi pulsera cuando estaba nerviosa. Ahora muevo la rodilla.

Cuando giramos por Bare Rock Lane, bajo la ventanilla y aspiro hondo.

—Dios, echaba de menos este olor —susurro.

Sam posa su gran mano sobre mi rodilla para que pare el incesante movimiento, me la aprieta con suavidad y vuelve a colocarla sobre el volante para meterse por el camino de entrada a su casa.

8

Verano, quince años antes

La grava del camino de entrada crujió bajo mis pies. El ambiente estaba cargado de rocío y se respiraba el exuberante aroma a musgo, hongos y tierra húmeda. En primavera a Sam le había dado por salir a correr y ahora estaba empeñado en convertirme a su causa. Había diseñado un programa completo para principiantes con el fin de comenzar ese día, mi primera mañana en la cabaña. Me había dado instrucciones para desayunar ligero, no más tarde de las siete de la mañana, y reunirme con él al principio de mi camino de entrada a las ocho en punto.

Paré en seco al verle.

Estaba haciendo estiramientos, de espaldas a mí con los auriculares puestos, un brazo levantado sobre su cabeza e inclinado hacia un lado. A los quince años, su cuerpo era casi desconocido para mí. No sabía cómo, pero había crecido como mínimo otros quince centímetros desde la última vez que nos habíamos visto en las vacaciones de Navidad. Había reparado en ello el día anterior, cuando Charlie y él fueron a nuestro encuentro para ayudarnos a descargar. («Ya es una tradición anual», oí a Charlie comentar a mi padre). Pero no me había dado tiempo a fijarme en Sam con detenimiento, porque los dos hermanos tuvieron que marcharse y prepararse para su turno en La Taberna. Ese verano Sam trabajaba en la cocina tres noches a la semana, y yo ya temía el tiempo que íbamos a pasar separados.

En ese momento, su camiseta de deporte negra dejó al descubierto un poco de piel bronceada. Me quedé mirando, embelesada, mientras se me empezaba a sonrojar el cuello.

Sam tenía la misma mata de pelo espesa y seguía llevando la pulsera de la amistad en la muñeca izquierda, pero ya mediría más de metro ochenta. Sus piernas asomaban larguísimas bajo el dobladillo de su pantalón corto. El hecho de que también estuviera más fornido era casi tan inaudito como su altura. Todo en él, hombros, brazos y piernas, tenía más volumen, y su culo... Bueno, ya no era posible confundirlo con un frisbi.

Le di una palmadita en el hombro.

—¡Por Dios, Percy! —exclamó al girarse bruscamente, y se quitó los auriculares.

—Buenos días a ti también, desconocido. —Le rodeé la cintura con los brazos—. Seis meses es demasiado tiempo —dije pegada a su pecho. Él me estrechó con fuerza.

—Hueles a verano —dijo, y a continuación se apartó sin despegar las manos de mis brazos. Recorrió de arriba abajo con la mirada mis curvas, enfundadas en licra—. Pareces una deportista.

Eso había sido idea suya. Yo tenía un cajón lleno de ropa de deporte según la lista de prendas que él había sugerido. Me había puesto unas mallas cortas, un top sin mangas y un sujetador de deporte que Sam había incluido, cohibido, en la lista. También llevaba uno de los tangas de algodón que Delilah me había regalado antes de irse de vacaciones por Europa en plan madre-hija, cosa que Sam no había incluido. Me había recogido el pelo, que por entonces me llegaba muy por debajo de los hombros, en una gruesa coleta alta.

—Finge hasta que lo consigas, ¿no?

Sam murmuró un asentimiento y, a continuación, se puso serio y me fue dirigiendo a lo largo de una serie de estiramientos. Durante mi primera sentadilla, se colocó de pie detrás de mí y puso las manos sobre mis caderas; estuve en un tris de caerme hacia atrás por la impresión.

Una vez hube calentado, Sam se atusó el pelo y repasó el plan:

—Vale, empecemos por lo básico. Lo más importante a la hora de aprender a correr es…

Dejó la frase a medias, esperando que yo la completara.

—¿Un buen calzado? —me aventuré a decir, bajando la vista hacia mis nuevas Nike. Él, decepcionado, negó con la cabeza.

—¿No leíste el artículo *Del sofá a los 5 km* que te envié por correo? —Lo había recortado de una revista para corredores y hasta incluía una especie de complicado gráfico de tiempos y distancias. Yo lo había leído… una vez… por encima—. Lo más importante para aprender a correr es caminar —dijo con las manos en las caderas. Yo reprimí una risa. Ese rollo mandón era nuevo, encantador y, desde luego, gracioso—. Así que la primera semana haremos tres kilómetros de ida y vuelta, e iremos aumentando la distancia que pasas corriendo cada día hasta que, al final de la semana, hagas los tres kilómetros enteros corriendo. Te tomarás dos días de descanso a la semana y, para finales de la segunda, en principio serás capaz de correr los cinco kilómetros del tirón.

No entendí casi nada de lo que decía, pero cinco kilómetros me parecían muchos.

—¿Hasta dónde sueles llegar?

—Hasta el pueblo y vuelvo. Son unos doce kilómetros. —Me quedé pasmada—. Fui entrenando poco a poco hasta conseguirlo. Tú también lo harás.

—No, ¡qué dices! —exclamé—. ¡Hay demasiadas cuestas!

—Cálmate. Lo haremos día a día. —Señaló en dirección a la calzada y empezó a andar—. Vamos. Caminaremos los primeros cinco minutos. —Yo lo miré con recelo, pero aceleré el paso para acompasarme a su ritmo.

Por si aquella jornada infernal de atletismo que viví en primaria me hubiera dejado alguna duda, en ese momento quedó demostrado que no era una corredora nata. Solo diez minutos después de empezar a correr, el sudor me resbalaba por la cara e intentaba ignorar la quemazón en mis pulmones y muslos.

—¿Tres novedades? —preguntó Sam sin que le faltara ni un poco el aire.

Fruncí el ceño.

—Nada de hablar.

A partir de ahí, ralentizó el ritmo. A medio camino me quité el top, me sequé la cara con él y me lo enganché en la parte de atrás de la cinturilla de mis mallas. Fuimos andando el último trecho del itinerario. Las piernas me temblaban como a un cervatillo.

—No sabía que sudaras tanto —comentó Sam cuando me sequé con el top de nuevo.

—No sabía que fueras tan masoquista.

Esto de correr ya no tenía ni pizca de gracia.

—Ese taller de escritura ha mejorado mucho tu vocabulario.

Noté la risita en su tono y le di un manotazo en el pecho.

La casa de los Florek estaba antes que la nuestra, así que enfilé por su camino de entrada.

—Necesito tirarme al agua ya —dije, y tomé un atajo rodeando la casa directamente cuesta abajo hasta el agua, con Sam a mi lado luciendo una sonrisa torcida—. No sé qué es lo que te hace tanta gracia —resoplé.

—No me estoy riendo —dijo, con las manos en alto.

Nada más llegar al embarcadero, me quité los zapatos y los calcetines. También me desenfundé las mallas y las arrojé a un lado.

—¡Ah! —exclamó Sam por detrás de mí. Me giré bruscamente.

—¿Qué? —gruñí, y justo entonces caí en la cuenta de que me había puesto un tanga rosa y que Sam estaba atónito mirándome el culo, que tenía casi al aire. Estaba demasiado sofocada y mosqueada para que me importase—. ¿Algún problema? —pregunté, y me miró a los ojos, después al culo de nuevo y por último a la cara.

Masculló un «joder» entre dientes y miró al cielo. Se estaba tapando la entrepierna con ambas manos. Yo levanté las cejas. Sin saber qué más hacer, eché a correr por el embarcadero, me tiré al agua a bomba y aguanté todo el tiempo que pude sumergida.

—¿Vienes? —grité al salir a la superficie para respirar, con una sonrisita engreída en la cara—. Puede que el agua te refresque.

—Voy a necesitar que mires en la otra dirección —me respondió, sin apartar las manos de su entrepierna.

—¿Y si no lo hago? —Me acerqué nadando.

—Vamos, Percy. Hazme el favor.

Daba la impresión de que estaba pasando un mal trago, lo cual se merecía por haberme sometido a su rutina de entrenamiento. Pero en el fondo yo estaba pletórica. Me aparté braceando para dejarle espacio y que pudiera saltar al lago. Nos quedamos a un par de metros de distancia, ondeando en el agua y mirándonos fijamente.

—Lo siento —dijo, y se acercó un poco—. Solo es una reacción del cuerpo.

«¿Una reacción del cuerpo?».

—Ya —dije, bastante desilusionada—. Una chica medio desnuda es igual a erección. Biología básica.

Después de bañarnos, Sam me dio la espalda mientras yo subía al embarcadero. Me tendí bocarriba, con la cabeza descansando sobre mis manos a modo de cojín, para secarme al sol.

Sam, con el pantalón corto empapado, se tumbó a mi lado en la misma posición.

Ladeé la cabeza hacia él y dije:

—Creo que debería dejar un bañador aquí para la próxima vez.

Dejé uno de mis bikinis junto con una toalla en la casa de los Florek para poder zambullirme en el lago nada más acabar la tortura a la que Sam llamaba «correr». Él juró que con el tiempo me saldría la vena de corredora, pero, para finales de la segunda semana, lo único que me había salido era un puñado de pecas en la nariz y el pecho.

Acabábamos de realizar un recorrido de cinco kilómetros a marchas forzadas y, después de coger mi bikini de la cuerda y saludar con la mano a Sue, que estaba desbrozando el jardín, me metí en el baño para cambiarme mientras Sam hacía lo mismo en su habitación. Me quité a tirones la ropa de deporte sudada, me anudé el bikini de cordones al que mi madre finalmente había dado el visto bueno, amarillo con margaritas blancas, y me dirigí a la cocina a esperar a Sam. Cuando estaba bebiéndome un vaso de agua a grandes tragos junto al fregadero, alguien carraspeó detrás de mí.

—¡Buenos días, sol!

Charlie estaba apoyado contra el marco de la puerta, con unos pantalones de deporte y sin camiseta a la vista, su uniforme habitual. No me importaba. Para tener diecisiete años, Charlie estaba cachas.

—Pero si ni siquiera son las nueve —jadeé, aún sin aliento—. ¿Qué haces levantado?

—Buena pregunta —terció Sam, que acababa de entrar en la cocina.

Me quitó el vaso de las manos y lo llenó de agua. Mientras

Sam bebía, Charlie me recorrió con los ojos de arriba abajo con descaro, deteniéndose en mi pecho. Cuando volvió a mirarme a la cara, tenía el ceño fruncido.

—Estás como un tomate, Pers —comentó, y se volvió hacia Sam—. ¿Por qué la obligas a hacer tu cardio? Los problemas de corazón se dan en nuestra familia, no en la suya.

Sam se apartó el pelo de la cara.

—No la estoy obligando, ¿a que no, Percy?

Me miró buscando respaldo, pero me encogí.

—No… A ver, en teoría no me estás obligando… —Se me apagó la voz cuando Sam cambió la cara.

—Pero no te gusta —apostilló Charlie, mirándome con aire inquisitivo.

—Me gusta cómo me siento después, cuando termino —expliqué, tratando de encontrar algo positivo que decir.

Charlie cogió una manzana del frutero que había encima de la mesa de la cocina y le dio un buen mordisco.

—Deberías probar la natación, Pers —propuso con la boca llena.

—Nadamos todos los días —señaló Sam en el tono cortante que se reservaba para cuando su hermano le sacaba de sus casillas.

—No, me refiero a la natación de larga distancia, a cruzar el lago —aclaró Charlie.

Sam me miró, y yo procuré disimular mi entusiasmo. Había contemplado innumerables veces la otra orilla, preguntándome si algún día sería capaz de cruzar hasta allí. Me pareció una idea increíble.

—Suena interesante —dije.

—Si quieres, puedo ayudarte a entrenar —se ofreció Charlie.

—No, no hace falta. —atajó Sam sin darme tiempo a responder.

Charlie me miró de nuevo, despacio.

—Necesitarás un bañador distinto a ese.

Entrenar para nadar era mucho más divertido que correr, aunque también mucho más duro de lo que imaginaba. Sam me recogía en la cabaña todas las mañanas cuando terminaba de correr y volvíamos a su casa juntos para que se cambiara. Ideamos un plan de calentamiento que consistía en realizar una serie de estiramientos en el embarcadero y hacer unos largos hasta la balsa y vuelta. A veces Sam nadaba a mi lado y me daba indicaciones para mejorar mi estilo, pero casi siempre se quedaba agarrado a un tubo de gomaespuma.

Charlie acertó también en lo tocante al bañador. Durante mi primer calentamiento, tuve que ajustarme la parte de arriba cada dos por tres para que no se me saliera nada. Esa tarde, Sam me llevó en la barca al muelle del pueblo y fuimos caminando a Stedmans. Era mitad tienda tradicional, mitad tienda de todo a un dólar, y tenía un poco de todo, pero no había garantía de encontrar lo que ibas buscando.

Por suerte, había un perchero de bañadores de mujer justo en la entrada. Algunos llevaban incorporados faldas de señora, aunque también había unos cuantos lisos de color cereza prácticos, baratos y bastante monos: el hallazgo perfecto de Stedmans. Sam encontró unas gafas de natación en la sección de deportes y pagué ambas cosas con un billete de cincuenta dólares que me había dado mi padre. Gastamos el cambio en la heladería (un Moose Tracks para Sam y uno de sabor algodón de azúcar para mí), volvimos al muelle paseando y nos sentamos en un banco junto al agua para terminarnos los cucuruchos. Estábamos contemplando el lago tranquilamente cuando Sam se inclinó hacia mí y pasó la lengua alrededor de mi bola de helado, que se estaba derritiendo en hilos azules y rosas.

—No entiendo por qué te gusta tanto: solo sabe a azúcar —comentó Sam, antes de darse cuenta de mi gesto de perplejidad.

—¿Qué haces? —pregunté. La voz me salió una octava más alta que de costumbre.

—Probar tu helado —respondió, cosa que, vale, era obvio, pero a juzgar por el escalofrío que me produjo en la piel, fue como si me hubiera chupado el lóbulo de la oreja.

A medida que aumentaba mis distancias, Sam decidió acompañarme a remo por si me encontraba en apuros y como medida de seguridad frente a otros barcos. Cuando le sugerí que arrancara el motor para que pudiera relajarse, se negó con el argumento de que no me haría bien respirar gasolina mientras nadaba. Yo practicaba a diario, empeñada en alcanzar la otra orilla del lago para finales de agosto.

La semana anterior a mi gran día, mientras esperaba en la cocina de los Florek a que Sam se pusiese el bañador, ayudé a Sue a vaciar el lavaplatos.

—¿Te ha dicho que todas las mañanas entrena con las pesas de su padre antes de salir a correr? —me preguntó mientras colocaba un par de vasos en el armario.

Yo negué con la cabeza.

—Se está tomando muy en serio lo de ponerse en forma, ¿eh?

—Ajá. Creo que quiere estar seguro de poder sacarte de un apuro en caso necesario —dijo, dándome un apretón en el hombro.

La mañana de mi travesía a nado puse rumbo a la orilla del lago y mis padres me siguieron con tazas de café y una cámara retro. Cuando Sam llegó al embarcadero en la lancha, fui a su encuentro descalza, sujetando mi toalla y mis gafas de natación.

—Hoy es el gran día. ¿Cómo te encuentras? —preguntó mientras yo avanzaba por el muelle.

—La verdad es que bien. Puedo hacerlo.

Sonreí de oreja a oreja y lancé la toalla a la lancha.

—Bien, bien —murmuró, al tiempo que revisaba la barca como si buscara algo. Parecía… nervioso.

—¿Y cómo te encuentras tú? —pregunté.

Levantó la vista hacia mí y arrugó la nariz.

—Sé que lo harás fenomenal, pero reconozco que estoy un poco preocupado por si algo sale mal.

Nunca había oído a Sam tan nervioso, pero ese día estaba asustado de verdad. Salté a la lancha.

—El lago está tranquilo, sabes hacer el boca a boca, tienes un chaleco salvavidas homologado de repuesto además de un flotador inflable, en la lancha hay un silbato de emergencia para pedir ayuda y, en vista de que tenemos público, no es que lo vayas a necesitar. —Señalé en dirección a mis padres, que se habían reunido con Charlie y Sue en el embarcadero, y los saludé con la mano.

—¡Estamos contigo, Percy! —gritó Sue.

—Y —añadí— soy una nadadora magnífica. No hay nada por lo que preocuparse. —Sam respiró hondo. Estaba un poco pálido. Enganché el dedo índice en su pulsera—. Lo juro, ¿vale?

—Tienes razón —suspiró—. Pero acuérdate de hacer un descanso si lo necesitas. Puedes flotar un poco sin más.

Le di unas palmaditas en el hombro.

—Bueno, ¿vamos o qué?

—Vamos —dijo Sam—. Te desearía buena suerte, pero no la necesitas.

Una vez en el agua, me puse las gafas de natación, le hice un gesto con el pulgar levantado a Sam y a continuación me concentré en la lejana orilla: mi reto era alcanzar la pequeña playa de guijarros. Tras realizar tres respiraciones profundas, tomé impulso con los pies desde el fondo del lago y comencé a nadar a crol a un ritmo constante, con movimientos acompasados de brazos y piernas para propulsarme. No me apresuré con las brazadas, y enseguida alcancé un ritmo casi automático en el que mi cuerpo tomó el relevo a mi mente. Veía el casco de la lancha cada vez que ladeaba ligeramente la cabeza para tomar aire, pero no le presté mucha atención. ¡Lo estaba haciendo! Estaba cruzando el lago. Mi lago. Con Sam a mi lado. Me embargó una oleada de orgullo que me infundió fuerza y me distrajo de la quemazón que notaba en las piernas y del dolor en el cuello. Seguí adelante, reduciendo la velocidad cuando necesitaba recuperar el aliento.

Cambié el estilo a braza durante varios minutos para aliviar la tensión acumulada en los hombros y después reanudé el crol. A veces oía a Sam animándome, pero no entendía nada de lo que decía. Cada cierto tiempo levantaba el pulgar para que supiera que me encontraba bien.

Cuanto más me aproximaba, más entumecidas notaba las extremidades. Las molestias en el cuello y en los hombros aumentaron considerablemente, y a duras penas conseguía mantener la concentración en mi respiración. Apreté la mandíbula para contrarrestar el dolor, pero no paré. Estaba segura de que no me rendiría. Iba a conseguirlo. Y cuando lo hice, me arrastré con dificultad sobre la arena de la orilla, me quité las gafas de natación de un tirón y me quedé tendida con la cabeza entre las manos, sin sacar las piernas del agua, echando fuego por los pulmones. Ni siquiera escuché a Sam varando la lancha en la playa: no reparé en él hasta que lo tuve a agachado a mi lado, su mano en mi espalda.

—Percy, ¿estás bien?

Me zarandeó con delicadeza, pero yo era incapaz de moverme. Era como si llevara el cuerpo aprisionado en el chaleco de plomo que te hacen ponerte para una radiografía. De repente, escuché la voz de Sam justo en mi oreja.

—¿Percy? ¿Percy? Dime si estás bien.

Ladeé la cabeza hacia él y abrí un ojo. La preocupación se reflejaba en su cara, a escasos centímetros de la mía.

—Mmm... —gemí—. Necesito tumbarme.

Sam soltó un fuerte suspiro de alivio y su expresión se transformó en júbilo.

—¡Percy, lo has conseguido! ¡Lo has conseguido de verdad! ¡Has estado increíble! —Las palabras le salieron a borbotones y me costó entenderle. Me sentía delirante—. Me parece increíble cómo has seguido y seguido y seguido sin descanso. ¡Eres una máquina!

En su semblante se dibujó una sonrisa enorme. Sam se estaba volviendo cada vez más y más atractivo, como si con el paso del tiempo se sintiera más a gusto en su piel. Y, cuando sonreía así, me desarmaba totalmente. «Qué guapo es». Me sorprendí a mí misma sonriendo al ser consciente de ello.

—¿Acabas de decir que soy guapo? —preguntó Sam entre risas.

«Ay, dios, debo de haberlo dicho en voz alta».

—Debes de estar realmente ida.

Se quitó la camiseta y se tumbó a mi lado, dejando medio cuerpo en el agua y la mano sobre mi espalda. Olía a sol y sudor. Cerré los ojos y aspiré hondo.

—También me gusta cómo hueles —susurré, pero esta vez no hizo ningún comentario.

Al cabo de cinco minutos, o cinco horas, Sam anunció que lo más conveniente era regresar para que nadie se preocupara. Me puse a gatas con lentitud y, con su ayuda, conseguí llegar a la lancha a pesar de que sentía las piernas tambaleantes como gelatina de agua del lago.

—Bébete esto —ordenó al pasarme una botella de Gatorade azul. Acto seguido me envolvió en una toalla. Cuando le di varios tragos, una sonrisa se dibujó de nuevo en su semblante—. Estoy muy orgulloso de ti.

—Ya te dije que era una nadadora nata —le comentó Charlie a Sam mientras tiraba de mí para sacarme de la barca y me daba un apretoncito en el hombro.

—La verdad es que sí —convino Sam.

Parecía tener la sonrisa grabada en el rostro, mucho más grande y más abierta que la sonrisita ladeada que normalmente esbozaba. Cuando salí de la barca me recibieron con una sucesión de abrazos. Primero mi madre («Has estado espectacular, cariño»), después mi padre («No sabía que tenías tantas agallas, peque») y por último Sue, cuyo achuchón fue el más fuerte de todos. Yo ya le sacaba un par de centímetros más o menos y me parecía frágil y menuda. Cuando nos despegamos, me agarró de las manos.

—Eres una chica increíble, ¿sabes? —las comisuras de sus ojos azul claro se fruncieron—. Vamos a darte algo de comer. Voy a preparar el desayuno.

Hasta la fecha, no creo que haya comido en mi vida tanto beicon como aquella mañana. Aunque mis padres habían vuelto a nuestra cabaña, Sue cocinó para un regimiento. Preparó beicon a la canadiense y normal, y los chicos me observaron fascinados mientras engullía loncha tras loncha, junto con huevos revueltos, tostadas y tomates fritos.

Cuando terminamos de desayunar, Sue nos miró a los ojos uno a uno y dijo:

—Los tres me habéis impresionado este verano. Habéis madurado un montón. Charlie, me has ayudado muchísimo en la cocina. Y Sam, estoy muy agradecida de que ahora tú también trabajes conmigo. No sé qué haría sin mis chicos.

Lo dijo con total convicción, con voz serena a pesar de la emoción.

—Probablemente encadenarías a algún otro pobre adolescente al lavaplatos —replicó Charlie.

Sue se echó a reír.

—Desde luego. El trabajo duro es bueno para el alma. Y, Percy —continuó—, se requiere mucha dedicación para hacer lo que has hecho hoy, por no hablar de haber ganado ese certamen de relatos. Estoy tan orgullosa de ti como si fueras mi propia hija.

Me dio una palmadita en la mano y siguió desayunando como si no me hubiera hecho el mayor cumplido que jamás hubiera recibido por parte de un adulto. Cuando miré a Sam, tenía una sonrisa radiante.

Fue el final perfecto del verano.

Hola, Percy:

Ya sé que Acción de Gracias ha sido este mismo fin de semana (por cierto, sigo bastante asqueado por cómo Delilah babeaba por Charlie), pero ¿sabes qué? Mi madre me ha dado permiso para librar en Nochevieja, así que podemos pasarla juntos.

SAM

Sam:

No te preocupes. Aunque Delilah cree que Charlie es mono, está colada por el mejor amigo de su primo. Hasta se ha empeñado en que la acompañe a una cita doble con ellos, así que seguramente se olvidará por completo de Charlie. ¿Estás celoso?

Mi madre ha encontrado un juego de *fondue* antiguo en un rastrillo y va a organizar una fiesta temática de los setenta en Nochevieja. Espero que te guste el queso fundido.

P<small>ERCY</small>

Percy:

¿A quién con dos dedos de frente no le gusta el queso fundido? No me gusta Delilah, si te refieres a eso. ¿Conoces a su primo?

S<small>AM</small>

Sam:

Todavía no conozco al primo de Delilah. Está en duodécimo grado, como Charlie, pero va a otro instituto. ¡¡¡Se llama Buckley!!! Pero todo el mundo lo llama por su apellido, Mason, porque supongo que no le gusta su nombre. ¿Cómo iba a gustarle?

¡Comienza la cuenta atrás para Nochevieja!

P<small>ERCY</small>

Tal como prometió, mi madre se tomó muy en serio su fiesta de los setenta para Nochevieja. Preparó *fondue* y ensalada César; los cuatro nos sentamos en el suelo junto a la chimenea y mojamos trozos de pan en la pasta amarilla mientras escuchábamos álbumes de Joni Mitchell y Fleetwood Mac en el viejo tocadiscos de mi padre, que mi madre había llevado a reparar como regalo de Navidad.

—La verdad es que esto de que todos estemos metiendo y sacando los tenedores en el queso da un poco de grima —comenté y mi madre me echó una mirada de aviso.

—Pero está riquísimo —señaló Sam, agitando un pedazo de pan chorreante delante de mi cara.

—No podría estar más de acuerdo contigo —dijo mi padre, y acto seguido le quitó el pan a Sam del tenedor y se lo echó a la boca.

Mi madre sirvió tarta de zanahoria de postre, y luego jugamos al póker con cerillas de madera hasta que Sam nos arruinó a todos.

—No sé si sentir admiración o terror por el hecho de que un quinceañero sea capaz de mantener un semblante tan impasible —comentó mi padre al entregarle sus últimas cerillas.

A medianoche, mi madre dejó que Sam y yo nos tomásemos una copa de champán. Las burbujas hicieron que un calorcillo agradable se me extendiera por las manos y por las mejillas. Poco después, mis padres prepararon el sofá para Sam con sábanas bien ajustadas alrededor de los cojines, vertieron el champán que quedaba en nuestras copas y se fueron a la cama.

Sam y yo nos sentamos el uno frente al otro en los extremos del sofá, con la colcha extendida sobre las piernas. Yo estaba de bajón ante la idea de volver a la ciudad dos días después y tenía ganas de pasar toda la noche charlando. Bajo la manta, Sam me dio un empujoncito con el pie en la pierna.

—¿No vas a contarme cómo te fue la cita con Buckley?

No habíamos sacado el tema de Mason, el primo de Delilah, desde la primera vez que lo mencioné en un correo electrónico con la esperanza de que sirviera para alentar a Sam a confesar su amor hacia mí. El plan no había salido según lo previsto, y supuse que a Sam se le había olvidado por completo.

Delilah y yo habíamos tenido un par de citas dobles con Mason y su amigo Patel. En su grupo, lo de usar el apellido en vez del nombre por lo visto se llevaba. Ambos iban a una escuela privada no lejos de donde yo vivía y jugaban en el mismo equipo de hockey.

Me sorprendió que Delilah saliera con alguien tan callado y discreto como Patel, pero tenía unos enormes ojos marrones y una sonrisa aún más grande. «Me da que es intenso —me explicó cuando se lo comenté—. Los porteros están buenos, y seguro que besa fenomenal».

A Mason le obsesionaba el hockey, desarrollar la musculatura necesaria para el hockey y dejarse crecer su pelo oscuro con el fin de que los bucles le asomaran justo por debajo del casco de hockey. Tenía los ojos azules, igual que Delilah, era guapísimo, igual que Delilah, y creo que probablemente era consciente de ello, igual que Delilah también, pero de hecho era un tío bastante agradable. Lo único era que yo no pensaba a todas horas en él, como hacía con Sam.

—Mason —le corregí—. Y no hay gran cosa que contar.

—Empecemos por lo básico: ¿te gusta Buckley? —Sonrió con malicia.

Le di un puntapié y después me encogí de hombros.

—No está mal.

—No está mal, ¿eh? Parece serio. —Tras unos instantes, preguntó—: ¿No te parece que es un pelín mayor para ti?

—Le faltan unas semanas para cumplir dieciocho, y yo cumplo dieciséis en febrero. Además, solo hemos quedado dos veces.

—No me habías dicho lo de la segunda cita.

¿Se suponía que tenía que hablarle sobre otros chicos? Él no me hablaba de chicas.

—Pensaba que te daría igual, y tampoco es que sea mi novio ni nada por el estilo —dije a la defensiva.

—Pero a él le gustaría.

No fue una pregunta.

—No estoy tan segura. No creo que los chicos me vean en ese sentido.

—¿En qué sentido, Percy?

¿Me estaba provocando o no sabía a qué me refería? Tenía la cabeza embotada debido a la confusión y al champán.

—No tienen interés en besarme —respondí, bajando la vista hacia nuestras piernas.

Me dio con el pie otra vez.

—Eso no es cierto. Y que conste que no me da igual.

Sam tenía razón: Mason sí tenía interés en mí. En enero, Delilah y yo fuimos a ver dos partidos de hockey, en los que también jugaba con Patel. Nos sentamos en las gradas aferrándonos a dos vasos de plástico de chocolate caliente de mala calidad para mantener las manos templadas tan cerca del gélido campo de juego. En ambos encuentros, Mason me saludó con la mano desde la pista de hielo antes de ocupar su posición de delantero en la banda derecha para el lanzamiento del disco.

Entendí por qué le apasionaba ese deporte: era, con diferencia, el mejor jugador del equipo. Cada vez que marcaba, me buscaba con la mirada en las gradas con una gran sonrisa en la cara. Después del segundo partido, Delilah y yo esperamos a los chicos en la puerta del vestuario para ir a tomar una pizza. Mason salió con el pelo húmedo oliendo a champú y con una enorme bolsa de deporte colgada del hombro. Se había puesto unos vaqueros y una camiseta de manga larga y cuello redondo ceñida que le marcaba el pecho y los brazos. Era incluso más musculoso que Charlie, y tuve que reconocer que estaba bastante bueno. Cuando Patel y Delilah se nos adelantaron, Mason tiró de mí hacia un portal, me dijo que era muy guapa y me dio un beso rápido en los labios.

—Gracias —dije, y sonreí algo aturullada, sin saber muy bien qué venía a continuación o lo que esperaba de mí.

—Me gusta lo sincera que eres —dijo entre risas.

Mason nos invitó a Delilah y a mí a la fiesta de su décimo octavo cumpleaños, que se iba a celebrar en un hotel pijo en Yorkville a finales de mes, con un DJ, una barra de sushi y una lista de invitados de ciento veinte personas. Delilah se había asegurado de que prácticamente todas las chicas de nuestro curso se enteraran de que estábamos invitadas, por lo que nos rindieron el respeto y admiración que merecíamos.

La noche de la fiesta, nos arreglamos en casa de Delilah (nos ondulamos el pelo con rulos térmicos y nos dimos unos toquecitos de rímel y brillo de labios), pero cuando me puse el ceñido vestido largo hasta el suelo de color rojo que según Delilah realzaba mi «cuerpazo», ella soltó horrorizada:

—¡Ni de coña! ¡No puedes ponerte eso!

—¿De qué estás hablando?

Confundida, bajé la vista a mis bailarinas doradas.

—¡De esas bragas de abuela! ¿Acaso no te he enseñado nada? ¿No tienes un tanga?

La miré con incredulidad.

—¡No ahora mismo!

—No tienes remedio. —Suspiró y me lanzó un tanga rojo. Jamás había visto algo tan diminuto.

—A mi madre no le haría ni pizca de gracia —dije, sujetándolo en el aire.

—Bueno, tampoco le haría ni pizca de gracia que se te marcasen esas bragas, créeme —replicó Delilah.

Me quité trabajosamente las bragas y me puse el tanga.

—¡Mucho mejor! —exclamó, y me dio un pellizco en el trasero—. Mason será incapaz de quitarte las manos de encima.

Me inquieté solo de pensarlo.

Los padres de Delilah nos llevaron en coche al hotel, le dieron a su hija cincuenta dólares para volver en taxi y nos dejaron junto al guardarropa para que empezáramos a mezclarnos con la gente.

—No imaginaba que habría tantos adultos aquí —dije en voz baja mientras echaba un vistazo al salón: más de la mitad de los invitados eran de mediana edad o mayores.

—Mi tío es una especie de pez gordo en Bay Street, trabaja en no sé qué de la bolsa —cuchicheó Delilah.

Bailamos juntas con algunas de las chicas mayores mientras los chicos nos observaban desde las sillas cubiertas con fundas. A las ocho, el padre de Mason, un hombre alto de pelo canoso y aspecto agradable (que, según Delilah, estaba «a punto de separarse de su segunda esposa»), brindó por su hijo y a continuación, para asombro de la multitud, le lanzó un juego de llaves. Todos salimos en tropel fuera, agrupándonos contra el frío, para ver el flamante Audi nuevo de Mason aparcado en la puerta.

—Yo te lo llevo a casa esta noche —le dijo su padre con un guiño, y le dio una petaca con disimulo.

En menos de veinte minutos, el resto de adultos se había marchado discretamente.

Cuando la inconfundible flauta de pan de una balada de Céline Dion trinó a través de los altavoces, Mason me señaló con el dedo y después hacia sí mismo con una sonrisa. Me acerqué a él, puso las manos alrededor de mi cintura y yo apoyé las mías sobre los hombros de su chaqueta negra. Comenzamos a balancearnos suavemente, moviéndonos en círculo, y Mason inclinó la cabeza y acercó la boca a mi oreja.

—Esta noche estás preciosa, Percy. —Lo miré a los ojos azules, pero de un tono más oscuro y menos límpido que los de Sam, y me apretó con fuerza contra él para que mi mejilla descansara sobre su pecho—. No puedo dejar de pensar en ti —susurró.

Al terminar la canción, tiró de mí en dirección al vestíbulo, donde Delilah, Patel, otros tres chicos y una chica mayor se reunieron con nosotros. Uno de ellos, que se presentó como Daniels, nos enseñó la botella, que según decía era de vodka, que llevaba bajo la chaqueta.

—¿Seguimos la fiesta en otra parte? —propuso, levantando las cejas y rodeando a la chica, Ashleigh, con el brazo.

Todos los chicos tenían habitaciones en la planta de arriba, así que nos reunimos en la sala de estar de la suite de Mason y Patel. Daniels se acomodó en un sillón con Ashleigh en su regazo, Delilah y Patel se pillaron el sofá y los otros dos chicos se sentaron en el suelo y nos dejaron una silla a Mason y a mí. Yo me senté en el borde, pero Mason tiró de mí para sentarme sobre él, me rodeó por la cintura y dejó la mano apoyada sobre mi cadera. Daniels nos pasó a cada uno un vaso de vodka con hielo. Olía a quitaesmalte y me quemó los labios incluso antes de que le diera un pequeño sorbo.

—No te lo bebas si no te gusta —me susurró Mason al oído para que nadie lo oyera. Agradecida, le sonreí y vertí mi vodka en su vaso—. Por mí, perfecto. —Me devolvió la sonrisa.

Me acarició la cadera con el pulgar mientras los demás charlaban sobre su nuevo coche y la temporada de hockey. Teniendo en cuenta que éramos un grupo de adolescentes sin supervisión adulta, el ambiente era bastante tranquilo; me di cuenta de que, salvo Daniels, que estaba manoseándole el trasero a Ashleigh como si fuera masa para pizza, nadie se había rellenado el vaso. Alrededor de las once, cuando casi todos los demás se habían ido a sus habitaciones, Delilah y yo nos levantamos para ponernos el abrigo.

—Quiero enseñarte una cosa antes de que te vayas, Percy —dijo Mason mientras se tocaba el pelo con cierto nerviosismo.

—Seguro que sí —dijo Patel entre dientes. Delilah le dio un manotazo en el brazo.

Mason me condujo por un corto pasillo hasta una habitación de aspecto elegante, todo en tonos grisáceos y marrones, con una cama de matrimonio extragrande y un cabecero de ante. Cerró la puerta del dormitorio, abrió el armario, se puso de rodillas y tecleó un código en una pequeña caja fuerte. Al incorporarse, llevaba en la mano un pequeño estuche de color turquesa.

—Pero ¿qué es esto? —pregunté—. Si no es mi cumpleaños.

—Ya —dijo, acercándose a mí—. Lo tenía reservado para cuando cumplas dieciséis, pero no he podido esperar. Ábrelo.

Me miró fijamente con aire expectante. Al levantar la tapa vi que había una bolsita también de terciopelo turquesa y, dentro, una pulsera de plata con un gran cierre moderno.

—He pensado que a lo mejor te gustaría ser mi novia —dijo— y que tal vez necesites algo un poco más especial que esto —añadió con una sonrisa, mientras me levantaba el brazo donde llevaba mi pulsera de la amistad. Me pilló desprevenida.

—Es preciosa…, esto…, ¡guau! ¡No sé qué decir! —balbuceé. Mason me puso la pulsera.

—Piénsatelo si quieres, pero necesito que sepas que me gustas mucho. —Me cogió por las caderas, me acercó a él y puso los labios sobre los míos. Me resultaron suaves y agradables. Se apartó de mí lo justo para mirarme a los ojos y dijo—: Eres inteligente, divertida y guapísima y ni siquiera lo sabes.

Me besó de nuevo, esta vez con más fuerza, y cerré los ojos. Me vinieron a la cabeza imágenes fugaces de Sam, y cuando Mason deslizó la lengua entre mis labios, tuve la sensación de que las rodillas me iban a fallar y me aferré a sus bíceps. Recorrió con suaves besos la comisura de mi boca, mi nariz, y volvió a mis labios. Esta vez los abrí para él e imaginé que era la lengua de Sam la que se enredaba con la mía. Mason gimió, bajó las manos hacia mis nalgas y se presionó contra mi cadera. Me aparté de él.

—Debería irme… Vamos a llegar tarde a casa de Delilah.

Mason no protestó. Me acarició la espalda, me dio un último beso rápido y me agarró de la mano.

Al lado de mi pulsera de hilos, la de plata llamaba demasiado la atención, de modo que me la quité para que mi madre no me la viera a la mañana siguiente, cuando vino a recogerme, y empezara a hacerme preguntas. A Delilah le sorprendió el regalo, que según ella era «excesivo», aunque en su opinión no significaba que Mason quisiera formalizar nuestra relación.

—Por supuesto que le gustas, Percy. Eres un partidazo. Y no veas cómo se te han puesto las tetas este año —dijo con un susurro teatral—. Tómatelo con calma con Mason. Sé que no te gusta tanto como tu Chico del Verano, pero igual te lo puedes plantear como una buena práctica por si Sam se espabila algún día.

Nada más llegar a casa, le escribí un correo electrónico a Sam.

Hola, Sam:

He estado dándole más vueltas a mi nueva historia. ¿Qué te parece un lago en el que acecha el fantasma de una niña que murió al hundirse en el hielo en invierno, dejando atrás a su hermana gemela? Cuando la hermana llega a la adolescencia, regresa al lago de acampada y ve una extraña silueta en el bosque. Al final resulta ser su hermana gemela muerta, que intenta matarla para no estar sola. Podría ser espeluznante y tal vez un pelín triste. ¿Qué opinas?

Más cosas: anoche Delilah y yo fuimos a la fiesta de cumpleaños de Mason y me pidió que fuera su novia. Sé que te lo esperabas porque lo intuiste en Nochevieja, pero a mí sí que me pilló por sorpresa. ¿Qué crees que debería hacer?

PERCY

Percy:

Sigo pensando que la mejor idea es la de un lago lleno de peces zombis. Es broma. La niña muerta espeluznante es lo mejor. ¿Vas a ponerles nombres horrorosos de gemelas a las hermanas, como Lilah y Layla, o Jessica y Bessica?

Ya te lo pregunté, pero creo que es hora de volver a hacerlo: ¿te gusta Buckley?

SAM

Sam:

¿Cómo no se me había ocurrido antes lo de Jessica y Bessica? ¡¡¡Eres un genio!!!

La verdad es que Mason es muy buen tío, pero me gusta más otro.

PERCY

Percy:

Creo que ya tienes la respuesta.

SAM

9

En la actualidad

Nos quedamos sentados en la camioneta contemplando la casa de los Florek. O al menos eso hago yo, porque Sam me está observando a mí.

—Tiene un aspecto impresionante —comento.

Y es cierto: el césped está verde y bien cortado; los macizos de flores, esplendorosos e impecables; y el enlucido y las molduras de la casa, recién pintados. La canasta de baloncesto continúa colgada junto al garaje. En el porche hay maceteros de terracota con alegres geranios rojos; seguramente los haya plantado el propio Sam. La idea me enternece.

—Gracias —dice—. He procurado mantenerlo. A mi madre no le gustaría ver su jardín plagado de malas hierbas. —Tras una pausa, añade—: Pero también me ha servido mucho para evadirme.

—¿Cómo te las has apañado para ocuparte de todo esto y compaginarlo con el restaurante y tu trabajo? —pregunto, girándome hacia él y señalando la casa—. Es una vivienda enorme para que se encargue de ella una sola persona.

Por Dios, ¿cómo lo hizo Sue, al mismo tiempo que criaba a dos niños y llevaba La Taberna?

Sam se pasa la mano por la mejilla suave. El afeitado ha hecho que los pómulos resulten más prominentes y la mandíbula, más angulosa.

—Supongo que duermo poco —responde—. No pongas esa cara; me acostumbré a pasar la noche en vela cuando era residente. De todas formas, agradezco haber tenido algo para entretenerme. Me habría vuelto loco de brazos cruzados el año pasado.

El remordimiento se arremolina en mi corazón. No soporto que haya hecho esto solo. Sin mí.

—¿Charlie te ayuda?

—Qué va. Se ofreció a volver a casa, pero está muy ocupado en Toronto. —Ladeo la cabeza, confusa—. Trabaja en finanzas, en Bay Street —me explica—. Como estaba intentando que lo ascendieran, le dije que se quedara en la ciudad.

—No tenía ni idea —murmuro—. Supongo que su jefe tiene más suerte a la hora de obligarle a llevar camiseta que tu madre.

Sam se ríe entre dientes.

—Seguro que va vestido de traje y todo.

Carraspeo antes de hacerle la pregunta que lleva rondándome la cabeza durante toda la mañana.

—¿Y Taylor? ¿Vive en Kingston?

—Sí, su bufete está allí. No es lo que se dice una chica de Barry's Bay.

—No me había dado cuenta —mascullo, mirando por la ventanilla.

Alcanzo a ver por el rabillo del ojo que Sam sonríe antes de bajarse de la camioneta y rodearla para venir a mi encuentro. Me abre la puerta y me tiende la mano para ayudarme a salir.

—Puedo bajarme sola de una camioneta, ¿sabes? —comento, aunque acepto su mano de todas formas.

—Bueno, es que llevas mucho tiempo fuera, urbanita. —Sonríe con picardía. Uno de sus brazos mantiene abierta la puerta, y el otro está en el lado contrario, atrapándome en el medio. Se pone serio—. Charlie vendrá a casa después —dice, mirándome fijamente—. Fue al restaurante temprano para ayudar a Julien con unas cuantas cosas de última hora para mañana.

—Qué ganas de verlo de nuevo —digo con una sonrisa, pero se me ha secado la boca—. Entonces ¿Julien sigue por aquí?

Julien Chen era el sufrido y veterano chef de La Taberna. Era brusco, gracioso y una especie de hermano mayor para Sam y Charlie.

—Sí, sigue. Nos ha ayudado mucho a mi madre y a mí. La llevaba a la quimio cuando yo tenía turno en el hospital y cuando la ingresaron, durante los últimos meses, se quedó con ella casi tanto como yo. Está siendo bastante duro para él.

—Ya imagino. ¿Te has planteado alguna vez…? Bueno, ¿la posibilidad de que tu madre y él…?

Aunque la idea nunca se me ocurrió de adolescente, con los años me di cuenta de que eso explicaría por qué un hombre joven y soltero cuya destreza culinaria superaba con creces lo de hervir *pierogi* y preparar salchichas viviría durante tanto tiempo en un pueblo.

—No lo sé. —Se pasa una mano por el pelo y añade—: Siempre me he preguntado por qué se quedó tanto tiempo. Nunca tuvo previsto vivir aquí: para él iba a ser solo un trabajo de verano. Creo que soñaba a lo grande con abrir su propio restaurante en la ciudad. Mi madre decía que se había quedado por Charlie y por mí. En los dos últimos años, sin embargo, me empecé a preguntar si no se quedó por ella en realidad.

Me mira de nuevo con una sonrisa triste y, sin decir una palabra, rodeamos la casa en dirección al agua. Es un acto instintivo, como si hubiera bajado por esa colina por última vez hace tan solo unos días en vez de una década. La antigua barca de remos está amarrada a un lado del embarcadero, con un nuevo motor enganchado a la popa, y la balsa sigue flotando cerca, igual que entonces. Tengo un nudo en la garganta, pero se me relaja el cuerpo entero al contemplar la vista. Cuando llegamos al embarcadero, cierro los ojos e inhalo.

—Este año no hemos sacado el barco banana —dice Sam, y abro los ojos de par en par.

—¿Todavía lo tenéis? —pregunto con asombro.

—En el garaje. —Sam sonríe con un destello de dientes blancos y labios suaves.

Caminamos hasta el final del embarcadero y cojo fuerzas antes de bajar la vista hacia la orilla. Hay una lancha blanca amarrada a un nuevo embarcadero más grande en el lugar donde se hallaba el nuestro.

—Desde el agua, vuestra cabaña parece la de siempre —comenta Sam—, aunque la han ampliado con una habitación en la parte trasera. Es una familia de cuatro; los niños ya tendrán ocho y diez años. Los dejamos que naden hasta aquí y que utilicen la balsa.

Mientras contemplo el agua, la balsa y la lejana orilla tengo una extraña sensación: todo me resulta muy familiar, como si estuviera viendo un vídeo casero antiguo, pero las personas que aparecían en él se han borrado y solo alcanzo a distinguir siluetas difuminadas en el lugar donde se hallaban antaño. Añoro a esas personas... y a la chica que era yo entonces.

—¿Percy?

No oigo a Sam hasta que me pone la mano en el hombro. Me mira extrañado, y me doy cuenta de que unas lágrimas han logrado escapar con sigilo de sus celdas. Me las seco y trato de sonreír.

—Lo siento... Por un segundo he sentido como si hubiera viajado al pasado.

—Lo entiendo. —Sam se queda callado y se cruza de brazos—. Hablando de volver al pasado... ¿Crees que aún eres capaz de hacerlo?

Hace un ademán con la cabeza hacia el otro lado del lago.

—¿Cruzar a nado? —Se me escapa una risa incrédula.

—Ya decía yo. Estás demasiado mayor y en baja forma como para lograrlo ahora —se burla, y chasca la lengua.

—¡No me jodas! —Sam estira una de las comisuras de su boca al oírme—. ¿Me has traído aquí para insultar mi edad y mi cuerpo? Es un golpe bajo incluso viniendo de ti, Sam Florek.

La otra comisura de su boca se eleva.

—Desde aquí yo veo que tu cuerpo tiene muy buena pinta —comenta Sam, mirándome de arriba abajo.

—Pervertido. —Intento reprimir una sonrisa—. Pareces tu hermano.

Aunque los ojos se me salen de las órbitas por lo que acabo de decir, él no parece reparar en ello.

—Ha pasado mucho tiempo —continúa—. Solo estoy diciendo que no somos tan vivaces como entonces.

—¿Vivaces? ¿Quién dice «vivaces»? ¿Qué tienes, setenta y cinco años? —digo en tono burlón—. Y habla por ti, viejo, porque yo tengo vivacidad de sobra. No todos nos hemos ablandado.

Intento clavarle el dedo en el estómago, pero está tan duro que seguro que tiene un porcentaje de grasa negativo. Sam esboza una sonrisita de suficiencia. Yo entrecierro los ojos y luego inspecciono con ellos la otra orilla.

—Pongamos que lo hago, que cruzo el lago nadando. ¿Qué gano con eso?

—¿Aparte del derecho a fardar de ello? Mmm… —Mientras se frota el mentón, me fijo en los tendones que serpentean a lo largo de su brazo—. Te regalaré algo.

—¿Un regalo?

—De los buenos. Sabes que se me da genial hacer regalos.

Es cierto: Sam solía hacerme los mejores regalos. Una vez, me mandó por correo postal un ejemplar manoseado de *Mien-*

tras escribo, las memorias de Stephen King. A pesar de que no era una ocasión especial, lo había envuelto y había anotado en la portadilla: «Lo he encontrado en la tienda de segunda mano. Creo que estaba esperándote».

—Tan modesto como siempre, Sam. ¿Alguna idea de qué va a ser ese regalo único?

—Ni puñetera idea.

No puedo evitar la risa que se me escapa ni la sonrisa radiante que se me dibuja en los labios.

—Bueno, en ese caso —digo, desabrochándome el pantalón corto—, ¿cómo voy a negarme? —Sam se queda atónito. No me creía capaz de hacerlo—. Más te vale que saber remar todavía.

Me quito la camiseta y me quedo de pie con las manos en las caderas. Sam sigue boquiabierto y, a pesar de que mi bikini no es atrevido, de pronto me siento tremendamente expuesta. No tengo complejos en lo que respecta a mi cuerpo. Bueno, sí, tengo muchos, pero sé que son inseguridades y no suelo preocuparme demasiado por tener la barriga blanda o celulitis en los muslos. Mi relación con mi cuerpo es una de las pocas sanas que tengo. Voy a clase de spinning con regularidad y hago un circuito de pesas un par de veces a la semana, pero más que nada porque gestiono mejor el estrés cuando hago ejercicio. No estoy tan tonificada como esas mujeres insufribles que hacen spinning vestidas con pantalones minúsculos y sujetadores de deporte, ni mucho menos, pero ese no es mi objetivo. Me mantengo más o menos en forma y simplemente estoy blandita en zonas que, en mi opinión, tienen todo el derecho del mundo a estar blanditas.

La mirada de Sam desciende hasta mi pecho y vuelve a posarse en mi cara.

—Puedo remar —afirma, con un brillo sospechoso en la mirada.

Se quita la camiseta y la deja caer al embarcadero. Ahora soy yo la que se queda boquiabierta.

—¿Pero de qué vas? —digo con un gallo, haciendo aspavientos al ver su torso, sin filtro alguno.

El Sam de dieciocho años estaba en muy buena forma, pero el Sam adulto tiene una maldita tableta de chocolate en el torso. Su piel es dorada, igual que el vello ralo en sus pectorales, que se oscurece a medida que se acerca a su ombligo y forma una línea hasta perderse en la cinturilla de sus vaqueros. Tiene los hombros y los brazos musculosos, pero sin que resulte excesivo.

Se agacha para quitarse los calcetines y las zapatillas y remete el dobladillo de sus vaqueros hasta dejarse al descubierto los tobillos y la parte inferior de los gemelos.

—Ya, me he ablandado —comenta, y sus ojos azules relucen como el sol sobre el agua.

Le dedico la mirada más indiferente de la que soy capaz.

—No creo que sea necesario ir sin camiseta.

—Hace sol. En el barco va a hacer calor —responde, y se encoge de hombros.

—Eres un peligro. —Frunzo el ceño—. Voy a dar por sentado que esos músculos no son decorativos —señalo en dirección a sus brazos— y que serás capaz de seguirme el ritmo.

—Haré todo lo posible —dice, y sube al barco.

Me pongo a girar los hombros y después a hacer círculos con los brazos para desentumecerlos. «¿Qué demonios estoy haciendo?». No he seguido nadando desde aquella época. Sam aparta la barca empujando contra el embarcadero, la gira con los remos para apuntar la proa en dirección a la otra orilla y aguarda a que me zambulla. Me quedo parada en el borde del embarcadero observándolo, sus pies descalzos apoyados en el banco que tiene delante. Miro al agua y luego de nuevo a él. No sé si lo que me golpea es un *déjà vu* o el hecho de estar en este mismo lugar, con Sam a la deriva en esa misma embarcación, pero me tiemblan las manos.

—¿Qué edad tenemos? —pregunto a voz en grito.

Él tarda unos instantes en responder.

—¿Quince?

Inspecciono la playa de guijarros que hay en la orilla opuesta. La adrenalina bulle bajo mi piel. Inhalo hondo y me lanzo al lago. Un sollozo me recorre entera al sumergirme en el agua fría. No tengo ni idea de si estoy llorando al salir a la superficie, y empiezo a nadar despacio.

Cada vez que ladeo la cabeza para coger aire, veo el costado de la barca siguiéndome e intento concentrarme en el hecho de que Sam está a mi lado de nuevo y no en todos los años en los que no lo ha estado. Aunque no tardo en sentir nudos de tensión en los hombros y una quemazón persistente en las piernas, continúo moviéndolas y dando brazadas.

Estoy sumida en ese ritmo inconsciente y mecánico cuando me da un calambre en el dedo gordo. Aflojo el ritmo e intento moverlo para soltar el músculo, pero un dolor angustioso asciende por mi pantorrilla. Trato de seguir moviendo las piernas, pero el tirón se agudiza y no tengo más remedio que parar de nadar. Aprieto los dientes mientras procuro mantener la cabeza fuera del agua y suelto un quejido cuando el calambre no se mitiga. Apenas alcanzo a oír los gritos de Sam hasta que veo el costado de la barca justo a mi lado.

—¿Estás bien? —me pregunta, con expresión de pánico.

Niego con la cabeza y, acto seguido, noto que desliza las manos bajo mis axilas para sacarme del agua. Me raspo la barriga con el borde de la barca cuando Sam tira de mí, sujetándome primero por la cintura y después por el trasero. Caigo sobre él sollozando.

Tengo la cabeza apoyada en su pecho y trato de recuperar el aliento. El calambre remite si me mantengo inmóvil, pero en cuanto muevo un poco el dedo un latigazo me recorre la pierna y siseo de dolor.

Solo entonces soy consciente de las manos de Sam, que se aferran a mis caderas. Estoy totalmente pegada a él: frente, nariz, pecho, vientre… Lo único que deseo es recorrer con la lengua la piel cálida de su pecho y mover las caderas contra sus vaqueros para aliviar lo que está sucediendo entre mis muslos. Teniendo en cuenta el tremendo dolor que me atenaza, está totalmente fuera de lugar.

—¿Estás bien, Percy? —pregunta, con la voz tensa.

—Calambre —digo en un hilo de voz contra su pecho—. En el dedo y el gemelo. Me duele al moverme.

—¿En qué pierna?

—Izquierda.

Noto que mueve las manos desde mi muslo hasta el músculo de mi gemelo. El contacto de sus dedos me pone la piel de gallina y me provoca un estremecimiento en todo el cuerpo. Él para un momento y levanto la vista para mirarlo. Tiene la mirada oscura y fija en mí.

—Lo siento —susurro.

Él niega con la cabeza con un movimiento muy sutil, casi imperceptible.

—Mejorará si relajas el músculo —explica.

Me rodea el gemelo con la palma de la mano, ejerce presión y a continuación empieza a masajearlo suave y lentamente en círculos. El corazón me late con tal ímpetu que me pregunto si él también podrá notarlo. Cierro los ojos y aprieto los muslos con fuerza sin querer. Seguramente ha notado el movimiento, porque me aprieta con más fuerza la cadera con la mano izquierda. Siento su respiración sobre mi frente.

—¿Mejor?

La pregunta le sale con voz ronca. Muevo ligeramente la pierna y, en efecto, está mejor.

—Sí.

Al incorporarme, me quedo a horcajadas encima de él sobre la base de la barca. Tiene el pecho resbaladizo por el agua. Empiezo a quitársela de encima, pero él me rodea la muñeca con la mano. Me traspasa con la mirada, con los párpados entornados.

—Eres un peligro —dice, parafraseando mi comentario de hace un rato.

El ambiente se tensa como una goma elástica. Respiro hondo y la mirada atenta de Sam sigue el movimiento ascendente de mi pecho; y sí, mis pezones resultan obscenos bajo la parte de arriba de mi bikini. Peor para ser justos, estoy empapada y tengo frío.

Sam traga saliva y vuelve a mirarme a los ojos. Conozco muy bien esta expresión suya: tormentosa e intensa, que me consume por completo, como si pudiera zambullirme en sus ojos y no salir nunca. Mueve los dedos ligeramente por detrás de mi cadera, justo por debajo del borde de mi bikini, mientras me acaricia la parte posterior del muslo con la otra mano. «¿Qué está pasando?».

«Taylor —pienso—. Sam tiene a Taylor».

Aparta la mano de mi muslo y me acaricia con el pulgar el entrecejo, suavizando las arrugas de mi ceño, y después lo desliza hacia abajo por mi mejilla y me sostiene la cara con la mano.

—Sigues siendo la mujer más bella que he conocido —dice, y suena como papel de lija grueso.

Pestañeo. Sus palabras me resultan desconcertantes y maravillosas y me hacen sentir un poco eufórica y bastante excitada. Pero sé que no deberíamos hacer esto. Que yo no debería desear esto. Sam recorre mis labios con el pulgar, y los dedos de su otra mano se hunden con fuerza en la carne de la zona posterior de mi cadera.

—Esto no es buena idea —digo con voz ahogada.

Sus ojos danzan rápidamente por mi rostro y se incorpora para colocarme en su regazo. Apoya la frente contra la mía y cierra los ojos, respirando entrecortadamente.

«¿Está temblando?». Me parece que está temblando. Le pongo las manos sobre los hombros y le acaricio los brazos hacia arriba y hacia abajo.

—Eh, no pasa nada. Son viejos hábitos, ¿no? —digo, tratando de quitarle hierro a la situación, aunque el corazón me grita—. ¿Por qué no volvemos y nos damos un baño para enfriar los ánimos? —propongo y, al echar un vistazo a mi alrededor, me doy cuenta de que ni siquiera he logrado cruzar la mitad del lago.

Al volver a mirar a Sam, veo que tiene la mandíbula apretada, como si tratara de decidir algo, pero se limita a decir:

—Sí, vale.

A la vuelta de nuestro cortísimo y silencioso paseo en barco, Sam sube a la casa para cambiarse. He visto fugazmente mi cabaña desde el agua, y he tenido un flashback de mis padres sentados en el embarcadero con copas de vino frío. Ahora, mientras espero a Sam sentada en el borde del embarcadero con los pies metidos en el agua, revivo lo que acaba de suceder y me recreo en el momento en que sus dedos se han colado por debajo de mi bikini. Aún noto un hormigueo en el punto donde sus manos se han aferrado a mis caderas. Hubo un tiempo en el que quise a Sam de todas las maneras posibles que pudiera tenerlo, y eso no ha cambiado. Y si él hubiera ido más allá, yo también lo habría hecho. Aunque es una verdad que me avergüenza, es la verdad. Me conozco. Mi autocontrol pende de un hilo cuando estoy con él. Me pregunto si ese sería un buen argumento para un libro: una mujer sin autocontrol. Sonrío para mis adentros; hacía mucho tiempo que no fantaseaba con historias.

Vuelvo la cabeza cuando oigo los pasos de Sam a mi espalda. Se ha puesto un bañador de color coral que le sienta genial en contraste con su piel bronceada, y en la mano lleva un par de toallas y una botella de agua.

—¿En qué piensas?

Deja las toallas en el suelo, se sienta a mi lado con el hombro pegado al mío y me pasa la botella.

—Nada, en una idea para una historia.

—¿Sigues escribiendo como antes?

—No —confieso—. La verdad es que no escribo nada.

—Pues deberías —dice con delicadeza al cabo de unos instantes—. Eras buenísima. Estoy casi seguro de que aún tengo un ejemplar firmado de *Sangre joven* en el cajón del escritorio de mi antigua habitación.

Lo miro con los ojos como platos.

—¡Venga ya!

—Sí. De hecho, estoy seguro. Y está en perfectas condiciones. —Ve la pregunta que llevo escrita en la cara y responde sin que se la formule—: Llevo un año en mi antigua habitación. Rebusqué entre mis cosas hace un tiempo.

—No puedo creer que todavía lo conserves. Me parece que ni siquiera yo tengo un ejemplar —digo sin dar crédito.

—Pues no pienso darte el mío. —Esboza una sonrisa maliciosa—. Está dedicado a mi nombre, como recordarás.

—Claro que sí —musito mientras me dejo llevar por la nostalgia.

Ojalá estuviera aquí Sue. Le habría hecho muchísima gracia

verme intentar cruzar el lago sin ningún entrenamiento a los treinta años.

La pregunta se me escapa por la boca casi en el mismo momento en el que se me ocurre:

—¿Tu madre me odiaba?

Me vuelvo hacia Sam y veo que sopesa detenidamente cómo responder. Se queda callado durante unos instantes.

—No, no te odiaba, Percy —dice por fin—. Le preocupaba que hubiéramos dejado de hablarnos de la noche a la mañana. Me bombardeó a preguntas; para algunas tenía respuestas y para otras, no. Y, no sé, creo que también le dolió. —Me mira fijamente—. Ella te quería. Eras de la familia.

Aprieto los labios con fuerza y levanto la cabeza hacia el cielo.

«Ha llegado el momento —pienso—. Ha llegado el momento de contárselo».

Pero justo entonces Sam sigue hablando.

—Yo tampoco, por cierto.

—¿Tú tampoco qué? —pregunto, mirándolo.

—No te odio —dice sin más.

No había sido consciente de lo que ansiaba oír esas palabras hasta que abandonan su boca. El labio inferior me empieza a temblar y me lo muerdo, concentrándome en la dureza de mis dientes. El coraje que sentía hace un momento me ha abandonado. Soy tan quebradiza como la paja seca.

—Gracias —respondo cuando tengo la certeza de que no se me va a quebrar la voz.

Sam me da un empujoncito con el hombro.

—¿Vamos? —Hace un ademán con la cabeza en dirección a la balsa—. Igual podemos conseguir que te salgan más pecas en esa nariz que tienes.

Se me escapa una risa nerviosa. Él es el primero en ponerse de pie, y después me tiende la mano y tira de mí para levantarme.

—Te pediría perdón de antemano, Percy, pero sé que no lo voy a sentir —dice con una sonrisa malvada y, sin darme tiempo a preguntar a qué demonios se refiere, me agarra como si fuera un saco de harina y me tira al agua.

10

Verano, catorce años antes

Me resultó fácil convencer a Sue para que me dejara trabajar en La Taberna. Fueron mis padres los que presentaron mayor oposición. No entendían por qué deseaba pasarme las noches en el restaurante, si el dinero no era ningún problema. Les dije que quería ganar mi propio sueldo y (un error de novata) ver más a Sam. Teniendo en cuenta la cantidad de tiempo que ya pasábamos juntos, este argumento les pareció preocupante y, como eran un par de académicos sagaces, aprovecharon el trayecto a Barry's Bay a principios de verano para tomar cartas en el asunto.

Debí olerme que estaban tramando algo cuando, durante la parada para ir al baño, mi padre volvió al coche con una caja de veinte Timbits (un capricho poco habitual) en la que había bastantes de los cubiertos de chocolate (mis favoritos) y me pasó la caja entera. (¡Alerta roja! ¡Alerta roja!).

Mis padres me soltaban tan pocos sermones que les costaba dar con la fórmula indicada y terminaban haciéndose un lío. Era todo un clásico:

Mi padre: Persephone, ya sabes lo bien que nos cae Sam. Es…

Mi madre: Es un chico encantador. No puedo ni imaginar lo que habrá sido para Sue criar a esos dos niños sola, pero lo ha hecho de maravilla.

Mi padre: Bien. Bueno, sí, es un chaval estupendo. Y estamos contentos de que tengas un amigo en la cabaña, peque. Es importante que amplíes tu círculo de amistades más allá de la clase media-alta de Toronto.

Mi madre: Tampoco es que nuestro círculo tenga nada de malo. Según los padres de Delilah, Buckley Mason es un joven muy prometedor, ¿sabes?

Mi padre: Aunque yo no termino de fiarme de los jugadores de hockey.

Mi madre: El caso es que nos preocupa que pases tanto tiempo con Sam. Sois prácticamente uña y carne, y ahora, con el restaurante... No queremos que...

Mi padre: Que te encariñes demasiado siendo tan joven.

Les dije que Sam era mi mejor amigo, que me entendía mejor que nadie y que siempre formaría parte de mi vida, de modo que más les valía ir acostumbrándose. Aduje que trabajar me enseñaría a ser más responsable. La parte de mi amor no correspondido me la guardé para mí.

Trabajar en el restaurante hacía que me sintiera parte de una coreografía intrincada, en la que todos los integrantes colaboraban para ejecutar una rutina casi perfecta que parecía mucho más fácil de lo que realmente era. Sue era una jefa magnífica. Era directa pero nunca condescendiente ni irascible. Se reía a menudo, se sabía el nombre de la mitad de los comensales y gestionaba sin problema a la clientela.

Julien controlaba la parte de atrás con una autoridad tácita y una mirada que te helaba la sangre incluso en el calor infernal de la cocina. Era más joven que Sue, rondaba los treinta, pero tenía la espalda molida de cargar con piezas de cerdo y barriles de cerveza rubia polaca durante años. Le tuve miedo hasta que le oí bromear con Charlie durante la pausa que se tomaba para fumarse un cigarrillo después del ajetreo de la hora punta de la cena: «Menos mal que te vas a la universidad dentro de poco, porque solo te quedan tres chicas para haberte ligado a todo el pueblo». Cualquiera que se riera de Charlie me caía bien.

Charlie y Julien se encargaban de los fogones, la parrilla y la freidora. Se comunicaban de manera silenciosa, preparando las comandas según el sistema que Julien aprendió del padre de Charlie. Al principio me resultaba inquietante ver lo distinto que era Charlie en el restaurante: sudoroso, serio y con arrugas de concentración en la frente. De vez en cuando cruzábamos las miradas y él me sonreía fugazmente, pero enseguida volvía a enfrascarse en la comida.

Sam, al ser el menor de los hermanos, estaba relegado al lavaplatos y a clasificar cada comanda. Le pasaba las hojas a Julien, que cantaba los platos, y Sam se ocupaba de reunir las provisiones necesarias haciendo viajes a las despensas del sótano a toda prisa cuando hacía falta.

Lo mejor de todo fue que Sue nos asignó a Sam y a mí el mismo turno: los jueves, viernes y sábados por la noche. Me gustaba que me mirara cada vez que entraba con los platos sucios y cómo se le rizaban las ondas del pelo debido al vapor de la cocina. También me gustaba recoger con él al final de la noche, a pesar de que la poca maña de Sam con el lavaplatos a menudo implicaba meter los cubiertos en la máquina dos veces. Pero eso también me encantaba: Sam era perfecto en casi todo, menos a la hora de lavar platos.

Era un verano seco en el que estaba prohibido hacer fuego en todo el condado, y yo era una bomba comprimida de energía sexual adolescente. Sam me recogía a la vuelta de su carrera matutina para ir a nadar, igual que el año anterior y, de camino a su casa, no podía dejar de fijarme en cómo se le pegaba la camiseta a los abdominales y en las gotas de sudor que le caían por la frente y el cuello.

Como ya había cumplido los dieciséis, Sam tenía permiso para conducir el barco banana, y una noche de julio pusimos rumbo al muelle del pueblo para tomar un helado. Nos sentamos en un banco junto al agua y, mientras nos terminábamos los cucuruchos en pleno debate acerca de la importancia de diseccionar animales en clase de biología, Sam se inclinó hacia mí y recorrió con la lengua el borde de mi cono, recogiendo las gotas azules y rosas. Aunque había hecho lo mismo el verano anterior, en esta ocasión me pareció lo más sexy que había visto en la vida.

—Tienes las papilas gustativas de una niña de cinco años —comentó mientras yo le miraba con los ojos como platos.

—Has chupado mi helado.

—Sí... ¿Y qué? —preguntó él, frunciendo el ceño.

—O sea, con la lengua. Tienes que dejar de hacer eso.

—¿Por qué? ¿Te preocupa que tu novio se cabree o algo? —soltó. Sonaba un poco enfadado.

Había sido Delilah la que me había convencido para que siguiera saliendo con Mason con el argumento de que no tenía sentido quedarme esperando a que mi Chico del Verano espabilara. Pero yo le había explicado a Sam en infinidad de ocasiones que Mason no era mi novio, que, aunque salíamos juntos, no era nada serio. Por lo visto, ni Sam ni Mason entendían la distinción.

—Por enésima vez: Mason no es mi novio.

—Pero te besas con él —repuso Sam.

—Sí, claro, pero no tiene importancia —repliqué, con la duda de adónde quería ir a parar.

Le dio un mordisco a su cucurucho y me miró con los ojos entrecerrados.

—Si te digo que yo he besado a alguien, ¿pensarías que no tiene importancia?

El corazón me explotó en pedazos.

—¿Has besado a alguien? —pregunté con un hilo de voz.

Supe que Sam estaba nervioso porque rehuyó mi mirada y se puso a contemplar la bahía.

—Sí, a Maeve O'Conor en el baile de fin de curso.

Odiaba a Maeve O'Conor. Quería asesinar a Maeve O'Conor.

—Maeve es un nombre bonito —dije con voz ahogada.

Sus ojos azules se posaron en los míos de nuevo y se apartó el pelo de la cara.

—No tuvo importancia.

La fiesta del Día de las Provincias se aproximaba. Por primera vez, mis padres me iban a dejar sola en la cabaña. También coincidía con el fin de semana que yo había elegido para cruzar a nado el lago de nuevo. Mis padres no querían perderse mi proeza anual, pero tenían previsto asistir a una fiesta en el condado de Prince Edward, donde un decano de la universidad había adquirido una granja para convertirla en una pequeña bodega. Se trataba de un evento de obligada asistencia y prácticamente fue de lo único de lo que hablaron hasta que salieron el sábado muy temprano.

El ambiente pegajoso auguraba una lluvia que probablemente no caería, a juzgar por cómo había sido la primera mitad del verano. Hacía mucho tiempo que la hierba que rodeaba la casa de los Florek se había vuelto parda, pero Sue estaba decidida a mantener los parterres de flores en buen estado. Fue al restaurante antes de lo habitual a preparar tandas extras de *pierogi* para la avalancha del puente, y nos encargó a Sam, a Charlie y a mí que regásemos todo el jardín, bajo un calor abrasador, antes de nuestro turno.

Como la mayoría de las noches, pusimos rumbo al muelle del pueblo en el barco banana y desde allí fuimos a pie al restaurante. Yo iba vestida como de costumbre (con una falda vaquera oscura y una blusa sin mangas) y para cuando llegamos ya estaba empapada de sudor. Me lavé la cara con agua fría en el baño y volví a hacerme la coleta, intentando domar los mechones que se me habían encrespado por culpa de la humedad. Luego me puse un poco de rímel y brillo de labios rosa: a eso se reducía mi rutina de maquillaje.

Las mesas se llenaron nada más abrir y, para cuando servimos a los últimos clientes, Sue estaba agotada. Julien le dijo que estaba hecha unos zorros y la obligó a irse mientras los demás cerrábamos.

—Tengo la sensación de haber estado cociéndome en el agua de los *pierogi* toda la noche —les comenté a Charlie y Sam cuando terminé y salí por la puerta trasera, donde siempre me esperaban sentados con la espalda contra la pared cuando terminaban su faena. Les entregué el porcentaje que les correspondía de las propinas.

—Yo he estado encima del agua de *pierogi* toda la noche —dijo Charlie. Se levantó para guardarse el dinero en el bolsillo y se tiró de la camiseta para mostrarme lo sudada que estaba—. Menos quejas. Voy a tirarme de cabeza al agua nada más llegar a casa.

No bromeaba. En cuanto amarramos el barco, saltó al embarcadero, se desabrochó los pantalones cortos y se quitó la camiseta. Sue había dejado encendida la luz del porche, pero el agua estaba oscura y solo gracias al brillo tenue que la luna reflejaba en el lago pude ver el culo pálido de Charlie en todo su esplendor cuando se bajó los calzoncillos y se zambulló de un salto.

—Mierda, Charlie —rezongó Sam cuando su hermano giró la cabeza en nuestra dirección—. Avisa, hombre.

—Es por hacerle un favor a Percy —dijo el otro entre risas—. ¿Os animáis, niños?

Yo me había bañado en bolas en noches muy, muy calurosas, cuando era incapaz de conciliar el sueño, pero nunca delante de nadie. Olía a repollo y salchicha, y llevaba la ropa pegada al cuerpo. Un chapuzón sonaba genial.

—Yo sí —respondí mientras me desabotonaba la blusa, ignorando el nudo que tenía en el estómago—. Date la vuelta mientras me quito la ropa.

Dejé caer la blusa sobre el embarcadero. Charlie se alejó nadando y, al echar un vistazo detrás de mí, me encontré a Sam con los ojos clavados en mi sujetador de algodón blanco.

—Lo siento —masculló, y acto seguido se giró y se quitó la camiseta.

Dejé caer la falda al suelo, me quité las bragas, me desabroché el sujetador y me lancé al agua de cabeza. Segundos después saltó Sam, un fugaz destello de extremidades blancas. Mantuvimos la distancia, pero aun así yo me alejé nadando, me puse bocarriba, extendí los brazos y las piernas y me quedé flotando bajo la inmensidad del cielo. Sentí un hormigueo de alivio en los pies. El agua formaba ondas a mi alrededor y los párpados me pesaban cada vez más. De repente alguien me salpicó.

—Me parece que va siendo hora de acostar a Percy —dijo Charlie.

Fue corriendo a la casa en calzoncillos y volvió con toallas. Sam me acompañó a casa por el sendero.

—¿Lista para nadar mañana? —preguntó cuando llegamos al pie de la escalera.

Murmuré una especie de asentimiento.

—A lo mejor me tienes que dar un toque para despertarme.

Le di las buenas noches, enfilé los escalones que subían hasta la cabaña y me tumbé desnuda sobre la cama.

Me desperté de repente al oír un golpeteo en la puerta. Miré el despertador: eran las ocho y un minuto.

—Habría bastado con una llamada —refunfuñé tras ponerme una bata de algodón y bajar con desgana a abrir la puerta.

Sam esbozó una media sonrisa de disculpa y le hice un gesto para que pasara.

—Pensé que una alarma en persona sería más efectiva. Anoche parecías muy cansada.

Se encogió de hombros. Llevaba puesto un bañador y una sudadera con capucha. El pelo castaño claro le caía sobre la cara.

—Para ser tan quisquilloso, tienes el pelo hecho un desastre, ¿sabes?

—Una que yo me sé se ha levantado con el pie izquierdo, ¿eh? —dijo, y se quitó las zapatillas de deporte.

—Acabo de despertarme y tengo que hacer pis. —Me dirigí al baño—. Hay Cheerios en el armario y bagels en la panera, por si todavía no has desayunado.

El teléfono sonó justo cuando estaba haciendo pis.

—¿Te importa cogerlo? —grité—. Seguramente será mi madre o mi padre.

Cuando salí, Sam alargó la mano con el auricular hacia mí.

—¿Diga?

—Percy, soy Mason.

Desvié la mirada fugazmente a los ojos de Sam.

—Hola. Pensaba que no madrugabas tanto —dije al tiempo que Sam se giraba y se ponía a trajinar con la tostadora.

En la planta principal de la cabaña no había privacidad. Sam se iba a enterar de toda la conversación.

—Hoy cruzas el lago, ¿no? Quería desearte buena suerte.

Mason me llamaba por teléfono a la cabaña para charlar una

vez por semana más o menos. De no haberlo hecho, creo que me habría olvidado totalmente de él, de la misma manera que me olvidaba de casi todo lo relacionado con mi vida en la ciudad cuando me encontraba en el lago.

—Sí, gracias. Está un pelín nublado —dije, echando un vistazo por la ventana—, pero parece que no hace viento, así que no hay problema.

—¿Quién es el que ha cogido teléfono?

—Ah, es Sam. —El aludido me miró por encima del hombro. Ya le había hablado de él a Mason, y sabía que éramos amigos; lo que pasa es que no le había contado que Sam era mi mejor amigo ni que me estaba enamorando de él—. Va de supervisor mientras nado, ¿recuerdas? —Sam se señaló como diciendo «¿Quién, yo?». Contuve la risa.

—Ha llegado temprano —dijo Mason. No era un reproche; le sobraba seguridad en sí mismo como para ponerse celoso.

—Sí. —Me reí, nerviosa—. Quería asegurarse de que me levantara. Anoche no paré.

—Bueno, no te entretengo más. Solo quería ver qué tal estabas antes de tu hazaña. Y... —carraspeó— decirte que te echo de menos. Me muero de ganas de verte cuando vuelvas. Quiero tenerte entre mis brazos, Percy.

Observé a Sam mientras untaba queso cremoso en un bagel. Sus fornidos antebrazos estaban cubiertos de un fino vello rubio que brillaba al sol. Parecía enorme en contraste con nuestra pequeña cocina. No quedaba ni rastro del desgarbado chico de trece años al que había conocido tres veranos antes.

—Yo también —contesté, y automáticamente me sentí culpable por mentir. Lo cierto era que no había echado nada de menos a Mason.

Cuando colgué, Sam me pasó el bagel en un plato. Le di las gracias, me senté en un taburete y empecé a comérmelo mientras preparaba otro para él. Cuando terminó, se quedó de pie al otro lado de la barra, le dio un bocado y me observó mientras comía.

—¿Era ese el famoso Buckley? —preguntó con la boca llena.

Lo miré con gesto impasible.

—Mason.

—¿Te llama mucho?

Le di un buen mordisco a mi bagel para ganar tiempo.

—Todas las semanas —respondí al cabo de un minuto—. Hace bien, si no podría olvidarme de que existe.

Sam paró de masticar y levantó las cejas con gesto de sorpresa.

—¿Por qué pones esa cara? —pregunté.

Tragó y carraspeó antes de responder.

—Por nada. Es solo que no parece que te guste mucho.

—No es que no me guste, es un encanto.

—Qué bien, Percy. Es lo mínimo —dijo con tono exasperado.

—Ya lo sé. El problema no es ese. —Bajé la vista a mi bagel a medio comer—. Ya te lo he dicho: me gusta más otro.

—¿El mismo tío que me comentaste en un correo? —preguntó Sam en voz baja mientras yo jugueteaba con las semillas de sésamo esparcidas en mi plato—. ¿Percy?

—Sí, el mismo —contesté sin levantar la vista.

—¿Y él lo sabe?

Miré a Sam. Era imposible adivinar si sabía que me refería a él. Su expresión era imperturbable.

—No estoy segura —respondí—. Es un chico muy poco claro.

Terminamos de desayunar en silencio y fui a ponerme un bañador deportivo que mi madre me había comprado. En su opinión, nadar era el hobby perfecto y quería que me preparara para entrar en el equipo de natación en otoño. Me lo estaba pensando.

No es que hiciera un tiempo agradable precisamente, era un día húmedo y nublado, pero al menos el lago estaba en calma.

—Pareces mucho menos nervioso que el año pasado —comenté al llegar al embarcadero de los Florek.

—De hecho, tuve pesadillas toda la semana antes de que cruzaras la primera vez —reconoció—. Pensaba que ibas a ahogarte y que yo no sería capaz de salvarte. Ahora ya sé que puedes hacerlo sin despeinarte siquiera.

Se quitó las zapatillas y la camiseta y las dejó sobre el embarcadero. Luego movió los hombros en círculos hacia atrás varias veces.

—Y ahora tienes todo eso. —Señalé su torso desnudo, donde las sombras le marcaban los músculos del pecho y el abdomen.

Se rio entre dientes.

—¿Hago un par de largos de calentamiento contigo antes de ponernos en marcha?

—Lo que usted diga, entrenador.

Mientras estábamos en el agua, Sue y Charlie salieron al porche con sus respectivos cafés. Los saludé con la mano mientras Sam preparaba el barco. A continuación, tras hacernos una señal el uno al otro con el pulgar hacia arriba, nos pusimos en marcha.

No fue fácil, pero tampoco tan duro como el verano anterior. No me hizo falta cambiar de estilo ni aflojar el ritmo: lo mantuve constante y acompasado. Aunque notaba el cansancio en las piernas, no tenía la sensación de que iban a arrastrarme al fondo del lago con su peso; los hombros me dolían, pero era soportable. Cuando llegué a la orilla, me senté en el bajío para recobrar el aliento mientras Sam varaba la barca.

—¡Siete minutos menos que el año pasado! —anunció.

Saltó de la barca, dejó caer una nevera sobre la arena y se sentó junto a mí en el agua, empapado de sudor.

—Creo que tu madre tiene razón: deberías meterte en el equipo de natación. ¡Ni siquiera has parado para coger aire!

—Y lo dice el tío que corre casi un maratón cada mañana —jadeé.

—Exacto. —Sam sonrió—. Sé de lo que hablo.

Me pasó una botella de agua fría, me bebí la mitad y se la devolví para que se la terminara. El viento estaba empezando a arreciar y el aire olía cargado.

—Parece que al final va a llover —comenté, contemplando la danza de la brisa entre las hojas de un chopo.

—Eso dicen. Mi madre asegura que se avecina una tormenta enorme —apuntó Sam, rodeándose las rodillas con los brazos—. Lástima que me necesite para hacer un turno extra, porque si no podríamos ver una peli de miedo esta noche.

—¡*La bruja de Blair*! —propuse.

—Fantástico. ¿Aún no hemos visto esa?

—Bueno, yo sí, muchas veces —respondí.

—Por supuesto.

—Pero nunca contigo —señalé.

—Un descuido tremendo —replicó Sam.

—Imperdonable.

Ambos sonreímos.

Cuando llegué a la cabaña estaba casi catatónica, con el estómago hinchado después de uno de los desayunos épicos de Sue, y totalmente extenuada. Me quedé frita en el sofá y no me desperté hasta las cinco y pico, lo cual significaba que Sam ya estaría en La Taberna, mientras que yo tenía la noche libre. Mis padres me dejaban sola en la ciudad cada dos por tres, pero en el lago siempre andaban por casa. La noche anterior me había quedado dormida tan deprisa que apenas me había dado cuenta de que no estaban. No tenía muy claro qué hacer sola.

Grogui, arrastré los pies hasta el baño, me lavé la cara y bebí agua fría con las manos. Me dirigí al lago con un cuaderno y me senté en una butaca de madera al borde del embarcadero. El viento había arreciado desde la mañana y formaba cabrillas sobre el agua grisácea. Apunté un par de ideas para mi siguiente historia, pero enseguida comenzaron a caer gotas de lluvia sobre las páginas y tuve que refugiarme dentro.

Herví una salchicha para cenar y me la comí con parte del arroz y la ensalada de judías que mi madre me había dejado. Aburrida, hurgué en la colección de DVD hasta que encontré *El proyecto de la bruja de Blair*.

Fue una mala decisión. Me había aterrorizado todas y cada una de las veces que la había visto, y jamás lo había hecho sola. En una cabaña. En el bosque. En una noche oscura y tormentosa. En mitad de la película, pulsé el botón de pausa, cerré las puertas a cal y canto e hice un barrido de la cabaña para inspeccionar los armarios, debajo de las camas y detrás de la cortina de la ducha. Justo al volver a pulsar el botón de reproducción, el fuerte crujido de un trueno hizo temblar la casa, seguido de un relámpago. Con cada destello temía ver un rostro horripilante pegado al cristal de la puerta trasera. Cuando terminó la película, la tormenta ya había pasado, pero estaba oscuro, llovía y yo estaba muerta de miedo.

Me hice palomitas y, con la esperanza de que una comedia sirviera de antídoto, puse *Solos con nuestro tío*, pero ni siquiera John Candy y Macaulay Culkin fueron capaces de tranquilizarme. Para colmo, las cortezas de árboles y pequeñas ramas que salían volando con el viento se estampaban contra el tejado en una sinfonía de rasguños y golpes. Y, vaya, nunca me había fijado en lo mucho que crujía la cabaña. Eran poco más de las once cuando me derrumbé y marqué el número de los Florek.

Apenas terminó de sonar el primer tono de llamada cuando Sam lo cogió.

—Oye, perdona por llamar tan tarde, pero me estoy volviendo loca. Hay ruidos raros por el viento y acabo de ver *La bruja de Blair*, cosa que supongo que ha sido una estupidez. Ni de coña voy a pasar la noche aquí sola. ¿Puedo irme a dormir contigo?

—Puedes venirte a dormir conmigo. Puedes dormir debajo de mí —dijo una voz arrastrando las palabras al otro lado de la línea—. Como tú quieras, Pers.

—¿Charlie?

—El único e inigualable. ¿Decepcionada?

—En absoluto. Nunca me había puesto tan cachonda —dije en tono impasible.

—Eres una mujer cruel, Percy Fraser. Deja que cuelgue en la otra línea y voy a por Sam.

Sam se presentó en mi puerta en menos de cinco minutos, resguardándose bajo un paraguas. Le di las gracias por venir a por mí y le pedí disculpas por ser tan infantil.

—No me importa, Percy —dijo, y cogió la bolsa de tela en la que yo había echado mi cepillo de dientes y mi pijama.

Cuando le pregunté si llevaba una linterna, puso los ojos en blanco porque ¿cuándo había necesitado él una linterna? Al ponernos en marcha, me enganché a su brazo y me pegué a él lo máximo posible. Casi grité cuando oímos el bosque susurrar y, seguidamente, el crujido de una rama. Rodeé a Sam por la cintura con mi brazo libre para pegarme a su costado como una lapa.

—Seguramente será un mapache o un puercoespín —dijo entre risas, pero yo seguí agarrada con fuerza a él hasta que llegamos al porche.

—No podemos hacer ruido —susurró mientras entrábamos con sigilo—. Mi madre ya está dormida. Ha sido una noche muy movida.

—¿No vas a cerrar con llave?

Apunté hacia la puerta mientras Sam se dirigía a la cocina.

—Nunca lo hacemos, ni siquiera cuando salimos —respondió. Pero al ver el terror absoluto reflejado en mis ojos, dio media vuelta y echó el pestillo.

La planta principal estaba a oscuras y el tenue sonido de Charlie viendo la televisión subía desde las escaleras del sótano. Mientras Sam llenaba dos vasos de agua, me fijé en las sombras que cubrían el espacio bajo sus pómulos. No recordaba cuándo se le habían puesto tan prominentes.

—Yo me quedo aquí abajo, en el sofá, y te dejo mi cama.

—Es que no quiero estar sola —musité—. ¿No podemos dormir los dos en tu habitación?

Sam se pasó la mano por el pelo con aire pensativo.

—Vale. Tenemos un colchón hinchable en algún lugar del sótano. Se tarda un rato en inflarlo, pero voy a por él.

Era tarde y no quería molestar más a Sam. Pero cuando le sugerí que compartiéramos su cama, casi se atraganta.

—Te juro que no doy patadas.

Se le tensó la mandíbula y se volvió a tocar el pelo.

—Bueno, vale —aceptó inquieto—. Pero necesito ducharme. Huelo a cebolla y a grasa de freidora.

Me cepillé los dientes en el cuarto de baño de la planta baja y me puse el conjunto de pantalón corto y top de algodón con el que solía dormir. Después de recogerme el pelo en una trenza gruesa, fui a esperar a Sam a su dormitorio, que estaba limpio y ordenado, a pesar de que mi visita no estaba planeada. Nuestra foto estaba sobre su escritorio y la caja de *Operation* estaba expuesta en la repisa de arriba de su estantería, junto a una instantánea de él junto a su padre. Estaba de rodillas para ver mejor su colección de libros de Tolkien cuando Sam entró y cerró la puerta con suavidad.

—Nunca los he leído —dije sin levantar la vista.

Él se puso en cuclillas junto a mí y sacó *El hobbit*. Llevaba el pelo húmedo y pulcramente peinado para apartárselo de la cara. Olía a jabón.

—A lo mejor no te gusta, pero te lo presto. —Me tendió el libro—. Cantan mucho.

—Pues... le daré una oportunidad, gracias.

Nos levantamos al mismo tiempo y Sam se cernió sobre mí. Cuando levanté la vista hacia él, el rubor en sus mejillas se volvió más intenso.

—¿Esa es la camiseta que te pones para dormir? —preguntó. Yo, confundida, miré hacia abajo—. Desde aquí arriba parece que cubre más bien poco —añadió con voz ronca.

Era un top blanco con tirantes finos y, pensándolo bien, era bastante provocativo. Un calor eléctrico me subió por el pecho y el cuello.

—Si no miras hacia abajo, problema resuelto —mascullé, aunque una parte de mí (una parte enorme y hambrienta) temblaba de emoción.

Sam se pasó la mano por el pelo, despeinándoselo.

—Sí, perdona. Es que las tenía justo... ahí.

Me fijé en el pantalón largo de su pijama y su camiseta. Parecía que le sobraba ropa para una noche tan calurosa.

—¿Y tú? ¿Es eso lo que te pones normalmente para dormir?

—Sí..., en invierno.

—Sabes que estamos en pleno verano, ¿no?

Cambió el peso de su cuerpo de un pie a otro. De pronto, caí en la cuenta de que Sam estaba nervioso. Y Sam casi nunca se ponía nervioso.

—Lo sé. Cuando hace calor, esto... —Se frotó la nuca—. Normalmente, bueno, duermo en calzoncillos.

—Vale —murmuré—. Pues entonces hoy toca pantalones.

Ambos miramos la cama individual.

—Esto no va a ser raro, ¿verdad? —pregunté.

—No —respondió, sin una pizca de seguridad en la voz.

Retiró la sábana azul marino y me metí en la cama. No tenía claro cuál era el protocolo. ¿Debía ponerme mirando hacia la pared o sería de mala educación? ¿Y si me tumbaba bocarriba? Aún no había tomado una decisión cuando Sam se sentó a mi lado, su cuerpo pegado al mío desde el hombro hasta la cadera. Alcancé a oler su pasta de dientes de menta.

—¿Quieres que deje la luz encendida para leer? —preguntó mirando el libro que yo aún tenía entre las manos.

—La verdad es que sigo muy cansada de nadar hoy. —Le pasé el libro, lo puso sobre la mesilla de noche y apagó la luz.

Decidí que lo mejor era tumbarme bocarriba y me rebullí en la cama para apoyar la cabeza en la almohada. Sam hizo lo mismo. Estábamos pegados el uno al otro. Me quedé tumbada con los ojos abiertos durante diez minutos como mínimo, con el corazón desbocado y la piel hormigueándome en todas las zonas que rozaban su cuerpo.

—Tengo mucho calor —susurró.

Por lo visto ninguno de los dos se había dormido.

—Quítate el pantalón y la camiseta —musité—. No pasa nada. Te he visto en bañador. Los bóxer son prácticamente lo mismo.

Tras unos segundos de vacilación, se retorció para bajarse el pantalón y se quitó la camiseta. No podía estar segura, pero me pareció que los doblaba antes de dejarlos en el suelo. Aún seguíamos despiertos cuando Sam giró la cabeza hacia mí, su aliento contra mi cuello.

—Me alegro de que esto no sea raro —dijo.

Solté una carcajada. Él trató de chistarme entre su propia risa, pero lo único que consiguió fue que me desternillara aún más. Se ladeó por completo hacia mí y me tapó la boca con la mano. Hasta la última célula de mi cuerpo se paralizó.

—Vas a despertar a mi madre y, créeme, más te vale no hacerlo —susurró—. Estaba tan cansada que se llevó la copa de vino a la cama.

Apartó la mano despacio, y yo reprimí las ganas de volver a ponerla sobre mi cara. Nos quedamos en silencio, él tumbado hacia mí, hasta que dijo:

—¿Percy? —Me puse de lado para mirarle. Apenas podía distinguir la silueta de su cuerpo: las noches en el norte le daban un nuevo significado a la palabra «oscuridad»—. ¿Te acuerdas cuando te conté que había besado a Maeve?

Mi corazón cogió un par de baquetas, preparándose.

—Sí —murmuré, sin estar segura de querer oír lo que venía a continuación.

—No significó nada. O sea, no me gusta en ese sentido.

—Entonces ¿por qué la besaste? —Las palabras abandonaron mi boca casi por reflejo.

—Fuimos juntos al baile de fin de curso, estaba sonando la última canción lenta de la noche y…, no sé, me pareció que era lo que tocaba.

—¿Le pediste que fuera contigo al baile?

Él me había contado que había ido, pero no acompañado de una chica.

—Me lo pidió ella a mí —puntualizó—. Sé que no te lo conté, pero como no solemos hablar de estas cosas… No estaba seguro.

Reflexioné sobre eso durante un segundo y seguidamente le pregunté:

—¿Fue ese tu primer beso? —Sam se quedó callado—. ¿No me lo vas a decir? Tú estuviste delante para el mío.

—No —respondió.

—¿Que no fue tu primer beso o que no me lo vas a decir?

—No fue mi primer beso. Tengo dieciséis años, Percy.

—¿Cuándo fue? —Tenía la voz ronca.

—¿Seguro que quieres saberlo? —preguntó—. Porque estás un poco rara.

—Sí —siseé. Tenía ganas de gritar—. Dímelo.

—Fue el año pasado, con una chica del instituto. Me propuso ir a patinar, y luego me arrinconó en el banquillo y me besó. Fue un poco surrealista.

—Menuda psicópata.

—Sí, no volvimos a quedar. —Tras una pausa, añadió—: Pero salí un par de veces con Olivia, la amiga de la hermana de Jordie.

«La hermana de Jordie es un año mayor que nosotros».

—¿Y la besaste? —pregunté con voz ahogada.

La cabeza me daba vueltas. Sam había besado a tres chicas. Sam había besado a una chica de undécimo grado. No debería haberme sorprendido: era guapo, cariñoso y listo, pero también era mío, mío, solo mío. La idea de que otra pasase tiempo con él, la idea de otra besándolo, me ponía enferma.

—Eh…, sí. Nos besamos. —Titubeó—. Y nos enrollamos un poco.

—¿Que te has enrollado con una chica de undécimo grado? —dije en tono estridente.

—Sí, Percy. ¿Qué pasa? —Parecía ofendido—. ¿Es que tú no te enrollas con tu novio?

Respiré hondo.

—No. Es. Mi. Novio —pronuncié cada palabra con toda la contundencia que me permitía un susurro.

Le di un empujón en el hombro, y luego otro. Sam me agarró por la muñeca y se la llevó a su pecho desnudo.

—¿Y no te das el lote con tu «no novio»? —preguntó.

—Preferiría darme el lote con otro —solté sin pensar, e inmediatamente deseé tragarme mis palabras.

—¿Con quién? —preguntó Sam. La adrenalina me tensó el

cuerpo, pero abrí la boca. Él me apretó ligeramente la muñeca, y me pregunté si notaría la velocidad a la que me latía el pulso—. ¿Con quién, Percy?

—No me hagas decirlo —dije en un susurro tan tenue que no estaba segura de haberlo dicho en voz alta, pero entonces sentí el aliento caliente de Sam sobre mi cara y el contacto de su nariz y su frente contra las mías.

—Por favor, dímelo —imploró.

Me sentía abrumada por él: por el olor de su champú, por su pelo húmedo, por el calor que despedía su cuerpo.

Tragué saliva con esfuerzo y susurré:

—Ya lo sabes.

Sam se quedó en silencio, con la boca a escasos centímetros de la mía, pero empezó a acariciarme la muñeca con el pulgar.

—Quiero estar seguro —musitó.

Cerré los ojos, inspiré hondo y dejé escapar las palabras.

—Prefiero besarte a ti.

En cuanto la confesión salió de mi boca, Sam posó sus labios sobre los míos con urgencia. Sentí que saltaba desde un acantilado para sumergirme en miel tibia. Con la misma rapidez, se apartó y apoyó la frente sobre la mía con la respiración rápida y entrecortada.

—¿Bien? —susurró.

Negué con la cabeza.

—Más.

Cerró el hueco que nos separaba, posando en mis labios besos dulces y delicados, pero no era suficiente y, cuando me soltó la muñeca, enredé la mano en su pelo y lo apreté contra mí. Deslicé la lengua sobre la línea de su labio inferior y después lo atrapé entre los dientes. Él gimió y, de pronto, sus manos estaban por todas partes: en la espalda, en las caderas, en el vientre… Y entonces su lengua, mentolada y tentadora, se fundió con la mía.

Enganché mi pierna alrededor de la suya para apretarle contra mis caderas. Un sonido quejumbroso y desesperado escapó desde el fondo de su garganta, y Sam me agarró la cadera, dejando un milímetro de espacio entre nuestros cuerpos.

—¿Estás bien? —pregunté. No respondió—. ¿Sam?

—Estoy asintiendo con la cabeza —dijo.

—Perdona —susurré—. Me he desmadrado un poco.

—No te disculpes. Me ha gustado. —Respiró hondo y al cabo de unos instantes añadió—: Pero creo que deberíamos intentar dormir, de lo contrario seré yo quien me desmadre.

Asentí con la cabeza.

—¿Percy?

—Estoy asintiendo.

Me besó de nuevo. Al principio fue despacio, su lengua cálida invadiéndome con suavidad. Yo gemí, ansiando más, más, más, y deslicé las manos por su espalda hasta introducirlas en el borde de sus calzoncillos. Sam reaccionó agarrándome el culo para presionarme contra él. Sentí su excitación y me apreté contra ella. Tomó una brusca bocanada de aire y se quedó petrificado.

—Tenemos que parar, Percy. —Sin darme tiempo a preguntar si había hecho algo malo, añadió con voz rasposa—: Es que estoy a punto.

Suspiré de alivio.

—Vale.

Me acarició la cara con las yemas de los dedos.

—Entonces… ¿A dormir?

—O algo parecido —susurré entre risas.

Al cabo de un rato, con una sonrisa en la cara, me volví hacia la pared. No sé cómo, me quedé amodorrada y, justo antes de quedarme dormida, oí que Sam susurraba:

—Yo también prefiero besarte a ti.

Algo me despertó de repente. Abrí los ojos sin estar segura de dónde estaba, sintiendo algo pesado sobre la cintura. Parpadeé varias veces mirando la pared, antes de recordarlo todo.

Estaba en la cama de Sam.

Con Sam.

Que me había besado.

Que me tenía rodeada con el brazo.

Dos golpes fuertes sonaron en la puerta. Se me cortó la respiración. Sam me tapó la boca con la mano.

—Sam, son las nueve —dijo Sue—. Solo quería asegurarme de que no tenías previsto salir a correr.

—Gracias, mamá. Bajo enseguida —respondió él.

Nos quedamos inmóviles mientras oíamos sus pasos alejándose de la puerta. Sam apartó la mano de mi boca, pero siguió abrazándome. Al moverme para acurrucarme junto a él, noté su dura entrepierna contra mis nalgas.

—Perdona —susurró—. Está así cuando me despierto.

—¿Así que no tiene nada que ver conmigo? Podría sentirme ofendida.

—Perdona —repitió.

—Deja de disculparte —masculleé.

—Vale, per… —Apoyó la cabeza contra mi espalda y la movió de un lado a otro—. Estoy nervioso. —Las palabras sonaron amortiguadas contra mi piel.

—Yo también —reconocí—. Pero me da igual. Es una sensación agradable.

—¿Sí?

—Sí.

Me apreté contra su cuerpo de nuevo. Él soltó un taco en voz baja.

—Percy. —Me apartó la cadera—. Tenemos que ir a desayunar con mi madre, y voy a necesitar un minuto.

Sonreí para mis adentros y me giré para mirarlo de frente. Tenía el pelo más enmarañado que de costumbre y sus ojos azules estaban adormilados. Estaba muy mono. Me recorrió el rostro con la mirada, que rápidamente bajó a mi top.

—Buenos días —dije.

—Me gusta esta camiseta. —respondió. Sonrió perezoso y deslizó el dedo índice por el tirante.

—Pervertido —dije riendo.

Me dio un beso tan apasionado, intenso y largo que cuando se apartó me faltaba el aire.

—El último —dijo, y añadió—: Voy a darte una sudadera. No hay necesidad de que Charlie se lleve una alegría por tu pijama.

Seguí a Sam escaleras abajo con una de sus sudaderas con capucha, que me llegaba por los muslos. Sue estaba sentada en su sitio a la mesa de la cocina con una bata de estampado floral, el pelo recogido en un improvisado moño en la coronilla, tomando café y leyendo una novela romántica. La tenue sonrisa de sus labios se borró nada más vernos vacilar en el umbral.

—Percy se vino a dormir anoche —explicó Sam—. Llamó después de que te acostaras… Se asustó por una peli de terror.

—Espero que no te importe, Sue. No quería estar sola.

Nos miró a los dos.

—¿Y dónde ha dormido?

—En mi cama —respondió Sam.

Yo habría mentido a mis padres antes que confesar que un chico había dormido conmigo, pero Sam no era muy dado a mentir.

—Sam, prepara dos boles de cereales —ordenó Sue.

Él obedeció y yo me senté frente a ella y charlamos, incómodas, sobre el viaje de mis padres. Cuando Sam volvió a la mesa, ella carraspeó.

—Percy, sabes que siempre eres bienvenida aquí. Y, Sam, sabes que confío en ti. Sin embargo, vista la cantidad de tiempo que pasáis juntos y ahora que os estáis haciendo mayores, creo que es hora de que tengamos una conversación seria.

Miré fugazmente a Sam; se había quedado boquiabierto. Jugueteé con mi pulsera por debajo de la mesa.

—Mamá, no hay necesi...

Sue le interrumpió.

—Sois demasiado jóvenes para todo esto —empezó a decir, sin dejar de mirarnos—. Pero quiero asegurarme de que, si en algún momento ocurre algo entre los dos... o con cualquier otra persona —añadió con las manos en alto cuando Sam hizo amago de interrumpirla—, toméis precauciones y seáis respetuosos.

Yo bajé la vista a mis cereales. No había nada con lo que discrepar.

—Percy, Sam me contó que estás saliendo con un chico mayor que tú en Toronto.

Levanté la vista para mirarla a los ojos.

—Sí, más o menos —murmuré.

Ella apretó los labios y una chispa de decepción se reflejó en sus ojos.

—¿Te gusta ese chico?

—¡Mamá!

Sam estaba rojo de la vergüenza. Sue lo puso en su sitio con una mirada y acto seguido se volvió hacia mí. Sentía que Sam tampoco me quitaba ojo.

—Es majo —contesté, pero Sue no se dio por satisfecha—. Pero creo que yo le gusto más que él a mí.

Sue alargó la mano, la puso sobre la mía y me traspasó con la mirada. Ya sabía de dónde le venía a Sam esa habilidad.

—No me extraña. Eres una chica amable y lista. —Me apretó

la mano, se reclinó en el asiento y añadió en un tono más serio—: No quiero que en ningún momento te sientas obligada a hacer algo que no deseas con cualquier chico, por muy majo que sea. No hay ninguna prisa. Y cualquiera que tenga prisa es alguien que no merece la pena, ¿entiendes?

Le dije que sí.

—No le pases ni una a ningún chico, ni siquiera a mis hijos, ¿vale?

—Vale —le aseguré en voz baja.

—Y tú —dijo, mirando a Sam—. Merece la pena esperar por la chica adecuada. La confianza y la amistad vienen primero, y luego lo demás. Solo tienes dieciséis años, estás a punto de empezar undécimo grado. Y la vida, con suerte, es larga. —Sonrió con tristeza—. Vale, suficiente charla de madre —dijo, y puso las manos encima de la mesa para levantarse de la silla—. ¡Ah! Una cosa más: si Percy quiere venirse a dormir otra vez, tú, mi querido hijo, te vas al sofá.

Mis padres regresaron, y con ellos también lo hicieron los días sofocantes en los que el ambiente se volvió seco y polvoriento. Se produjo un pequeño incendio forestal en el promontorio rocoso situado frente a la cabaña. Vimos que salía humo entre los arbustos y a continuación las embarcaciones que acudieron a sofocarlo. Sam, Charlie y yo pusimos rumbo allí en el barco banana y fondeamos en la misma orilla. Yo me quedé esperando mientras los chicos se unían a la cadena humana para cargar con cubos de agua. Aunque las llamas solamente llegaban a la altura del tobillo, cuando Sam y Charlie regresaron al barco tras extinguir el fuego estaban tan satisfechos de sí mismos que cualquiera habría pensado que habían rescatado a un bebé de un edificio en llamas.

Sam y yo nadábamos, trabajábamos y hablábamos acerca de prácticamente todo (de lo harto que estaba de vivir en un pueblo y de la estrechez de miras, de que yo estaba planteándome entrar en el equipo de natación, de los detalles de la saga de *Saw*), pero en ningún momento mencionamos la noche en que nos besamos. No estaba segura de cómo sacar el tema a colación. Estaba esperando al momento oportuno.

Mason me llamaba a la cabaña de vez en cuando, pero pasados unos minutos la conversación decaía. Después de una de las llamadas, mi padre me miró por encima de sus gafas y comentó:

—Cada vez que hablas con ese chico da la impresión de que tienes ganas de ir al baño porque te has empachado de queso.

«Qué asco». Pero tenía razón. Era solo que no quería cortar con Mason por teléfono, prefería hacerlo cara a cara, cuando volviéramos a la ciudad.

El tiempo cambió durante la tercera semana de agosto. La provincia se cubrió de un manto de gruesos nubarrones cuyas voluminosas panzas lo empaparon todo desde el Parque de Algolquin hasta Ottawa. Los veraneantes de las cabañas hicieron las maletas antes de tiempo y se marcharon a la ciudad. Una ligera neblina avanzó sobre el lago, tiñéndolo todo de blanco y negro; hasta las verdes colinas de la lejana orilla estaban grises, como envueltas en gasa. A mi padre, que no era muy dado a estar al aire libre, no le importaba que nos quedáramos dentro, y mantuvo la lumbre en la chimenea para repeler la humedad. Mi madre y yo nos acurrucamos en el sofá; yo empecé a trabajar en mi historia mientras ella examinaba media docena de libros que estaba sopesando incluir en la programación de su curso de roles de género. Sam, sentado a la mesa, estaba montando un puzle de mil piezas de señuelos de pesca con mi padre, mientras este le hablaba con entusiasmo de Hipócrates y la medicina en la antigua Grecia. Yo desconecté, pero Sam estaba embelesado. Del mismo modo que el sueldo que cobraba en el restaurante me infundía cierta sensación de libertad, me daba la impresión de que a Sam las conversaciones con mi padre le abrían la puerta a un mundo de posibilidades. Creo que, en cierto sentido, yo también le daba eso. A él le encantaba que le hablara de la ciudad y de los diferentes lugares que había visitado: los museos, las enormes salas de cine y los recintos de conciertos.

Tras seis días de lluvia torrencial sin tregua, me desperté con los rayos de sol que se filtraban a través de los cristales triangulares de mi dormitorio, cuyo reflejo sobre el lago moteaba las paredes y el techo. Sam y yo fuimos a dar un paseo por el bosque siguiendo el cauce de un arroyo que llevaba seco todo el verano y que ahora discurría sobre las piedras y ramas del lecho. Como el tiempo había refrescado tras la lluvia, yo llevaba unos vaqueros azules y mi vieja sudadera de la Universidad de Toronto, y Sam se había puesto una camisa de franela de cuadros escoceses remangada por encima de los antebrazos. La tierra estaba húmeda y habían salido setas por todo el suelo del bosque, algunas con alegres sombreros abombados de color amarillo y blanco y otras con sombreros planos como tortitas.

—Ya hemos llegado —anunció Sam después de nuestra caminata de quince minutos entre la vegetación densa.

Me asomé y vi que la suave cuesta que habíamos subido se allanaba y moría en una pequeña poza de agua atravesada por un árbol caído, que estaba cubierto de musgo esmeralda y liquen de tonalidad pálida.

—Me gusta venir aquí en primavera, cuando la nieve acaba de derretirse —comentó—. No te puedes ni imaginar el ruido que hace el agua cuando corre con fuerza por este arroyo.

Se encaramó al tronco, se apartó un poco y dio unas palmaditas en el hueco que había a su lado para que me sentara. Me acerqué a él y nos quedamos sentados con las piernas en el aire sobre el estanque.

—Qué bonito —dije—. Me da la sensación de que en el momento menos pensado aparecerá un gnomo o un hada por ahí.

Señalé hacia un grueso tocón en descomposición en cuya base había setas marrones. Sam se rio entre dientes.

—No puedo creer que volvamos a la ciudad el próximo fin de semana —murmuré—. No quiero irme.

—Yo tampoco quiero que te vayas.

Escuchamos el gorgoteo del agua mientras ahuyentábamos a los mosquitos, hasta que Sam volvió a hablar.

—He estado pensando —empezó a decir en voz baja y temblorosa, pero mirándome a los ojos. Yo sabía lo que iba a decir. Tal vez lo había estado esperando. Agaché la cabeza para que el pelo me ocultara la cara y clavé la mirada en nuestros pies—. En nosotros. He estado pensando en nosotros. —Me dio un empujoncito con el pie. Levanté la vista hacia él y esbocé una débil sonrisa; la humedad le había rizado las puntas del pelo—. No te puedes imaginar la de veces que he pensado en cuando te besé aquella noche en mi habitación.

Me sonrió con timidez, y yo bajé la vista de nuevo.

—Crees que fue un error, ¿verdad?

—¡No! Para nada —se apresuró a decir, y entrelazó los dedos con los míos—. Fue increíble. Sé que parece cursi, pero fue la mejor noche de mi vida. Pienso en ella a todas horas.

—Yo también —susurré, mientras contemplaba nuestro reflejo en el estanque.

—Lo que tenemos es especial. No preferiría pasar el tiempo con nadie más que contigo. No preferiría charlar con nadie más que contigo. Y no preferiría besar a nadie más que a ti. —Hizo una pausa y el corazón me dio un vuelco—. Pero me importas más allá de eso y me preocupa que, si nos precipitamos en ese sentido, se joda todo lo demás.

—¿Qué me quieres decir con eso? —pregunté, mirándolo—. ¿Que solo seamos amigos?

Él respiró hondo.

—Me parece que no me estoy expresando bien. —Parecía frustrado consigo mismo—. Lo que quiero decir es que tú no eres una amiga cualquiera para mí… Eres mi mejor amiga. Pero pasamos meses sin vernos, somos muy jóvenes y yo nunca he tenido novia. No sé cómo tener una relación y no quiero cagarla contigo. Quiero que lo seamos todo, Percy, pero cuando estemos preparados.

Luché contra el escozor de las lágrimas en mis ojos. Yo estaba preparada. Yo lo quería todo en ese momento. Tenía solo dieciséis años, pero sabía que Sam era el único. Lo sabía en ese momento y creo que lo supe también aquella noche, tres años antes, cuando nos sentamos en el suelo de mi dormitorio a comer Oreos y me pidió que le hiciera una pulsera. Bajé la vista a su muñeca.

Él me apartó el pelo de la cara y cerré los ojos con fuerza.

—¿Puedes mirarme, por favor?

Negué con la cabeza.

—Percy —suplicó mientras yo me secaba una lágrima con la manga—. No quiero que nos sintamos presionados y que la situación se nos vaya de las manos. Los dos tenemos muchos planes y los próximos dos años decidirán a qué universidades podemos ir y si tengo posibilidad de que me concedan una beca.

Yo sabía lo importante que eran las notas para Sam, lo caros que serían sus estudios y hasta qué punto necesitaba un premio al mérito académico para sufragar parte de los gastos.

—¿Así que volvemos a ser amigos, como si no hubiera pasado nada? ¿Y luego qué? ¿Nos echamos pareja en otra parte?

Lo miré durante un segundo y pude ver la agonía y la inquietud reflejadas en su semblante, pero yo estaba enfadada y avergonzada, aunque en el fondo sabía que lo que decía Sam tenía sentido. Yo tampoco quería cagarla. Simplemente, suponía que seríamos capaces de manejar la situación. Sam era el chico más maduro que conocía. Era perfecto.

—No estoy buscando otra novia —dijo, lo cual me hizo sentir un pelín mejor—. Pero soy consciente de que sería un auténtico gilipollas si te dijera que no creo que debamos estar juntos ahora mismo pero que tampoco quiero que salgas con nadie.

—Eres un auténtico gilipollas de todas formas —intenté decirlo en broma, pero las palabras me dejaron un regusto a café quemado en la lengua.

—¿Lo dices en serio?

Negué con la cabeza e intenté sonreír.

—Pienso que eres genial —reconocí con la voz quebrada.

Sam me pasó un brazo por encima de los hombros y me abrazó con fuerza. Olía a suavizante de ropa, tierra mojada y lluvia.

—¿Lo juras? —preguntó, y sus palabras sonaron amortiguadas por mi pelo.

Tanteé su muñeca a ciegas y le di un tironcito a su pulsera.

—Yo también pienso que eres genial —susurró—. No tienes ni idea de hasta qué punto.

11

En la actualidad

Sam y yo estamos tumbados al sol en la balsa, con los ojos cerrados. Mientras fantaseo con sus manos en mis caderas, sus dedos en mi pantorrilla y «Sigues siendo la mujer más bella que jamás he conocido», alguien grita desde la orilla:

—¡Qué regalo para la vista!

Me incorporo y utilizo la mano a modo de visera para poder ver. Charlie está de pie sobre la colina. Incluso desde el agua, puedo distinguir los hoyuelos de su sonrisa, y no puedo evitar devolvérsela. Le saludo con la mano.

—¿Tenéis hambre, chicos? —grita—. Estaba pensando en encender la barbacoa.

Miro a Sam, que se ha incorporado a mi lado.

—Puedo irme.

Sam me mira.

—No digas tonterías —dice—. ¡Buena idea! —le grita a Charlie como respuesta—. Subimos enseguida.

Al llegar, nos lo encontramos en el porche encendiendo la barbacoa. Yo llevo una toalla echada sobre los hombros y Sam se está secando el pelo con otra. Me fijo con disimulo en los músculos que le recorren el costado justo antes de que Charlie se gire hacia nosotros. Al hacerlo, los ojos se le iluminan como luciérnagas. Lleva el pelo tan corto que casi podría decirse que está rapado. Su mandíbula cuadrada, que parece de acero, contrasta con la dulzura de sus hoyuelos y sus bonitos labios carnosos. Va descalzo, con un pantalón corto de color oliva y una blusa de lino blanca remangada, con los tres botones de arriba desabrochados. No es tan alto como Sam, y tiene la constitución de un bombero, no de un empleado de banca. Conserva intacto su atractivo de estrella de cine.

«Esos Chicos del Verano han crecido estupendamente». En mi mente suena la voz de Delilah Mason, y su ausencia me reconcome por dentro.

Charlie mira fugazmente a Sam antes de darme un fuerte abrazo, por lo visto sin importarle que lleve el bañador mojado.

—Persephone Fraser —dice al apartase, al tiempo que sacude la cabeza—. Ya era hora, joder.

Charlie prepara unas salchichas que ha cogido de La Taberna con pimientos asados, chucrut, mostaza y una ensalada griega que parece sacada de una revista de gastronomía. Su actitud es diferente. Está más pendiente de Sam de lo que jamás lo estuvo antes. De tanto en tanto, lo observa detenidamente con disimulo, como si quisiera comprobar cómo se encuentra, y su mirada ha estado saltando entre Sam y yo, como si estuviera viendo una partida de ping-pong o como si fuésemos un misterio que intenta desentrañar. Sus ojos todavía conservan esa viveza especial, como las hojas que se mecen bajo los rayos del sol en primavera, y sigue siendo de sonrisa fácil, aunque ha perdido el desenfado que tenía cuando éramos más jóvenes. Parece triste y tal vez un poco tenso, lo cual supongo que es lógico, dadas las circunstancias.

—Bueno, Charlie —empiezo, sonriendo mientras comemos—, ya he conocido a Taylor. Dime con qué mujer estás saliendo tú este mes.

El comentario había parecido gracioso en mi cabeza, pero

Charlie mira a Sam con tensa intensidad. Sam dice que no con la cabeza casi imperceptiblemente, y Charlie aprieta la mandíbula.

—Tienes que estar de coña —masculla Charlie. Se taladran con la mirada el uno al otro en silencio, y luego se vuelve hacia mí—. Justo ahora no tengo novia, Pers. ¿Estás interesada?

Me guiña el ojo, pero su tono es inexpresivo. Me pongo roja.

—Claro. Después de tomarme unas cincuenta más —digo, levantando mi botellín de cerveza vacío.

Charlie esboza una sonrisa de oreja a oreja, una de verdad.

—No has cambiado ni un pelo, ¿sabes? Me da un poco de mal rollo.

—Me lo tomaré como un cumplido. —Sostengo en alto mi cerveza—. ¿Quién quiere otra?

—Claro —acepta Sam, pero sigue mirando a Charlie con cara de pocos amigos.

Recojo los platos sucios, los enjuago y los meto en el lavaplatos. La casa sigue prácticamente igual que en mi adolescencia; han pintado las paredes y hay unos cuantos muebles nuevos, pero poco más. Todavía es la casa de Sue; hasta huele a ella. Cojo otros tres botellines y, justo cuando me dispongo a salir, oigo a Charlie levantar la voz.

—¡Es que no aprendes, Sam! Es la misma mierda de siempre otra vez.

Sam murmura algo en tono áspero y, cuando Charlie le contesta ya ha bajado la voz. No consigo oír lo que dice, pero no cabe duda de que está molesto. Dejo las cervezas sobre la encimera y me dirijo con sigilo al baño. Sea lo que sea lo que está pasando, sé que no debo escucharlo. Tras lavarme la cara y contar hasta treinta, vuelvo a la cocina. Charlie está cogiendo su cartera de encima de la nevera.

—¿Ya te vas? —pregunto—. ¿Es por algo que he dicho?

Charlie rodea la barra para acercarse a mí.

—No, tú eres perfecta, Pers. —Me mira fijamente con sus ojos verde claro y me siento un poco mareada. Me recoge un mechón de pelo detrás de la oreja—. He quedado con unos amigos para ponernos al día. No vengo por aquí tanto como me gustaría.

—Sam me comentó que vives en Toronto. Pero nunca has intentado verme.

Él niega con la cabeza.

—No pensé que fuera buena idea. —Mira de reojo hacia la puerta corredera que da al porche—. Sé que parece que lo tiene todo controlado, pero no te dejes engañar por ese cerebrito que tiene: la mayor parte del tiempo, es un imbécil.

—Un comentario propio de un verdadero hermano —digo, sin tener claro adónde quiere ir a parar—. Oye, antes de marcharte, solo quería darte las gracias por haberme llamado.

—Te lo dije: pensé que debías estar aquí. Es lo correcto. —De camino a la puerta, se da la vuelta—. Nos vemos mañana, ¿vale? Te guardaré un sitio.

—Oh. —No me lo esperaba—. No tienes por qué hacerlo.

No debería sentarme con los Florek. No soy de la familia. Tal vez lo fui en otra época, pero ya no.

—No seas tonta. Además, me vendría bien tener a una amiga cerca. Sam estará con Taylor.

Su última frase me golpea con tal contundencia que no puedo evitar parpadear, perpleja, y acto seguido asiento con la cabeza.

—Claro. Por supuesto.

Charlie cierra la puerta al salir, y yo salgo al porche con un par de cervezas. Ya es media tarde y el sol está iniciando su lento descenso por el cielo al oeste. Sam está de pie, con los antebrazos apoyados en la barandilla, contemplando el agua.

—¿Estás bien? —pregunto. Me coloco a su lado y le ofrezco una botella.

—Sí. Lo creas o no —dice, mirándome de reojo—, Charlie y yo nos llevamos mucho mejor que antes. Pero todavía sabe cómo sacarme de quicio.

Nos terminamos nuestras bebidas en silencio. El sol imprime una luz dorada mágica sobre las colinas que bordean el otro lado del lago. Suelto un suspiro: esta siempre fue mi hora favorita del día en la cabaña. Un barco lleno de adolescentes vitoreando a una joven que va enganchada practicando esquí acuático ruge a su paso. Al cabo de unos instantes, las olas del lago rompen contra la orilla.

—No he dormido mucho últimamente —comenta Sam, mirando al frente.

—Me lo comentaste —contesto— Es normal. Ahora mismo tienes mucho encima.

—En el trabajo me acostumbré a funcionar sin apenas dormir, pero siempre conseguía echar una cabezada cuando tenía ocasión. Ahora me quedo tumbado, totalmente despierto, a pesar del agotamiento. ¿Alguna vez te ha pasado eso?

Pienso en todas las noches que pasé en vela tumbada en mi cama horas y horas sin quitarme a Sam de la cabeza, preguntándome dónde estaría, con quién estaría, contando los años y los días desde nuestro último encuentro.

—Sí, me ha pasado —respondo, mirándolo. El sol poniente está besando los puntos altos de sus pómulos y las puntas de sus pestañas.

—Le echaría la culpa a mi vieja cama, pero llevo un año usándola.

—Un momento, ¿la misma cama que tenías antes? ¡Si debe medir la mitad que tú!

Él se ríe por lo bajo.

—No está tan mal. Hace unos meses, cuando estaba claro que mi madre no saldría del hospital, pensé cambiarme a su habitación, pero la idea me deprimía demasiado.

—¿Y la de Charlie?

Charlie siempre había tenido una cama de matrimonio en su habitación.

—¿Estás de broma? Sé perfectamente cuántas chicas pasaron por ese cuarto. Seguro que no pegaría ojo.

—Bueno, en teoría las sábanas se habrán lavado como mínimo una vez en la última década —bromeo, mientras observo a la esquiadora dar otra vuelta por el lago. Noto la mirada de Sam—. ¿En qué piensas? —pregunto, sin apartar la vista del agua.

—Tengo una idea. Acompáñame —dice Sam en voz baja, y su voz es queda y suave como una caricia.

Le sigo. Cruzamos la puerta corredera hasta la cocina, y a continuación abre la del sótano y pulsa el interruptor de la luz del hueco de la escalera. Hace un ademán para que yo baje primero. Avanzo por los peldaños quejumbrosos y me paro en seco al llegar al pie de la escalera.

Aparte de un nuevo televisor de pantalla plana, todo sigue exactamente igual: el mismo sofá rojo de cuadros escoceses, el mismo sillón de cuero marrón, la misma mesa de centro…, todo en el mismo sitio. La manta de ganchillo de patchwork cubre el respaldo del sofá y el suelo sigue revestido con la rasposa moqueta de sisal. Las mismas fotos familiares cuelgan de la pared: Sue y Chris el día de su boda, Charlie de bebé, Sam de bebé con Charlie muy pequeño, los niños sentados en un gigantesco montículo de nieve, con las mejillas y la nariz enrojecidas por el frío… Y fotos de clase con poses rígidas en el colegio.

Sam se queda detrás de mí junto al pie de la escalera y su proximidad me provoca un hormigueo en la nuca.

—¿Es esto una máquina del tiempo?

—Algo así. —Pasa por delante de mí y se pone en cuclillas junto a una voluminosa caja de cartón que hay en un rincón de la habitación—. No estoy seguro de si esto te va a parecer genial o una locura.

—¿No puede ser ambas cosas? —pregunto, y me pongo de rodillas a su lado.

—Definitivamente, es ambas cosas —conviene. Levanta una esquina de la tapa y se queda inmóvil, mirándome a los ojos—. Creo que las compré para ti.

Levanta las cuatro solapas de la caja y las sujeta para que eche un vistazo al interior. Levanto la vista hacia Sam.

—¿Son todas de...?

—Sí —responde, sin darme tiempo a terminar mi pregunta.

—Debe de haber decenas.

—Hay noventa y nueve, para ser exactos.

Empiezo a sacar las películas en DVD: *Carrie*, *El resplandor* y *Aliens*. La versión japonesa y la estadounidense de *The Ring*. *Posesión infernal*. *Misery*. *Poltergeist*. *Scream*. *La mujer y el monstruo*. *El silencio de los corderos*. *Pesadilla en Elm Street*. *Leprechaun*. *Alien: El octavo pasajero*. *La tierra de los muertos vivientes*. *It*. *Al final de la escalera*.

—¿Y nunca las has visto?

—Ya te he dicho que pensarías que es una locura.

No es eso lo que estoy pensando. Estoy pensando que a lo mejor Sam me ha echado de menos tanto como yo a él.

—Creo que se te pegó de mí, Sam Florek.

—No sabes cuánto —contesta.

—Me parece que sí.

Cojo las dos primeras entregas de *Halloween* y sonrío. Él se ríe entre dientes y se frota la frente.

—Te toca elegir —anuncia.

—¿Quieres ver una?

En cierto modo, me ha pillado desprevenida.

—Sí, ¿por qué no? —dice, mirándome con los ojos entrecerrados.

—Pero ¿ahora mismo?

Esto me resulta más íntimo que lo que pasó en el barco hace un rato.

—Es la idea —responde, y después añade—: No me vendría mal distraerme.

—Pero ¿tienes algo para poder ver estas cosas?

Él señala la PlayStation. Hago un mohín. Parece ser que vamos a ver una película.

—¿Tienes palomitas?

Sam sonríe.

—Claro que sí.

—Vale. Ve a hacerlas mientras yo elijo una peli.

Le doy la orden con falsa seguridad, pero la verdad es que necesito quedarme un minuto a solas, lejos de Sam, porque siento como si me hubieran pasado por un rallador de queso.

Cuando Sam enfila escaleras arriba, saco el teléfono del bolsillo trasero de mi pantalón. Tengo una llamada perdida de Chantal y varios mensajes en los que me pregunta cómo fue mi encuentro con Sam. Me encojo de vergüenza, guardo el móvil de nuevo en el bolsillo y me pongo a rebuscar en la caja de DVD.

«Puedo hacer esto», pienso. Puedo ser amiga de Sam. A estas alturas no sé cómo hacerlo, pero no estoy dispuesta a marcharme de aquí el lunes y no volver a verlo jamás. Aunque eso implique lidiar con el hecho de que tenga una relación con otra. Aunque eso implique planificar su puñetera boda.

Estoy de pie delante de la tele, escondiendo la película detrás de mí, cuando Sam regresa al sótano con un bol de palomitas en una mano y otras dos cervezas en la otra.

—¿A que no adivinas cuál he elegido?

Sam deja el bol y las botellas sobre la mesa de centro y se pone frente a mí con los brazos en jarras. Me observa con mirada inquisitiva y acto seguido una sonrisa pícara se dibuja en su boca.

—Imposible —digo antes de que responda.

—*Posesión infernal*.

—¿Estás de coña? —Agito el DVD en el aire—. ¿Cómo lo has sabido?

Sam rodea con sigilo la mesa de centro en dirección a mí y yo sujeto el DVD por encima de mi cabeza, como jugando a que no lo alcance. Alarga la mano para arrebatarme la película y, al hacerlo, su pecho roza el mío. Tira hacia abajo del DVD, y con ello también de mi brazo, que se queda pegado a nuestros costados. Sus dedos están sobre los míos. Estamos a escasos centímetros de distancia. Todo se vuelve borroso salvo las facciones de Sam. Veo las motas más oscuras de azul que rodean sus iris y la tonalidad purpúrea de sus ojeras. Bajo la vista a su boca y me fijo en la línea que divide su labio inferior. «Somos amigos. Amigos. Amigos».

—Por los viejos tiempos, ¿verdad? —dice Sam, y suena como el terciopelo.

—¿Eh? —pregunto, confundida.

—La película… Quieres verla por los viejos tiempos.

—Correcto —respondo, y suelto el DVD.

—¿Hablabas en serio antes? —añade—. ¿Cuándo dijiste que no tenía que darte explicaciones sobre lo mío con Taylor? Si no te apetece hablar de eso, lo respeto. Charlie tiene otra opinión, pero… —Deja la frase a medias—. ¿Percy?

Tengo los ojos cerrados, preparándome para el golpe. En mi cabeza oigo con toda claridad el anuncio de que se han prometido, parece que está cantado.

—Puedes contármelo —digo, levantando la vista hacia él—. Puedes hablarme de ello..., de ella.

Da la impresión de que los hombros se le relajan un poco y me indica con un gesto que me siente en el sofá. Mete el DVD en la consola, afloja la intensidad de la luz, se sienta y pone las palomitas entre los dos. Nos acurrucamos en los extremos del sofá, donde siempre.

—Llevamos saliendo poco más de dos años.

—Dos años y medio —corrijo por alguna puñetera razón que desconozco. Incluso en la penumbra alcanzo a ver que la comisura de su boca se eleva ligeramente.

—Vale, pero el caso es que no hemos estado juntos todo ese tiempo. Lo dejamos durante seis meses más o menos, y parecía una ruptura definitiva. Por mi parte lo fue, lo que pasa es que Taylor tiene una manera muy particular de convencerte. Supongo que por eso es tan buena abogada... En fin, volvimos hace alrededor de un mes, pero no funcionó. No funciona. —Hace una pausa y se pasa la mano por el pelo—. No quiero que pienses que lo que pasó hace un rato en el barco... —Se interrumpe y comienza de nuevo—. Lo que estoy intentando decir es que no estamos juntos.

—¿Lo sabe ella? —pregunto—. Anoche se presentó como tu novia —le recuerdo.

—Sí, lo era —puntualiza—. Pero ya no. Lo hemos dejado. Rompí con ella después de que te dejáramos en el motel.

—Oh. —Es lo único que consigo articular por encima del ruido de mis pensamientos enmarañados.

«¿Por mí? No puede ser por mí».

Por mucho que quiera colarme con disimulo en la vida de Sam como si los últimos doce años no hubieran existido, como si no le hubiera traicionado absolutamente, sé que no merezco salirme con la mía. Me quedo mirando el bol de palomitas. Él aguarda a que diga algo más, pero no soy capaz de juntar ninguna de las palabras que vagan por mi mente para formar una frase.

—Vendrá mañana —dice. Se refiere al funeral—. Pero no quería que te pensaras lo que no es… Solo quería ser honesto contigo.

Me tapo la cara para que no se dé cuenta de que acaba de asestarme un golpe mortal directamente en mi punto más débil. Él continúa hablando.

—También quería que supieras que mi comportamiento de hace un rato no estaba totalmente fuera de lugar. —Me atrevo a mirarlo un instante—. Aunque igual sí que me pasé un poco de la raya.

Aunque esboza una sonrisita ladeada, no me quita ojo, esperando confirmación de que lo de antes no fue un error. Y como mínimo le debo eso, así que recurro a una broma.

—Lo he pillado. Estás obsesionado conmigo. —Sin embargo, no tiene gracia cuando sale de mi boca, no destila el sarcasmo que yo pretendía darle.

Sam parpadea, perplejo. Si la tele no estuviese proyectando una luz azul sobre su cara, apostaría a que se ha sonrojado.

Estoy a punto de decir algo para disculparme cuando él coge el mando a distancia.

—¿La pongo? —pregunta.

En el transcurso de la película, no dejo de mirar a Sam con disimulo en vez de prestar atención. Al cabo de una hora más o menos, empieza a bostezar. Mucho. Pongo el bol de palomitas encima de la mesa de centro y saco el cojín que tengo detrás de mí.

—Oye. —Muevo el pie para darle un empujoncito al de Sam—. ¿Por qué no te tumbas y cierras los ojos un poco? —Él me mira con los ojos somnolientos—. Toma. —Le paso el cojín.

—Vale —dice—. Solo un rato.

Mete el brazo por debajo del cojín y se tumba de lado, con las piernas estiradas hasta mi lado del sofá y los pies contra los míos.

—¿Te molesto? —susurra.

—No —respondo, y extiendo la colcha de ganchillo sobre nuestras piernas, hasta su cintura. Me acomodo en el sofá.

—Buenas noches, Sam —susurro.

—Solo unos minutos —murmura.

Y se queda dormido.

Cuando me despierto, Sam y yo estamos enredados. Seguimos en los extremos del sofá, pero tengo la pierna encima de la suya, y él me rodea el tobillo con la mano. Me duele el cuello, pero no tengo ganas de moverme. Quiero quedarme aquí todo el día mientras Sam duerme profundamente, con un esbozo de sonrisa en los labios. Pero el funeral es a las nueve, y la luz entra a raudales por las pequeñas ventanas del sótano. Es hora de levantarse.

Me despego de Sam y le muevo los hombros con delicadeza. Él protesta por la interrupción hasta que, cuando pronuncio su nombre con un hilo de voz, abre los ojos, parpadea confundido y acto seguido me saluda con una sonrisa torcida.

—Hola —dice con voz ronca.

—Hola. —Le devuelvo la sonrisa—. Te has dormido.

—Me he dormido —repite, y se frota la cara.

—No quería despertarte, pero supuse que debía hacerlo para que no fueras con prisas antes del funeral.

Se le borra la sonrisa de la cara. Se incorpora, se inclina hacia delante, apoya los codos sobre las rodillas y deja descansar la cabeza entre las manos.

—¿Puedo ayudar con algo? Puedo ir a La Taberna a organizar cosas..., no sé...

Sam se endereza y apoya la cabeza en el respaldo del sofá. Me siento con las piernas cruzadas y lo miro.

—Está todo listo. Julien se va a ocupar de ultimar todos los detalles en La Taberna esta mañana. Nos dijo que no pusiéramos un pie allí hasta después de la misa. —Se pellizca el puente de la nariz—. Pero te lo agradezco. Será mejor que te lleve al motel.

Sam prepara una cafetera y llena dos tazas térmicas. Yo intento darle conversación, pero responde con monosílabos, así que cuando subimos a la camioneta opto por mantener la boca cerrada. Realizamos el corto trayecto hasta el motel sin decir una palabra, pero no se me pasa por alto la tensión en la mandíbula de Sam. Cuando nos detenemos en el aparcamiento son casi las ocho y, a excepción de unos pocos vehículos, está desierto. Me desabrocho el cinturón de seguridad, pero no me muevo. Sé que algo va mal.

—¿Estás bien? —pregunto.

—Lo creas o no —dice, mirando de frente a la luna delantera—, de alguna manera tenía la esperanza de que el día de hoy jamás llegase.

Alargo la mano, la poso sobre la suya y le acaricio con el pulgar. Muy despacio, pone la palma hacia arriba y observo cómo entrelaza sus dedos con los míos.

Nos quedamos ahí sentados, sin decir nada, y cuando levanto la vista hacia Sam, lo encuentro con la mirada en el parabrisas y las mejillas empapadas de lágrimas. Me incorporo en mi asiento para apoyarme contra él, pongo nuestras manos entrelazadas en mi regazo y poso mi mano libre encima. Su cuerpo tiembla con sollozos silenciosos. Le doy un beso en el hombro y le aprieto la mano con más fuerza.

A pesar de que mi instinto me impulsa a decirle que todo irá bien, a consolarle, dejo que la pena lo invada. Espero a su lado a que se disipe. Una vez que deja de temblar y su respiración vuelve a acompasarse, enderezo la cabeza y le enjugo las lágrimas que le quedan en el rostro.

—Perdona —le da forma a la palabra con un hilo de voz casi inaudible.

Le sostengo la mirada.

—No tienes por qué pedir perdón.

—No dejo de pensar en que tengo casi la misma edad que mi padre cuando murió. Tenía la esperanza de haber heredado los genes de mi madre, de no estar condenado a tener el corazón débil y una vida corta, como él. Pero mi madre ni siquiera había cumplido los cincuenta cuando enfermó. —Se le quiebra la voz y traga saliva—. Es increíble lo egoísta que soy por pensar en esto cuando su funeral es hoy, pero es que no quiero que me pase lo mismo. Me da la sensación de que apenas he empezado a vivir. No quiero morir joven.

—Eso no pasará —atajo, pero él continúa.

—Puede que sí. Nunca se…

Le tapo la boca con la mano.

—Eso no pasará —repito con fiereza—. No te lo permito.

Niego con la cabeza al tiempo que me noto los ojos llorosos.

Él parpadea, baja la vista a mi mano presionada contra su boca y me mira a los ojos de nuevo. Tras observarme fijamente durante largos instantes, se le oscurecen los ojos y sus pupilas negras cubren completamente el azul de sus irises. No puedo moverme. O no quiero moverme. No lo tengo claro. Siento como si hubieran rociado con gasolina y prendido fuego a mis manos, tanto la que se aferra a la de Sam como la que cubre sus labios. Su pecho se expande y contrae con respiraciones agitadas. Yo ni siquiera sé si estoy respirando.

Sam me agarra la muñeca y me da la impresión de que va a apartarme de su boca, pero no lo hace. Cierra los ojos y a continuación me besa en la palma de la mano. Una vez. Y después otra.

Abre los ojos y me sostiene la mirada mientras vuelve a hacerlo y después, despacio, desliza la punta de la lengua sobre el centro de mi mano, provocando una ola de calor que me recorre todo el cuerpo hasta alojarse entre mis piernas. Cojo una súbita bocanada de aire que rompe el silencio de la camioneta y, en un abrir y cerrar de ojos, Sam me coge en volandas y me pone a horcajadas sobre su regazo y tengo que agarrarme a sus hombros para no perder el equilibrio. Me acaricia la cara posterior de las piernas de arriba abajo y desliza los dedos bajo el dobladillo de mis pantalones cortos. Me mira con abierta admiración.

No me doy cuenta de que estoy mordiéndome el labio hasta que él me lo libera de los dientes con el pulgar. Me pone la mano sobre la mejilla y ladeo ligeramente la cabeza para besarle la palma. Su otra mano asciende por la parte trasera de mis pantalones cortos y se desliza con suavidad bajo el borde de mis bragas. Gimo contra su mano.

—Te echaba de menos —dice con voz ronca.

Se me escapa un sollozo de dolor al oírlo y acto seguido tengo su boca sobre la mía, tragándose el sonido, acariciando mi lengua con la suya. Sabe a café, a consuelo y a sirope de arce caliente. Baja hasta mi cuello y lo recorre con besos apasionados hasta mi mandíbula. Echo la cabeza hacia atrás y me arqueo hacia él para darle más espacio, pero los besos cesan. Y de repente su boca está sobre mi pezón y lo lame por encima de mi top, dándole un suave mordisco antes de volver a chuparlo. El ruido que se me escapa es distinto a cualquier otro que haya emitido hasta ahora, y él me mira con una sonrisa fanfarrona y torcida en el rostro.

Algo dentro de mí se desata por completo y le subo la camiseta, dejando que mis manos recorran las duras curvas de su abdomen y su pecho. Él se mueve hacia el centro del asiento y me separa más las piernas para acercarnos aún más. Muevo las caderas contra su entrepierna dura, emite un sonido sibilante y me sujeta por los costados para inmovilizarme. Clavo la mirada en la suya.

—No aguanto más —susurra.

—No quiero que lo hagas —contesto.

Jadea. Todavía tiene las mejillas húmedas por las lágrimas de antes, y le beso una y después la otra. Me sujeta la cara entre las manos, pega mi frente a la suya y su nariz acaricia la mía. Siento su aliento sobre mi boca cada vez que exhala. Desliza el pulgar sobre mi labio de nuevo y después me besa con delicadeza. Meto las manos por debajo de su camiseta y las muevo hacia arriba por su espalda, intentando apretarlo más contra mí, pero él me sujeta la cabeza, depositando besos suaves sobre mi boca y observando mi reacción a cada uno de ellos. En el fondo de mi garganta suena un gemido de impotencia porque no es suficiente. Él se ríe entre dientes y se me eriza la piel de los brazos. Trato de enderezarme para poder tener más control sobre el beso, pero Sam me vuelve a sujetar por las caderas para mantenerme con firmeza contra él. Mete las manos bajo el dobladillo de mi pantalón corto, me clava los dedos en el culo y, cuando empuja contra mí, gimo. Se me escapa un «Oh, Dios» y me tiemblan los muslos cuando me roza la oreja con los labios y susurra:

—A lo mejor tampoco quiero que aguantes.

Cubre mis labios con los suyos de nuevo, me muerde con suavidad el labio inferior y después desliza la lengua por el mismo sitio. Cuando empieza a moverla dentro de mi boca, siento cómo un gruñido reverbera en su pecho y vuelvo a restregar las caderas contra él. Aparta una mano de mi culo, me agarra un pecho, me baja el top para liberarlo. Me pelliza el pezón y lo noto directamente entre las piernas.

—Joder, Percy —jadea—. Eres increíble… No sabes cuántas veces he pensado en esto.

Sus palabras me arropan el corazón y hacen que mis extremidades se derritan como mantequilla.

—Sí que lo sé —musito.

Mueve la boca a mi cuello y recorre con la lengua la piel desde la clavícula a mi oreja. Me froto contra él, intentando llegar al clímax.

—Lo sé —repito—. Yo también pienso en ti.

La confesión se desliza entre mis labios y Sam emite un gemido ronco. Me mueve contra él y, mientras una mano sigue bajo mis pantalones, con la otra me saca el pecho del sujetador. Cuando se lleva mi pezón a la boca con avidez y me mira a los ojos, un orgasmo comienza a invadirme. Murmuro incoherencias, un rompecabezas de «Sam», «No pares» y «Casi». Él me mueve las caderas con más rapidez e ímpetu mientras su boca ardiente y mojada se cierne sobre mí. Cuando me clava los dientes, una descarga eléctrica me recorre la columna y tiemblo con brusquedad. Su boca regresa a mí y se traga mis gemidos mientras mueve la lengua ávidamente contra la mía hasta que mi cuerpo se vuelve líquido y me derrumbo sobre él, todavía entre pequeños espasmos.

—Te deseo. Siempre te he deseado —murmura mientras intento recuperar el aire. Me echo hacia atrás, notando el frío que me ha dejado en el pecho la humedad de su boca—. Joder, eres preciosa —dice.

Subo la mano por su muslo, por encima del fino tejido de sus pantalones de deporte, hasta que llego a la dura protuberancia de su erección.

Beso esa línea que divide su labio inferior en dos y la cubro con mi boca, chupándola y mordiéndola mientras deslizo la mano bajo la cinturilla de sus pantalones y alrededor de su miembro cálido, moviéndola hacia arriba y hacia abajo. Le doy un lametón desde el cuello hasta la oreja, le muerdo el lóbulo y susurro:

—Eres el hombre más guapo que jamás he conocido.

Él me agarra la mano y la saca de sus pantalones, me aferra firmemente las caderas y tira de mí hacia abajo para empujar con su pelvis. Suelta un fuerte grito ahogado y el orgasmo le sobreviene en tres sacudidas. Le beso el cuello hasta que se mitiga y, después, me acurruco contra su pecho y escucho el sonido de su respiración profunda. Me estrecha entre sus brazos y permanecemos así durante varios minutos.

Pero cuando me pongo derecha para mirarlo, tiene el ceño fruncido.

—Te quería —susurra.

—Lo sé —digo.

Su mirada dolida me recorre la cara.

—Me rompiste el corazón.

—También lo sé.

12

Verano, trece años antes

—Sam Florek es un puto pirado, no lo olvides.

Delilah estaba sentada en mi cama, con las piernas largas y pálidas dobladas bajo su peso, intentando animarme mientras yo preparaba la maleta para irme a la cabaña.

—¡Eres una mujer de diecisiete años sexy y lista con un novio que está como un tren, y no tienes por qué aguantar que un fracasado de pueblo que no valora lo increíble que eres te mangonee!

A Delilah le había dado la vena contra los hombres. Rompió con Patel cuando este se marchó a estudiar a McGill, y desde entonces había centrado toda su energía en los estudios. Se le había metido en la cabeza que estaba destinada a cambiar el mundo y no iba a permitir que ningún tío se interpusiera en su camino. Sacaba mejores notas que yo. Aunque, de cara al verano, había vuelto con Patel «un rato».

—Sabes que es un poco raro oírte decir que tu primo está como un tren, ¿verdad? —pregunté, al tiempo que metía a presión varios bañadores en mi atestada maleta.

—No es raro si solo me limito a decir la verdad —repuso—. Pero estás pasando por alto lo principal, que es que no quiero que te hagan daño otra vez. Sam no está a tu altura.

—No es cierto. —Sí, me había pasado los últimos diez meses

convenciéndome a mí misma de que lo había superado y de que él tenía razón al querer mantener una relación puramente platónica, pero ni por un segundo pensé que no estuviera a mi altura—. Y no es un fracasado —añadí.

A veces me preguntaba si Sam me había dado calabazas el verano anterior para no atarse a mí y poder perseguir sus grandes planes de futuro de ir a la universidad, sacarse la carrera de Medicina y no mirar atrás jamás. Sabía que no quería atarse a Barry's Bay pero, cuando la ansiedad me sobrepasaba, pensaba que a lo mejor lo que tampoco quería era atarse a mí.

Entré en el equipo de natación (para gran satisfacción de mi madre) y ese año pude distraerme entrenando, escribiendo y viendo los partidos de hockey de Mason, mientras Sam estudiaba o trabajaba con el fin de ahorrar para la universidad. Rara vez se tomaba un descanso. Yo tenía que convencerlo para que fuera a fiestas o para que echara alguna noche de los videojuegos con Finn y Jordie. A pesar de que él jamás me hablaba de chicas, sabía que no tenía tiempo para salir con nadie... Pero me daba igual. Bueno, no me daba igual. Seguía siendo mi mejor amigo. Pero eso era todo. Mi mejor amigo. Nada más.

—Eso ya lo decidiré yo cuando vayamos a visitarte —dijo Delilah. Metió la mano en la maleta y sacó mi bañador deportivo—. Ya sé que nadas en serio cuando estás allí pero, por favor, dime que vas a echar en la maleta algo un poco más bonito que esto —dijo, sujetando en alto el bañador azul marino.

Sonreí. Delilah era predecible a más no poder. Cogí un bikini dorado de cordones y se lo lancé.

—¿Contenta?

—Menos mal. ¿De qué te sirve todo ese tiempo que pasas encurtiéndote en cloro si no vas a lucir cuerpazo?

—Se llama «hacer ejercicio» —protesté entre risas—. También se hace por salud, ¿sabes?

—Pfff… Como si Mason y tú no retozarais desnudos admirando esos cuerpazos atléticos que tenéis —se burló.

—Repito: es tu primo.

Hacía tiempo que el sexo había entrado en la vida de Delilah y ella daba por sentado que ocurría lo mismo entre Mason y yo. Pero sacarla del error implicaba mantener una conversación demasiado explícita acerca de lo que ocurría entre nosotros, y prefería guardármelo para mí.

—Yo no tengo la culpa de que los genes de los Mason nos otorguen una belleza extrema —apuntó ella, apartándose el pelo con un ademán.

No se equivocaba. Incluso con su melena pelirroja y su personalidad explosiva, tenía un aire más dulce que yo y unas curvas de vértigo irresistibles para los chicos del instituto, que se detenían junto a nuestra mesa cada dos por tres mientras comíamos para coquetear. Ella se los quitaba de encima con un simple gesto, sin despeinarse siquiera.

Cogí un par de cuadernos y libros y los puse encima de la pila de ropa.

—Va a ser imposible cerrarla —dije mientras aplastaba todo dentro de la maleta.

—¡Genial, entonces te quedas!

—Vuelvo en un mes, D. Pasará volando. ¿Me echas una mano?

Delilah hizo presión sobre la abultada maleta mientras yo cerraba la cremallera.

—¿Sigue Charlie estando tan bueno como yo lo recuerdo? —dijo, subiendo y bajando las cejas.

La particular forma que Delilah tenía de odiar a los hombres era más bien ávida. Charlie había empezado a ir a la universidad en Western en otoño, y yo no lo había visto desde las vacaciones de Navidad.

—No está feo —respondí—. Pero ya lo decidirás tú también cuando lo veas.

Mis padres me habían dado permiso para invitar a Mason, Delilah y Patel para el Día de las Provincias, que ellos pasarían en el condado de Prince Edward por segundo año consecutivo.

Mason iba a ir a la universidad en Toronto y habíamos hecho oficial nuestra relación en otoño. Había albergado esperanzas de que Sam cambiara de idea sobre nosotros, pero cuando lo vi en Acción de Gracias fue como si la noche que habíamos pasado en su cama jamás hubiera ocurrido. El fin de semana siguiente, dejé que Mason me metiera mano bajo la falda en el cine. «Espero que a partir de ahora ya puedas decir que soy tu novio», me susurró al oído, y yo accedí, recreándome en la sensación de que alguien me deseara.

Sam vio la pulsera de plata tan pronto entró en la cabaña la víspera de Navidad (mis padres habían invitado a los Florek a tomar una copa). Me llevó aparte y me levantó tanto la muñeca donde llevaba la pulsera de la amistad como la otra, en la que lucía la que Mason me había regalado.

—¿Tienes alguna novedad que contarme, Percy? —preguntó con los ojos entrecerrados.

No era exactamente como yo tenía previsto ponerle al corriente de mi relación, en presencia de mis padres y con Charlie en las inmediaciones, pero tampoco quería mentirle.

—La verdad es que la plata no pega con la nuestra —fue su escueto comentario.

Ese verano, la tensión entre Sam y Charlie fue evidente desde el momento en el que salí del coche. Los hermanos Florek estaban en la puerta trasera de la cabaña, imponentes y separados a un metro de distancia.

—Estás más guapa que nunca, Pers —me dijo Charlie, mirando a Sam, antes de darme un largo abrazo.

—Qué sutil —masculló Sam.

Charlie nos ayudó a descargar, pero tuvo que irse pronto para prepararse para su turno y me dio otro largo abrazo de despedida.

—Para que conste: mi hermano en un puto imbécil —me susurró al oído para que nadie lo oyera.

—¿Qué te pasa con Charlie? —le pregunté a Sam cuando estábamos tumbados en la balsa aquella tarde.

—No estamos de acuerdo respecto a un par de cosas —respondió sin entrar en detalles.

Yo me puse bocabajo y apoyé la cara en mis manos.

—¿Le importaría explicarse, doctor Florek?

—Bah. No es nada.

Aquella noche, Sam me invitó a su casa después de cenar. Me presenté en chándal con una copia de mi última historia para él.

—Te he traído deberes. —Sostuve en alto el manuscrito cuando abrió la puerta.

—Yo también tengo algo para ti. —Sonrió. Le seguí hasta su habitación, procurando no pensar en lo que pasó la última vez que estuvimos allí.

Cogió tres libros liados con un lazo blanco del estante de arriba de su armario: *La semilla del diablo*, *Misery* y *El cuento de la criada*.

—Tardé meses en encontrarlos buscando en rastrillos y en la tienda de segunda mano —dijo, sonando un poco nervioso—. El de Atwood en realidad no es de terror, es una distopía, pero lo leímos en clase de Literatura y creo que te encantará. Y compré los otros dos porque pensé que igual te gustaría leer las palabras que inspiraron algunas de tus películas favoritas.

—Guau —exclamé—. Sam, son una pasada.

—¿Sí? —vaciló—. Pero no es un regalo tan lujoso como una pulsera de plata.

Ni siquiera la llevaba puesta. ¿Estaba celoso? Que yo supiera, el dinero no le generaba inseguridad, pero a lo mejor estaba equivocada.

—No es lujoso, pero es muchísimo mejor —comenté, y él pareció aliviado.

Le pasé la versión revisada del cuento de fantasmas que llevaba tiempo puliendo.

—¿Hora de leer? —preguntó.

Se dejó caer a los pies de la cama y dio unas palmaditas en el hueco que había a su lado.

—¿Vas a leerlo delante de mí?

—Ajá —dijo, sin levantar la vista de la página, con el dedo índice sobre la boca para indicarme que me callara.

Me acomodé junto a él y empecé a leer *El cuento de la criada*. Al cabo de media hora más o menos, Sam dejó el manuscrito sobre la cama y se pasó la mano por el pelo. Lo llevaba un poco más corto que la última vez que nos habíamos visto. Parecía mayor.

—Es buenísimo, Percy —dijo.

—¿Lo juras? —pregunté, soltando mi libro.

—Por supuesto. —La pregunta pareció sorprenderle. Le dio un tironcito a mi pulsera con aire distraído—. No sé si la hermana muerta me da mucho miedo o mucha pena… o las dos cosas.

—¿En serio? ¡Era justo lo que pretendía!

—En serio. Voy a leerlo de nuevo y a tomar notas, ¿te parece?

Me parecía fenomenal. Sam era mi mejor lector; siempre se le ocurrían ideas para dar más profundidad a los personajes o planteaba preguntas que revelaban lagunas en la trama.

—Sí, por favor. La crítica de Delilah fue muy Delilah y bastante inútil, como siempre.

—¿Pidió que hubiera más sexo?

—Exacto —dije riendo.

Un silencio incómodo se instaló entre nosotros, y yo me devané los sesos buscando algo que decir que no fuera ni remotamente sexual, pero fue Sam quien habló primero.

—Oye, ¿desde cuándo vais en serio Buckley y tú? —preguntó, mirándome de reojo.

—¿Vas a llamarlo Mason algún día?

—Probablemente no —respondió.

—Bueno, no tengo tan claro que vayamos «en serio» —señalé.

—Pero ahora es tu novio.

—Sí.

Empecé a juguetear con el agujero deshilachado que tenía en la rodilla de mis vaqueros.

—Creo que me sé lo básico: que es primo de Delilah, que juega al hockey, que fue a un horror de una escuela privada para chicos, que ahora va a la Universidad de Toronto, que le regala joyas caras a su novia y que tiene un nombre feísimo. —Me sorprendió lo mucho que recordaba de nuestros correos electrónicos—. Pero, en realidad, no me has dicho cómo es.

—Es majo.

Me encogí de hombros y examiné a la mujer vestida con una túnica roja que aparecía en la portada del libro. ¿Qué secretos estaba ocultando ella?

—Eso ya lo has dicho. —Sam chocó su rodilla contra la mía—. ¿Qué opina acerca de tus historias? —Dio unas palmaditas al taco de hojas que había sobre la cama.

—La verdad es que no lo sé —respondí—. No le he pasado nada para que lo lea. Es que es algo personal, ¿sabes?

—¿Demasiado personal para tu novio? —preguntó Sam, sonriendo con malicia.

—Ya sabes a lo que me refiero. —Le di un puntapié—. Le

enseñaré alguno cuando llegue el momento, pero da bastante miedo que otras personas lean lo que escribes.

—¿Y no te da miedo que lo lea yo? —insistió, mirándome a través de sus pestañas.

—A ver, cuando lo haces delante de mí, sí —dije con evasivas—. Pero en general, no. Confío en ti.

Sam pareció satisfecho con esa respuesta.

—Entonces, aparte del hecho de que es majo, ¿qué te gusta de él?

No fue una pregunta mordaz; daba la impresión de que tenía verdadero interés. Hice girar la pulsera de hilos alrededor de mi muñeca.

—Que yo también le gusto —respondí con sinceridad, y Sam ya no me hizo ninguna otra pregunta.

De vez en cuando me enteraba de algo relativo a Charlie que ponía en duda la imagen que tenía de él. Conducía una vieja camioneta azul que su abuelo le había dado por sus «excelentes notas», explicó. Yo me reí cuando lo dijo, asumiendo que bromeaba, pero los hoyuelos se le borraron del semblante. Fruncí el ceño. «Me han dado una beca completa y todo. No te sorprendas tanto», dijo.

Sin embargo, prefería ir a trabajar en el barco banana. «Me gusta sentir el viento después de pasarme la noche en ese cuchitril —explicó—. Además —añadió con un guiño—, el barco es más práctico para bañarme en bolas después de trabajar».

Ese era el Charlie que yo conocía.

Zambullirnos en el lago en pelota picada después del turno se había convertido en un ritual. Yo daba por sentado que Sue estaba al corriente de lo que pasaba (no es que fuéramos lo que se dice silenciosos) y mis padres me habían visto entrar a la cabaña liada en una toalla y con la ropa de trabajo en la mano, pero a nadie parecía importarle demasiado. A veces veía fugazmente algún que otro desnudo parcial, cosa que no siempre sucedía sin querer, pero, más que nada, era una manera inocente de desfogarnos.

El último ligue de Charlie, Anita, nos acompañaba de vez en cuando. Era un poco mayor que nosotros y vivía en una cabaña más al sur del lago, pero su presencia no impedía que Charlie se pasara de la raya todo lo que podía.

Estábamos nadando después de nuestro turno un jueves. Mientras Charlie y Anita bebían cerveza metidos en el agua al final del embarcadero, cuchicheaban, se reían y se besaban, Sam y yo flotábamos enganchados a tubos de gomaespuma más al fondo.

—¿No te parece que Percy está tremenda? —preguntó Charlie en voz lo bastante alta como para que lo oyéramos.

—Ya te he dicho que sí —respondió Anita con una risita.

Alcanzaba a distinguir la zona superior de sus pechos pequeños asomando sobre el agua, y noté que me sonrojaba.

—Vale, se me habrá olvidado —dijo Charlie, y le dio un beso en la mejilla.

—Seguro —soltó Sam con una carcajada, pero yo estaba intranquila. Daba la impresión de que Charlie tramaba algo.

Al acercarme un poco a Sam, le di con el pie en la pierna sin querer y se sobresaltó. En ese momento estábamos tan cerca que veía como relucía su pecho, de un pálido lechoso, bajo el agua.

—Fíjate, Pers… —siguió Charlie, arrastrando las palabras—. Anita y yo pensamos que eres un pibón. Igual te apetece juntarte con nosotros alguna vez.

Me quedé atónita. Sam enganchó el pie alrededor de mi tobillo.

—Déjala en paz, Charlie —le regañó Anita—. La estás asustando.

—Tengo novio —repliqué, tratando de fingir indiferencia, pero preparándome para el siguiente ataque. Porque obviamente, Charlie aún no había descargado toda su artillería.

—Ah, es verdad —replicó entonces—. Un tío rico, me lo comentó Sam. Es una lástima, aunque no me extraña. Una chica guapa, lista y divertida como tú, y encima con esa delantera que has echado este año…

—Charlie… —le advirtió Sam.

—¿Qué? Es verdad. No me digas que no te has dado cuenta, Samuel —siguió—. En serio, Pers, estoy convencido de que cualquier tío daría lo que fuera por estar contigo.

Diana.

—Que te jodan, Charlie —bufó Sam, pero su hermano estaba diciéndole algo por lo bajini a Anita, que me miraba mientras emitía un «Oooh» lastimero.

—Madre mía.

No fui consciente de que las palabras habían salido de mi boca hasta que me di cuenta de que Sam me miraba fijamente.

—¿Estás bien? —susurró, pero no respondí.

Charlie y Anita estaban saliendo del agua; ninguno de los dos tenía la menor prisa por taparse con una toalla.

—¡Estaremos en el sótano! —gritó Charlie de camino a la casa—. La oferta sigue en pie, Pers.

—¿Percy? —Sam me dio un toque con el pie—. Lo siento. Se ha pasado, incluso tratándose de Charlie.

—¿Se lo has contado? —pregunté en voz queda—. ¿Lo del verano pasado?

Me tragué el nudo que se me había formado en la garganta y miré a Sam de frente, sin importarme lo mucho o lo poco que pudiera ver de mí.

—Sí, pero por encima. Es que me acorraló después de Nochebuena en tu casa, después de oírte hablar de Mason y la pulsera.

—Estupendo. Por si no fuera suficiente con que me rechazaras la primera vez, ahora encima tu hermano y Anita lo saben.

Contuve el aliento, intentando reprimir las lágrimas.

—Lo siento, Percy. No pensaba que fuera a decir nada... No tienes por qué sentirte avergonzada. Según mi hermano, el idiota en toda esta situación soy yo.

Levanté la vista a las estrellas y él enganchó sus piernas alrededor de las mías para tirar de mí.

—Eh —susurró, al tiempo que me ponía una mano en la cintura. Me puse rígida.

—¿Qué haces? —pregunté.

—Solo quiero abrazarte. —Su voz sonó tensa—. No soporto que te haya molestado. —Nos quedamos allí flotando durante unos instantes hasta que dijo—: ¿Puedo?

Había un millón de razones por las que debía decir que no, o al menos dos: que tenía novio, y que ese novio no era Sam.

—Vale —susurré.

—Ven aquí —dijo.

Nos acercamos nadando a la orilla hasta un punto que quedaba oculto desde su casa. Nos pusimos de pie donde el agua le llegaba a la altura de la mitad del pecho y a mí a los hombros, el uno frente al otro, separados por un par de palmos hasta que Sam dio un paso y me estrechó entre sus brazos. Tenía el cuerpo tibio y resbaladizo. Sentí los fuertes latidos de su corazón acelerado contra mi pecho.

—Charlie tiene razón, ¿sabes? —dijo—. Eres guapa, lista y divertida. —Me acurruqué contra él con más fuerza. Mientras me acariciaba de arriba abajo la espalda, susurró—: Y cualquier tío daría lo que fuera por tenerte.

—Tú no —dije.

—Eso no es verdad —respondió con la voz ronca. Agachó la

cabeza para apoyar la frente contra la mía y ahuecó las manos sobre mis mejillas—. Me estás volviendo loco —susurró.

Cerré los ojos. Un escalofrío me recorrió la espalda mientras en mi vientre se encendía una hoguera. Quería a Sam, pero esto no era justo. A lo mejor él no sabía lo que quería, no sabía lo cruel que estaba siendo, pero yo no podía permitir que jugara conmigo mientras lo averiguaba.

—Me estás confundiendo —dije, y me zafé de él—. Me voy a casa.

Apenas pegué ojo. Sam dejó que me fuera sin la menor protesta: de hecho, sin decir ni una palabra. Poco después de las dos de la madrugada, saqué el cuaderno que me había regalado por mi decimoquinto cumpleaños (con la dedicatoria «Para tu próxima historia fascinante»), lo abrí por una de las hojas en blanco, escribí «Sam Florek es un puto pirado» y empecé a llorar de rabia. Llevaba un año intentando pasar página, y estaba convencida de que lo había conseguido. ¿Me estaba engañando a mí misma?

Sam no dijo nada cuando pasó a recogerme después de correr. Apenas cruzamos una palabra aquella mañana. Nos fue hasta que decidí dejar de nadar y volví a subirme a la balsa que dijo:

—Siento lo de anoche.

Estaba sentado a mi lado, con los pies en el agua. «¿Qué sientes exactamente? ¿Sientes haber estado a punto de besarme? ¿Sientes jugar conmigo constantemente?».

—Vale —respondí, con los ojos cerrados y la mejilla apoyada contra la cálida madera, mientras la rabia me iba subiendo desde los dedos de los pies.

—Sé que tienes novio, y me he comportado como un gilipollas —continuó.

No se enteraba de nada. Tomé impulso para sentarme junto a él. Tenía el gesto contrito.

—Que tenga novio o no es cosa mía, no tuya —dije con desdén—. En lo que tienes que pensar, Sam, es en que tus actos contradicen totalmente tus palabras.

Respiró hondo.

—Tienes razón, Percy. —Agachó la cabeza para que nuestras miradas quedaran a la misma altura—. Dijiste que te estaba confundiendo, y lo siento. ¿Podemos seguir como siempre?

—¡No lo sé! ¿Puedes tú? —Mi tono de voz se elevó una octava—. Porque yo me he pasado el año comportándome como si todo fuera normal. No quieres nada conmigo, y está bien. Estoy saliendo con alguien. He fingido que entre nosotros no pasó nada porque eso es lo que querías. Y creo que lo he hecho bastante bien. —Me puse de pie antes de que pudiera responderme—. Me voy a casa. No he podido dormir mucho y necesito echar una siesta antes del turno de esta noche. Nos vemos luego, ¿vale? —Me tiré al agua y nadé hacia la orilla sin darle tiempo a despedirse.

Como a media tarde había nubes de aspecto amenazante en el cielo, Charlie y Sam me recogieron en la camioneta. Me apretujé en el sitio de costumbre, entre los dos, sin ninguna gana de hablar con ninguno.

—¿Te has pensado lo de mi propuesta, Pers? —preguntó Charlie con una sonrisa que le marcaba los hoyuelos y los ojos clavados en Sam.

—¿Sabes qué, Charlie? —respondí con una mirada asesina—. Que te jodan. Si quieres tocarle las narices a Sam, estupendo, pero a mí no me metas. ¡Ya eres mayor para estas gilipolleces!

Charlie se quedó pasmado.

—Estaba de broma… —balbuceó.

—¡Ya lo sé! —grité, al tiempo que daba un manotazo contra mis muslos—. Y me tienes harta.

—Vale, vale, lo he entendido —dijo—. Me portaré bien.

Salió del camino de entrada a la carretera y nadie dijo una palabra durante el resto del trayecto.

A la mañana siguiente, estaba lloviendo cuando Sam se presentó en la cabaña con su indumentaria deportiva, calado hasta los huesos.

—¡Sam, parece que te has ahogado! —bramó mi padre al abrirle la puerta. Llevaba la camiseta totalmente pegada al cuerpo, lo que le marcaba los músculos del pecho y del abdomen. Tenía buen aspecto para ser víctima de un ahogamiento. Me sentó como un tiro—. Espera aquí, voy a por una toalla.

—¡Mejor tráele una muda de ropa también! —gritó mi madre desde el sofá.

Mi padre le lanzó a Sam una toalla de baño y subió a buscar algo para que se cambiara.

—¿Qué haces aquí? —le pregunté mientras se secaba el pelo.

—Siempre vengo después de correr. Además —añadió bajando el tono de voz—, quiero hablar contigo. ¿Podemos subir?

No se me ocurrió ninguna manera de negarme delante de mis padres sin montar una escena, y ya había tenido suficiente drama relacionado con Sam para toda la semana. Mi padre le dio un fardo de ropa al cruzarnos con él por las escaleras. Se cambió en la habitación de mis padres mientras yo esperaba en la mía, sentada con las piernas cruzadas encima de la cama, escuchando el golpeteo de la lluvia sobre el tejado.

A pesar de lo furiosa que estaba con él, cuando Sam entró en la habitación con un pantalón de chándal de mi padre del que le sobraban varios centímetros de cintura y un forro polar verde del que le faltaban varios centímetros de mangas, me eché a reír a carcajadas.

—Espero que no pretendas tener una conversación seria con esa pinta.

—No sé de qué me hablas —dijo con una sonrisa y los ojos chispeantes.

«Echo de menos esto», pensé, y noté que la sonrisa se me desvanecía de la cara. Sam cerró la puerta y se sentó frente a mí en la cama.

—Me he equivocado —empezó a decir—. Mucho. —Mis ojos se toparon los suyos—. Y tú también estabas equivocada ayer, cuando dijiste que no quería nada contigo. —Hablaba en voz baja, traspasándome con sus ojos azules—. Sí que lo quería. Sí que lo quiero. Siempre lo he querido. —Sentí una tremenda presión en los pulmones, como si sus palabras me hubieran arrancado todo el oxígeno—. Siento haberte hecho creer lo contrario y confundirte. Pensaba que de momento debíamos centrarnos en los estudios. Lo que mi madre comentó el verano pasado, lo de que teníamos mucho tiempo por delante para tener una relación… Creí que tenía sentido. Y que cometeríamos un error si intentábamos ser algo más, pero el error lo cometí yo al intentar no serlo.

—Efectivamente —dije, en un intento fallido de poner una nota de humor. Él sonrió de todas formas.

—El año pasado te dije que no sé cómo hacer esto. —Hizo un gesto entre los dos—. Dije que era mejor que esperásemos a estar preparados. —Respiró hondo—. No sé si lo estamos, pero ya no quiero esperar más.

Puso sus manos sobre las mías y me las estrechó.

Me dieron ganas de sentarme en su regazo de un salto, rodearle el cuello con los brazos alrededor y besar la hendidura de su labio. También me dieron ganas de darle una paliza. Porque, ¿cómo sabía yo que no iba a volver a cambiar de idea? No podría soportarlo.

—Sam, tengo novio —dije, haciendo un esfuerzo para que mis palabras fuesen contundentes—. Un novio que, por cierto, vendrá en poco más de una semana. Necesito que ahora mismo respetes eso.

—Claro —respondió, aunque con voz insegura—. Puedo hacerlo.

—Así que es ese.

Sam estaba asomado a la ventana que daba al comedor, donde Mason, Delilah y Patel se habían sentado a una mesa para cuatro mientras mi ex camarera favorita, Joan, les repartía las cartas. Como no habían llegado a la cabaña hasta pasado el mediodía, solo un par de horas antes de mi turno del sábado, habían decidido presentarse en el restaurante a cenar para pasar más tiempo conmigo. Mason comentó que querían darme una sorpresa, y así fue. Yo no tenía intención de mencionarle su presencia a Sam, pero Joan había entrado como un torbellino en la cocina después de acompañarlos a la mesa para decirme que era una «perra con mucha suerte» por tener un novio que estaba «cañón». Solía caerme bien Joan.

Mason, en efecto, tenía muy buen aspecto. Ahora que la temporada de hockey había terminado, llevaba el pelo más corto, lo cual le realzaba la mandíbula. Llevaba puesta una camiseta negra ajustada, que no dejaba ninguna duda de la cantidad de horas que se pasaba en el gimnasio, con unas gafas de aviador enganchadas en el cuello.

—Sí —respondí, notando el calor de otro cuerpo detrás de nosotras. Charlie se inclinó sobre mí y echó un vistazo por el pasaplatos.

—Yo soy más guapo —dictaminó, y volvió a su puesto.

El ambiente se volvió más tenso cuando Delilah insistió en que Sam saliera a saludar. Me disculpé con él mientras, de camino a la mesa, se secaba las manos en los vaqueros y se apartaba el pelo de la cara. Le estrechó la mano a Mason y a Patel, pero Delilah se lanzó a sus brazos y articuló con los labios «Madre mía» en dirección a mí por encima del hombro de Sam.

—Pásate después de tu turno esta noche, Sam —le invitó Delilah—. Y tráete a ese hermano tan guapo que tienes.

Sam levantó las cejas y miró a Patel, que simplemente sonrió y meneó la cabeza con aire divertido.

—Me parece que Charlie tiene planes con su…, con Anita luego, pero sí, me paso. Después de quitarme de encima los restos de salchichas y chucrut —añadió—, a no ser que te gusten ese tipo de cosas. —Esbozó una sonrisita a Delilah, que sonrió de oreja a oreja.

Mason observó el intercambio con una sonrisa en los labios que no se reflejaba del todo en sus ojos.

Cuando llegué a casa, los tres ya estaban borrachos. Antes de entrar, oí a Mason y Patel discutir a balbuceos si la máxima excelencia del vello facial eran las barbas o los bigotes. Delilah estaba repantigada sobre el regazo de Patel en el sofá, con su top sin mangas subiéndosele por el estómago, leyendo unas memorias de Joan Didion. Se notaba a la legua que no llevaba sujetador. Cuando entré, levantó la cabeza y sus ojos tardaron en enfocarse en mi cara.

—¡Persephone! —exclamó. Abrió los brazos de par en par y agitó las manos, reclamando un abrazo—. ¡Cómo te hemos echado de menos!

Me agaché para darle un achuchón.

—Parece que habéis sobrevivido sin mí.

Había una hilera de botellines de cerveza vacíos sobre la encimera de la cocina. Unos cuantos discos de mi padre estaban tirados en el suelo, aunque alguien se las había ingeniado para poner *Revolver*. Encima de la mesa de centro había un bol de hielo medio derretido y una botella de tequila abierta; los chicos tenían en la mano sendos chupitos llenos del líquido puro.

—Ven a sentarte, nena —me pidió Mason, tirando de mí para plantarme un beso bajo la mandíbula—. No te enfades, pero hueles a sudor.

Le di un codazo en la barriga.

—Voy a ducharme.

Al hacer amago de levantarme, Mason me sujetó con fuerza y me dio un lametón en el cuello.

—Mmm… —murmuró con una risa queda—. Sabes a *pierogi*.

—Qué gracioso. Ahora, si me disculpas, voy a asearme.

Me entretuve en la ducha más de la cuenta. Sabía que Sam llegaría en cualquier momento, y lo temía y lo esperaba a partes iguales. Sentía que lo había mantenido alejado de una parte enorme de mi vida, y ahora tenía la oportunidad de presentarle a las personas con las que me relacionaba cuando no estaba con él. Tenía ganas de que Delilah lo viera. El encuentro entre Sam y Mason no me preocupaba; Mason no era celoso, y Sam no era conflictivo. Pensaba que, tal vez, al verlos juntos en la misma habitación me daría cuenta de que Sam era un tío normal y corriente. Que tal vez lo había idealizado como a un ser legendario, un amigo perfecto y un posible novio que, en el mundo real, no sería tan único y singular.

Cuando salí del baño, Sam estaba sentado en una silla de comedor que había colocado junto al sofá, con el pelo aún mojado y pulcramente peinado. Llevaba puestos los vaqueros oscuros, los que consideraba sus «vaqueros buenos», y una camisa blanca con las mangas remangadas por encima de sus bronceados antebrazos. Iba descalzo. Tenía buen aspecto. Parecía un adulto. Yo, en cambio, me había puesto unos pantalones cortos de felpa y un suéter rosa de Barry's Bay. Mason le pasó un vaso lleno de tequila y brindaron antes de darle un buen trago. No me pasó por alto que Sam a duras penas consiguió mantener el tipo; él no solía beber.

—¿Eso no se suele tomar con lima y sal o algo? —pregunté al unirme a ellos.

—Se nos ha olvidado traer limas —explicó Mason—. Pero esta botella es demasiado buena como para malgastarla en chupitos.

Llenó otro vaso y me lo pasó. Le di un sorbito y el ardor me provocó un golpe de tos.

—Sí, está buenísimo —dije con voz ronca, sin parar de toser.

Mason tiró de mí y me quedé helada al darme cuenta de que quería que me sentara en su regazo.

—Ven a hacerme compañía, nena —insistió, tirando con más fuerza.

Me senté incómoda sobre su rodilla. Delilah, que había conseguido enderezarse, me lanzó una mirada inquisitiva. Yo volví la vista hacia Sam, que estaba observando cómo Mason me hacía carantoñas en el muslo. Frunció el ceño y apuró de un trago su bebida. La mirada de Delilah osciló entre él y yo, abrió los ojos de par en par, dando a entender que se había percatado de la situación, y esbozó una sonrisa.

—Dale ahí —animó Patel a Sam, y alargó la mano para coger la botella y servirle más.

—Bueno, Sam —ronroneó Delilah, al tiempo que se inclinaba hacia él con los codos apoyados en las rodillas y la cara entre las manos—, ha pasado mucho tiempo desde la última vez que te vi. Ahora estás hecho todo un hombre cachas. Cuéntamelo todo sobre esa novia que tienes.

Sam me miró confundido, pero yo no tenía la menor idea de lo que tramaba.

—No tengo novia —respondió él, y le dio otro trago a su bebida.

—Parece mentira —continuó Delilah. Se dirigió a Patel y Mason—. ¿Sabéis qué? Sam puede llegar a ser un auténtico rompecorazones. Le gusta hacerse el difícil. —Le lancé una mirada de advertencia, pero ella sonrió y negó ligeramente con la cabeza, como si nada—. Una vez se negó en redondo a besar a Percy mientras jugábamos a verdad o atrevimiento.

«Menos mal».

—Qué malo, tío —comentó Patel mientras Mason me reclinaba contra su pecho.

—Pobrecita. —Me rodeó por la cintura y presionó sus labios contra mi cuello—. Te lo compensaré esta noche.

Automáticamente miré a Sam, que nos observaba con la mandíbula apretada y la mirada oscura. Estaba moviendo la rodilla.

—¿Queréis algo de picar?

Me levanté del regazo de Mason de un salto y enfilé hacia la cocina.

—Te ayudo —se ofreció Sam, y me siguió mientras Patel y Mason rememoraban una sesión de un juego de siete minutos en el cielo de la que tenían buenos recuerdos.

Estaba de puntillas tratando de alcanzar un bol cuando Sam se me acercó por detrás.

—Ya lo cojo yo —dijo, rozando sus dedos con los míos—. Hueles bien —susurró al poner el bol sobre la encimera.

Sentir su aliento sobre mi oreja me provocó un escalofrío y me estremecí.

—Las maravillas del jabón —comenté—. Casi no te he reconocido con ese conjunto tan elegante.

—¿Elegante?

Una chispa brilló en sus ojos.

—Muy elegante —remarqué con una sonrisa.

—Oye, ¿venís ya con el picoteo o qué? —voceó Delilah desde el sofá.

Vacié una bolsa de patatas fritas en el bol, lo puse encima de la mesa de centro y me senté sobre el brazo del sillón que ocupaba Mason. Patel y él estaban enzarzados en una acalorada discusión sobre hockey.

—No les hagas ni caso —le dijo Delilah a Sam—. Están obsesionados. Nosotros tenemos temas más interesantes de los que hablar… Como, por ejemplo, de nuestra querida Persephone. —Le dio un toquecito con el dedo en la pierna—. Me he enterado de que eres su lector favorito. Está pesadísima con lo magníficos que son tus comentarios.

Una amplia sonrisa se dibujó en el semblante de Sam.

—Ah, ¿sí? —dijo, mirándome.

Yo puse los ojos en blanco.

—Ya tiene el ego lo bastante hinchado, D.

—No estoy de acuerdo —replicó Sam—. Sigue hablando de lo listo que soy, Delilah.

—Me parecerías mucho más inteligente si le pidieras que incluyera más escenas de sexo y romance —dijo ella en tono burlón.

—¿A qué vienen esas risitas? —terció Mason.

—Estamos hablando de las historias de Percy. ¿Qué te parecen a ti? —preguntó Sam.

Me dio un vuelco el estómago. Todavía no le había enseñado a Mason nada de lo que había escrito.

—Nunca me ha dejado leer una —respondió él, mirando a Sam con recelo.

—¿No? Tiene muchísimo talento —le dijo Sam, con los ojos brillantes—. Me pide que le dé mi opinión constantemente, aunque la verdad es que no le hace falta. Es una escritora nata.

—¿Sí?

Sam continuó hablando como si no lo hubiera oído.

—Deberías leer *Sangre joven*. La escribió hace un par de años, pero sigue siendo mi favorita. Dios, ¿te acuerdas de que nos daban las tantas hablando sobre los nombres de los personajes, Percy?

Aunque sabía que Sam estaba marcando su territorio, no me quedó otra que darle la razón con un murmullo.

—No sabía que estabais tan unidos —señaló Mason, mirándome fijamente—. Me alegro de que Percy tenga un amigo aquí para hacerle compañía.

Tiró de mí hacia su regazo y me giró hacia él, de modo que me quedé sentada a horcajadas.

—¿Qué haces? —dije en voz baja.

—No os importa, ¿verdad, chicos? —dijo, asomando la cabeza—. Llevo siglos sin ver a mi chica.

Me sujetó la cara entre las manos, acercó mi boca a la suya y me dio un morreo torpe. Cuando me dejó coger aire, Sam ya iba de camino a la puerta.

—Debería irme si quiero salir a correr mañana —dijo, sin mirarme.

Y acto seguido se marchó.

Sam mantuvo las distancias durante el resto del fin de semana. Yo estaba deseando que todos se marcharan para poder estar a solas con él. Ya había pasado medio verano, y me daba rabia que el manoseo de Mason me hubiera hecho perder tiempo con Sam. Había sido especialmente sobón durante toda su estancia, como si tratara de marcar territorio por todo mi cuerpo. Me agobiaba. Incluso en su beso de despedida hubo demasiada intensidad y demasiada lengua.

El comportamiento de Sam cambió a raíz de la visita de Mason. Mostraba una actitud más reservada. A veces nos cruzábamos la mirada en la cocina o cuando estábamos pasando el rato en el sótano y saltaban chispas pero, por lo demás, había cerrado el grifo en lo tocante a sus sentimientos hacia mí, justo como yo le había pedido. Sin embargo, a medida que se aproximaba el final del verano me di cuenta de que no era eso lo que yo quería. Quería que el grifo se abriera.

Rompí con Mason la última semana de las vacaciones por teléfono y con el típico e incómodo «¡Eres un tío estupendo!». Aunque le sorprendió, se lo tomó mejor que Delilah, que se quejó lastimeramente por el fin de nuestras citas dobles hasta que le recordé que ella tenía intención de volver a poner en pause su relación con Patel cuando empezara el curso.

El día antes de que regresara a la ciudad con mis padres, Sam y yo estábamos leyendo sentados en su cama con los bañadores húmedos. Hacía calor, y Charlie y Anita se habían adueñado del sótano, nuestro refugio habitual. Como Sue se negaba a encender el aire acondicionado, Sam había cerrado los postigos del dormitorio y había puesto un ventilador entre los dos. Él estaba a los pies de la cama, con la espalda pegada a la pared, y yo enfrente, contra el cabecero, con las rodillas dobladas hacia el pecho. Su atención estaba absorta en un diagrama de uno de sus libros de anatomía mientras yo leía *Apocalipsis*…, o mejor dicho, lo intentaba, porque no había conseguido pasar de página en los últimos diez minutos. No podía dejar de mirar a Sam: la marca del bronceado a la altura de sus tobillos, los músculos de sus pantorrillas, la pulsera de su muñeca… Estiré la pierna para apoyarla sobre su muslo y en cuanto le rocé con el pie, dio un respingo.

—¿Estás bien, bicho raro? —pregunté.

Se me quedó mirando, saltó de la cama y empezó a rebuscar en el cajón de su cómoda.

—Hazme un favor —dijo, y me lanzó su camiseta vieja de Weezer. Me la puse mientras se sentaba y pegaba de nuevo la nariz al libro de texto.

Cuando le di un toquecito con el dedo gordo del pie, me di cuenta de que empezaba a ruborizarse. Sacar a Sam de sus casillas era uno de mis tres entretenimientos favoritos, y un placer del que rara vez disfrutaba últimamente. Pero algo había hecho mella en su coraza de serenidad, y quería aprovechar la oportunidad para arrancársela de un mordisco.

—Deja de darme con el pie... —dijo en un tono controlado, sin levantar la vista de la página y con el ceño fruncido.

Cuando puse los dos pies sobre su regazo, sentí que todo su cuerpo se ponía rígido.

—Ese libro debe de ser fascinante: llevas todo el verano leyéndolo.

—Mmm...

—¿Tan buena es la trama?

—Fascinante —respondió, cortante—. ¿Sabes? Normalmente puedo contar contigo para que no me juzgues por estudiar.

—No te estoy juzgando —juré, y acto seguido le clavé el talón en el muslo—. Tiene un montón de dibujos excitantes, ¿eh?

Me miró por el rabillo del ojo, meneó la cabeza y siguió con el libro.

—La verdad es que... —Quité los pies de su regazo y me incorporé, con las rodillas todavía dobladas, para volver a clavarle los dedos de los pies en el muslo— el cuerpo humano es muy excitante. Bueno, tal vez ese señor sin piel que estás mirando no sea el mejor ejemplo...

—Es un diagrama del sistema muscular, Percy —respondió, volviendo la cara hacia mí—. Esto —me rodeó la pantorrilla con la mano— es el gemelo.

Aunque lo dijo en tono sarcástico, sentí como si alguien me hubiera sustituido la sangre de las venas por cafeína. Deseaba que me tocara. Deseaba que me tocara con ambas manos.

Sam desvió la mirada al punto en el que sus dedos rozaban mi piel y después volvió a mi cara. Había una pregunta en sus ojos.

—¿El gemelo? Bueno es saberlo... Intentaré usarlo algún día. Me han hablado de una cosa que se llama correr.

Me reí y él apartó la mano.

Seguimos sentados con los libros abiertos durante varios minutos, sin que ninguno de los dos pasara a la siguiente página. Sentí que la oportunidad de que pasara algo más entre nosotros se me escapaba, guardándose para siempre en un cajón, como la caja que contenía los hilos con los que solía hacer pulseras. Así que intenté no soltar.

Metí los dedos de los pies por debajo de su muslo.

—¿Has aprendido algo más de ese libro? —pregunté.

Levantó la vista hacia mí y asintió con la cabeza despacio.

—Ilumíname, genio.

Hice lo posible para que sonara juguetón, pero me tembló la voz.

—Percy…

Hice acopio de hasta el último ápice de confianza en mí misma para sostenerle la mirada.

—Supongo que tendré que buscarme a otro futuro médico para que me instruya… —bromeé, y él parpadeó rápidamente.

Fue entonces cuando me di cuenta. Aquel era su punto débil: no soportaba la idea de que otro me tocara. Cuando volvió a poner la mano en mi pantorrilla, me dieron ganas de gritar de júbilo.

Esta vez, en vez de apretar, deslizó los dedos de arriba abajo por el músculo, provocando que una descarga eléctrica me recorriera todo el cuerpo y avivara mis terminaciones nerviosas. Los labios de Sam formaban un rictus severo; su semblante era una máscara de absoluta concentración. Ambos observamos el movimiento de su mano por mi pantorrilla y su lento descenso. Me asió con fuerza al llegar abajo y levantó la vista hacia mí con una sonrisa pícara.

—Tobillo —dijo.

Dejé escapar un sonido que oscilaba entre la risa y el asombro. Él se movió para arrodillarse a mis pies y me agarró el otro tobillo con la mano derecha para sujetarme ambas piernas. Me miró a los ojos durante uno, dos, tres segundos. Tragué saliva. Al ver mi reacción, Sam deslizó lenta y suavemente un dedo por mi pierna.

—Espinilla.

Había soñado con que Sam me tocara, me había obsesionado con ello y había conspirado hasta conseguirlo. Había yacido en mi cama, sola, con la mano entre las piernas, fantaseando con sus dedos, sus hombros y la hendidura que marcaba su labio inferior. Las ganas de tocarlo, de trazar la línea tenue de vello que nacía en su ombligo y se perdía bajo su bañador, me habían consumido casi por completo; pero ahora, delante de él, me quedé paralizada, temiendo hacer algo que echara a perder el momento o sacara a Sam del trance que lo había embrujado.

Él puso una mano sobre mi rodilla, y acto seguido le siguió la otra. Me las separó, avanzó ligeramente sobre la cama para colocarse entre ellas, me agarró de los tobillos y tiró para extenderme las piernas. Se inclinó sobre mí; los brazos me temblaban por el esfuerzo de mantenerme erguida. Noté su aliento sobre mi cara. Sin apartar los ojos de los míos, susurró:

—Túmbate, Percy.

Le obedecí con el corazón desbocado. Se arrodilló entre mis piernas y bajó la vista hacia mí, con la mirada oscura. Su largo torso bloqueaba la brisa del ventilador y de pronto yo tenía mucho calor. Sentí que el sudor comenzaba a perlar mi labio superior. Sin apartar sus ojos de los míos, Sam volvió a poner la mano sobre mí.

—Rodilla —susurró. Parpadeé. Notaba el ambiente cargado.

—Rodilla, ¿eh? ¿Para qué curso es ese libro? —bromeé.

Un esbozo de sonrisa jugueteó en sus labios.

—Vasto interno, vasto externo, tensor de la fascia lata —siguió en voz baja conforme movía los dedos hacia arriba.

Me daba la sensación de que todas mis terminaciones nerviosas se concentraban bajo sus dedos. Rozó la piel suave de la cara interna de mi muslo.

—Abductor largo —murmuró, y se me cortó la respiración.

Desde allí, deslizó hacia arriba el dedo índice, trazó el pliegue entre la parte superior de mi pierna y mi pelvis y se coló bajo el dobladillo de mi camiseta. Extendió la palma de la mano sobre el hueso de mi cadera y la mantuvo sobre los cordones de mi bikini, observándome sin rastro de sonrisa. Quería agarrarlo para que cayera sobre mí y me aplastara entre su cuerpo y la cama. Quería tirarle del pelo ondulado y pegar la boca a su cuello cálido, pero me mantuve inmóvil mientras mi pecho se elevaba y descendía.

Me subió la camiseta a la altura del estómago y, muy despacio, desató el nudo de un lado de la parte de debajo de mi bikini. Una vez suelto, apartó los cordones y recorrió de arriba abajo la curva de mi cintura y mi cadera con la mano.

—Glúteo medio. —Movió la mano a la parte de atrás—. Glúteo mayor. —Se me escapó una risa nerviosa—. ¿Ya te has cansado de aprender anatomía por hoy? —preguntó en tono grave y ronco.

Tragué saliva y negué con la cabeza. Un fugaz brillo triunfante cruzó sus ojos. Me subió más la camiseta y yo me incorporé ligeramente para que me la sacara por la cabeza. Me tumbé de nuevo y la súbita sensación del aire sobre la tela húmeda de mi bikini me provocó un escalofrío. La mirada de Sam voló a las piezas triangulares de tejido que me cubrían y por cuyos extremos se derramaban los lados de mis pechos. Tenía los pezones duros bajo el material frío. Sus ojos se recrearon en ellos y, cuando volvió a mirarme, vi en ellos la tonalidad de azul más intensa que jamás habían tenido.

Retrocedió un poco y se inclinó para rozar con la boca la piel bajo mi ombligo, susurrando los nombres de cada músculo que tocaba mientras recorría mi vientre, dejando a su paso un reguero de besos sobre mi cuerpo. Lamió el surco de mi ombligo y después trazó con la lengua una línea recta, húmeda y caliente, hacia arriba, parándose a besar distintas zonas de mi abdomen. Di un respingo con las caderas y me sujeté a las sábanas con los puños. Pasó por el espacio entre mis pechos y, cuando encontró con la lengua el hueco que separaba mis clavículas, un sonido áspero escapó de mi garganta. Le planté las manos en la espalda, sobre la piel ardiente y suave, y él me lamió el cuello, justo debajo de la mandíbula, para después llegar con la lengua hasta mi oreja y mordisqueármela ligeramente.

—Lóbulo auricular —susurró, sus labios moviéndose contra mí.

A continuación, se apartó y se quedó directamente sobre mí, su cara frente a la mía. Sosteniéndose con solo un brazo, movió el otro para acariciarme la cadera que tenía completamente al descubierto.

Le rodeé el cuello y posó la boca sobre la mía con delicadeza. Le devolví el beso con ganas, entreabriendo sus labios con la lengua. Su boca era una cueva cálida que me moría por explorar. Sabía a sal y naranja. Hundí los dedos en su pelo y le mordí el labio inferior. Al separarnos, movió la mano hacia la cara interna de mi muslo.

—Quiero tocarte, Percy —susurró con la voz áspera—. ¿Puedo?

Dejé escapar un sí ahogado. Se puso de costado y ambos observamos cómo sus dedos se deslizaban bajo el tejido dorado. Trazó la hendidura húmeda de mi entrepierna con ellos y el movimiento hizo que el bikini cayera a un lado. Introdujo un dedo con delicadeza y levantó la mirada hacia mí, su rostro lleno de asombro.

—¿Vamos a hacer esto? —dijo en voz baja.

No sabía si se refería a lo que estaba ocurriendo en ese preciso instante o si se trataba de una pregunta más importante acerca de nosotros, pero, fuera cual fuera el caso, mi respuesta era la misma.

—Sí, lo vamos a hacer.

13

En la actualidad

Chantal está firmemente comprometida con su *brunch* del domingo. Seguramente ahora esté sentada en el reservado que más le gusta de su restaurante favorito, compartiendo el periódico con su prometido. Ella leerá primero las páginas de cultura y él, las de opinión, y luego se las cambiarán. Cada uno tendrá ya su respectivo café y los huevos Benedict de Chantal estarán de camino. Si la llamo ahora, interrumpiré su ritual sagrado. Por no mencionar que por las mañanas Chantal apenas puede hablar, y mucho menos lidiar con una de mis crisis, si no se ha tomado al menos un par de cafés. Al menos, todo esto es lo que digo para mis adentros mientras le escribo rápidamente un mensaje, lo borro y dejo el teléfono a mi lado sobre la cama. Otra vez. No tengo remedio. A la quinta va la vencida, ¿no? Cojo el maldito cacharro, tecleo de nuevo, le doy a enviar con brusquedad y dejo caer el teléfono de cualquier manera. Me quedo sentada esperando (un minuto, luego cinco) y, cuando no recibo respuesta, me maldigo por haberlo enviado y arrastro los pies hasta el baño.

Dejo correr el agua de la ducha hasta que el vapor empaña el espejo, me meto bajo el chorro caliente y apoyo la cabeza contra los azulejos, dejando que el agitado torrente de pensamientos me ahogue como gas mostaza.

«¿Qué coño me pasa? ¿Qué clase de persona se aprovecha de su exnovio (¡que acaba de romper con otra persona!) el día del funeral de su madre? Sam no va a permitir que forme parte de su vida. ¿Por qué iba a hacerlo? Soy una egoísta de mierda, y claramente incapaz de ser su amiga».

No soy consciente de que estoy llorando hasta que noto que me tiemblan los hombros. Asqueada de mi propia autocompasión, me aparto de la pared, me froto el cuerpo bruscamente con jabón, me lavo el pelo y me seco.

Llego a la iglesia con diez minutos de antelación. El aparcamiento ya está lleno de camionetas polvorientas y sedanes baqueteados. Un chico joven está indicando a los conductores que aparquen en el solar colindante. Dejo el coche al final de una fila improvisada y, mientras me dirijo al edificio, los tacones de mis zapatos se hunden en la hierba y me hacen parecer tan inestable como me siento.

Sam está con unas cuantas personas delante de los escalones de entrada de la iglesia. Me detengo en seco al ver a Taylor a su lado, con las piernas tan largas como las de una jirafa y el pelo tan dorado como un rayo de sol. A pesar de que Sam y Charlie me habían comentado que iba a venir, en cierto modo no me esperaba verla. Me falta el aire. Cierro los ojos con fuerza y trato de recomponerme. Al abrirlos, veo que Charlie, que me está mirando desde el otro lado del aparcamiento, levanta la mano y el grupo entero se vuelve hacia a mí.

Conforme me aproximo, reconozco de inmediato al hombre delgado de mediana edad que hay entre ellos: Julien. Hay un par de ancianos que deben ser los abuelos paternos de Charlie y Sam. Los padres de Sue ya fallecieron. Hay otra pareja, que si no me equivoco son el hermano y la cuñada de Sue, de Ottawa. Respiro hondo y me fuerzo a esbozar una sonrisa educada, aunque tengo retortijones en el estómago.

—Chicos, os presento a Percy Fraser —dice Charlie a mi llegada—. Supongo que os acordaréis de ella. Sus padres tenían una cabaña al lado de la nuestra cuando éramos pequeños.

Saludo a la familia con abrazos y les doy mis condolencias mientras finjo que se trata de un funeral como otro cualquiera y que no siento la mirada penetrante de Sam sobre mí.

—Tienes buen aspecto, Pers —dice Julien al darme un abrazo suave. Le froto los brazos con ambas manos cuando nos apartamos. Tiene los ojos rojos y huele a humo de cigarrillo rancio.

Me he dejado a Taylor y a Sam para el final. Después de lo de esta mañana, Sam se cerró en banda muy rápido, como es natural. ¿Quién querría abordar la conversación de «Me rompiste el corazón» antes de enterrar a su madre? Me da miedo mirarlo a los ojos ahora porque no sé qué es lo que voy a encontrarme en ellos. ¿Arrepentimiento? ¿Ira? ¿Dolor?

Así que opto por mirar a Taylor. Tiene la mano sobre el hombro de Sam, como gritando a los cuatro vientos «Es mío». Puede que Sam haya roto con ella, pero está claro que Taylor todavía no lo ha dado por perdido. En respuesta, finjo una sonrisa serena que dice «No acabo de hacer que tu exnovio se corra en los calzoncillos» y la mantengo, a pesar de que la bilis me está subiendo por la garganta. Taylor está despampanante con su mono negro hecho a medida y el pelo recogido en una lustrosa coleta baja. El vestido de tubo negro que llevo puesto me hace parecer poca cosa a su lado. Lleva muy poco maquillaje y nada de joyería, y aun así tiene un aspecto intencionadamente minimalista. Si yo fuera por ahí solo con rímel y brillo de labios, lo único que conseguiría sería parecer muy cansada. Tal y como están las cosas, he pasado cinco minutos enteros poniéndome varias capas de corrector para ocultar que tengo los ojos hinchados de llorar y la nariz roja.

Cuando por fin miro a Sam, es como si lo estuviera viendo por primera vez. Está tan erguido como un árbol, lleva una pulcra camisa blanca y un traje negro de pinta cara que se le amolda al cuerpo. Se ha afeitado y lleva el pelo repeinado con algún tipo de producto para apartárselo de la cara. Parece un actor que interpreta a un médico en la televisión en vez de un médico de verdad.

Como siempre andábamos por ahí en bañador o en ropa de trabajo, solo lo había visto vestido de traje en una ocasión antes. Ahora tiene un aspecto adulto, de hombre. Un hombre que debería llevar a una preciosa abogada del brazo en vez de a un caso perdido enganchada al cuello. Taylor y él hacen una pareja magnífica; y es imposible no darse cuenta de que poseen los genes idóneos para tener hijos listos, competentes y absolutamente monísimos.

Me inclino para abrazar a Sam y es como volver a casa, como despedirme de nuevo, como volver a pasar cuatro mil días añorándolo.

—Deberíamos ir entrando —propone Taylor.

Caigo en la cuenta de que llevo pegada al pecho de Sam más tiempo de lo que dictan las normas de cortesía, pero cuando hago amago de apartarme, él me estrecha con más fuerza entre sus brazos, apenas un segundo, antes de soltarme con una expresión ilegible.

A pesar de que se trata de la iglesia más grande del pueblo, no tiene capacidad para todas las personas que han acudido esta mañana. La gente está de pie en filas detrás de los bancos del fondo, amontonada en las puertas en la entrada e incluso fuera. Es una increíble muestra de cariño y apoyo, pero también implica que el ambiente en la iglesia es sofocante y cargado. Para cuando llegamos al primer banco, ya tengo el cuello y los muslos húmedos de sudor. Debería haberme recogido el pelo. Tomo asiento entre Charlie y Sam, justo frente a una fotografía grande de Sue que nos mira con una sonrisa, rodeada de arreglos florales de lirios, orquídeas y rosas. Me seco las gotas que se me han formado sobre el labio superior y me limpio las manos en el vestido.

—¿Estás bien, Pers? —susurra Charlie—. Pareces inquieta.

—Solo tengo calor —respondo—. ¿Cómo estás?

—Nervioso —dice, y me muestra una hoja de papel doblada donde me figuro que ha escrito su panegírico—. Quiero que se sienta orgullosa.

Cuando llega el momento de la intervención de Charlie, se aferra con tanta fuerza al púlpito que los nudillos se le ponen blancos. Abre la boca, la vuelve a cerrar y pasea la mirada entre la multitud durante un largo instante antes de empezar con la voz temblorosa. Para, respira hondo y comienza de nuevo, esta vez con más entereza. Habla de cómo, tras la muerte de su padre, Sue mantuvo a flote tanto el negocio como a la familia y, aunque tiene que hacer un par de pausas para recomponerse, consigue terminar sin derramar una lágrima y con una obvia expresión de alivio en sus ojos verdes.

Para mi sorpresa, cuando Charlie vuelve al banco, Sam se levanta. No sabía que tenía previsto hablar hoy. Observo cómo se dirige con aire resuelto a grandes zancadas hacia el altar.

—Aunque a muchos esto os va a escandalizar, en realidad a mi madre no le gustaban mucho los *pierogi* —comienza, con una tenue sonrisa en los labios, y un rumor de risas se eleva entre los asistentes—. Lo que sí le encantaba, sin embargo, era vernos a todos comérnoslos.

Aunque apenas aparta la vista de la hoja, es un magnífico orador. Las palabras de Charlie eran sinceras y reverenciales, pero las de Sam tienen un tono cariñosamente burlón y alivian la tristeza de la sala con anécdotas divertidas sobre las dificultades y triunfos de Sue a la hora de criar a dos niños. Luego levanta la mirada y recorre con ella la multitud, deteniéndose brevemente en mí antes de bajarla de nuevo. Alcanzo a ver por el rabillo del ojo que Taylor me está observando, y mi corazón se ata las zapatillas de correr y hace un esprint.

—Mi madre vivió veinte años sin mi padre. Se hicieron amigos en preescolar, empezaron a salir juntos en noveno y se casaron al terminar el instituto. Mi abuelo os dirá que no hubo forma humana de convencer a ninguno de los dos para que esperaran ni siquiera un poco más. Lo tenían claro. Algunas personas son así de afortunadas. Conocen a su mejor amigo, al amor de su vida, y son lo bastante inteligentes como para no dejarlo escapar. Por desgracia, la historia de amor de mis padres se terminó demasiado pronto. Justo antes de fallecer, mi madre me dijo que estaba preparada. Dijo que estaba cansada de luchar y cansada de echar de menos a mi padre. Veía la muerte como un nuevo comienzo: decía que iba a pasar el resto de su próxima vida con mi padre, y a mí me gusta creer que eso es justo lo que están haciendo ahora. Dos mejores amigos que por fin vuelven a estar juntos.

Me tiene cautivada. Cada palabra que pronuncia es una flecha que acierta en el centro de mi alma. Estoy a punto de abrazarlo cuando se sienta a mi lado, pero Taylor se me adelanta, le coge la mano, la pone en su regazo y la sujeta entre las suyas. La imagen de sus manos entrelazadas es un tortazo de realidad. Hacen buena pareja: son un regalo envuelto con cuidado, con los bordes pulcramente doblados y un lazo de satén. Sam y yo somos un montón de escombros en llamas con más de una década de antigüedad y un secreto inconfesable entre nosotros. Decido que mañana volveré a Toronto y dejaré atrás este lugar… y a Sam. Fue una locura regresar y abrigar la esperanza de poder arreglar las cosas. En lugar de eso, lo único que he hecho ha sido lanzarme a sus brazos cuando él estaba vulnerable. Y aunque tener sus labios sobre los míos de nuevo es todo lo correcto, perfecto y bueno que hay en el mundo, no debería haber permitido que lo de esta mañana ocurriera sin sincerarme con él primero. Pese a lo mucho que he trabajado en mí misma en los últimos años, estoy en el mismo punto en el que me encontraba a los dieciocho.

Charlie me ofrece su brazo mientras salimos poco a poco de la iglesia, y luego me voy caminando despacio en dirección al coche con un peso tremendo oprimiéndome el pecho. Una vez dentro, apoyo la cabeza contra el volante.

«No debería estar aquí. No debería haber venido».

Pero no puedo marcharme todavía, no cuando hay un velatorio al que asistir, de modo que aguardo a que la presión se alivie y me dirijo a La Taberna.

El ambiente en el restaurante parece el de una animada reunión familiar en lugar del de un velatorio. Observo cómo los parientes y las amistades de Sue, todos sonrientes, hablan entre ellos con platos de sus *pierogi*. Han retirado las mesas para dar cabida al gentío, y alguien ha preparado una lista de las canciones country favoritas de Sue. No tarda mucho en formarse un grupo de niños que, en círculo, saltan y se contonean al ritmo de Shania Twain y Dolly Parton. La escena es de lo más dulce y entrañable, y me siento como una impostora entre los presentes.

Ignoro el móvil cuando vibra en mi bolso y acepto la copa de vino que me ofrece el camarero que hay tras la barra. Trato de encontrar una cara agradable con quien charlar durante un tiempo aceptable antes de escabullirme al motel. Charlie es el centro de atención de los fumadores que se han congregado fuera, en el patio. No hay rastro de Sam y Taylor, y Julien se pasa el rato escondido en la cocina o llenando las bandejas en la mesa del bufé. Voy al fondo para ayudarle, pero no hay nadie y la puerta trasera está abierta, con el tope puesto. Avanzo unos pasos para ver si ha salido a fumar, pero vacilo al oír voces.

—Estás loco, tío —dice un hombre con voz grave—. ¿Seguro que quieres volver a pasar por lo mismo?

—No —oigo responder a Sam—. No lo sé. —Parece confundido, frustrado—. Puede que sí.

—¿Necesitas que te recordemos lo mal que estabas la última vez? —pregunta el dueño de una tercera voz.

Sé que debería irme, pero no lo hago. Tengo los pies clavados en el suelo mientras mi móvil vibra de nuevo.

—No, claro que no. Me acuerdo. Pero solo éramos unos críos.

Y ahora sé que hablan de mí. Me quedo ahí plantada, con el vestido humedecido de sudor, inmóvil frente al pelotón de fusilamiento.

—Déjate de gilipolleces. Yo también me acuerdo —espeta el primer tío—. ¿Solo unos críos? Pues para ser solo cosa de críos, te hundiste en la mierda.

No quiero escuchar más. No quiero escuchar hasta qué punto lo destrocé.

—Sam —dice la otra voz en un tono más suave—, tardaste años en recuperarte.

Voy a vomitar.

Me doy la vuelta y, al cruzar como una flecha las puertas batientes, me doy de bruces con Charlie.

—¡Cuidado! ¿Qué prisa tienes? —Los hoyuelos de Charlie se desvanecen cuando se fija en mi cara—. Estás muy pálida, Pers, y estás sudando. ¿Va todo bien?

No consigo reunir el aire suficiente para responder y el corazón está tan desbocado que el pulso me retumba en cada centímetro de la piel. A lo mejor esta vez sí que me está dando un infarto. A lo mejor me muero. Ahora mismo. Trato de respirar, pero el contorno de la sala se está difuminando. Antes de que pueda decirle que no, Charlie me conduce de nuevo a la cocina. Oigo un desagradable resuello y caigo en la cuenta de que procede de mí. Me doblo en dos, intentando recuperar la respiración, y acto seguido me desplomo y me quedo a gatas en el suelo. Oigo voces amortiguadas, pero suenan lejanas, como si estuviera buceando bajo cieno y procedieran de la orilla. Cierro los ojos con fuerza.

Noto una presión ligera como una pluma sobre los hombros. A través del barro, alcanzo a oír la voz de alguien que cuenta despacio. *Siete. Ocho. Nueve. Diez. Uno. Dos. Tres…* Sigue contando sin parar hasta que, poco después, empiezo a acompasar la respiración a su ritmo. *Cuatro. Cinco. Seis. Siete…*

—¿Qué pasa? —pregunta alguien.

—Le ha dado un ataque de pánico —responde, y continúa contando. *Ocho. Nueve. Diez*—. Muy bien, Percy. Sigue respirando.

Y lo hago. Sigo respirando. Mi corazón comienza a ralentizarse. Tomo una larga y profunda inhalación y abro los ojos. Sam está en cuclillas delante de mí, con la mano en mi hombro.

—¿Quieres ponerte de pie?

—Todavía no —digo, y la sensación de muerte inminente da paso a la vergüenza.

Hago unas cuantas respiraciones más y, al abrir los ojos de nuevo, Sam sigue ahí. Me pongo de rodillas despacio y él, con la frente arrugada de preocupación, me sujeta por los codos para ayudarme a levantarme. Detrás de él hay dos personas: un atractivo hombre negro y un tío musculado de tez pálida con el pelo oscuro como la tinta y gafas.

—Percy, ¿te acuerdas de mis amigos, Jordie y Finn? —pregunta Sam.

Mientras me disculpo con ellos, veo a Charlie de refilón. Me está observando detenidamente, como si hubiera averiguado algo y atado unos cabos que antes estaban medio sueltos.

—¿Fue un ataque de pánico? —pregunta, y sé que no se refiere a lo que acaba de suceder.

Respondo con un leve asentimiento de cabeza.

—¿Los sufres a menudo? —pregunta Sam, con el ceño fruncido.

—Hace mucho tiempo que no —contesto.

—¿Cuándo comenzaron, Percy?

Parpadeo.

—Pues… —Miro a Charlie fugazmente—. Hace unos doce años.

14

Otoño, trece años antes

Era la primera semana de nuestro último curso de instituto, y estaba sentada con Delilah en la cafetería, con una sonrisa tan radiante que ni una quitanieves podría habérmela arrancado de la cara. Me había comprado un Toyota de segunda mano justo ese finde, y la libertad me tiraba de las comisuras de la boca como si fueran los hilos de una marioneta. Mi padre, asombrado de que hubiera conseguido ahorrar cuatro mil dólares solo en propinas, había accedido a pagar a medias el importe del coche.

—No seas de esas chicas —dijo Delilah, agitando una patata frita delante de mi cara.

Acababa de comentarle mi idea de abandonar el equipo de natación. Aunque los entrenamientos tenían lugar entre semana, casi todas las competiciones se organizaban en sábado o domingo, y tenía planeado pasar cada finde en Barry's Bay con Sam.

—¿Qué chicas? —pregunté, con la boca medio llena de sándwich de atún, justo mientras un guaperas pelirrojo se sentaba frente a Delilah y le tendía la mano.

—No irás en serio —dijo ella, apuntándolo con otra patata frita antes de que le diera tiempo a decir una palabra.

—Soy nuevo aquí —tartamudeó él, y apartó la mano—. Era por saludar.

Delilah me miró como diciendo «¿Te puedes creer esto?» y lo fulminó con la mirada.

—¿Qué pasa? ¿Acaso piensas que, como los dos somos pelirrojos, deberíamos enrollarnos y tener zanahorios juntos? Ni lo sueñes. —Le hizo un gesto con la mano para que se marchara—. Hasta luego.

El chico me miró para comprobar si ella hablaba en serio o no.

—Parece mucho más maja de lo que realmente es. —Me encogí de hombros.

Cuando se fue, Delilah volvió su atención a mí.

—Como te iba diciendo, ni se te ocurra convertirte en una de esas chicas que no tiene nada interesante que decir porque en lo único que piensa es en su novio y lo único que hace es zurcirle los calcetines o cosas así. Esas chicas son un muermo. No te me vuelvas un muermo, Persephone Fraser, o no tendré más remedio que romper contigo.

Me eché a reír, pero ella entrecerró los ojos. No bromeaba.

—Vale —acepté, con las manos en alto—. No dejaré de nadar. Pero Sam no es mi novio. No hemos..., ya sabes, todavía no le hemos puesto etiqueta a lo nuestro. Es muy nuevo.

—No es nuevo. Tiene como un siglo —comentó ella, negando con la cabeza—. Da igual que le pongáis etiqueta o no: estáis juntos —añadió sin quitarme ojo—. Y deja de sonreír tanto. Me estás revolviendo el estómago.

Los fines de semana en los que no tenía natación, cargaba el coche el jueves por la noche y ponía rumbo al norte directamente desde el instituto el viernes a mediodía. Al principio, a mis padres no les hacía mucha gracia, pero me los metí en el bolsillo con argumentos como «Dentro de poco voy a cumplir dieciocho» y «¿Qué sentido tiene tener una cabaña si no la usamos?», y les aseguré que estudiaría mientras estuviera allí. Lo que no les dije fue que también tenía intención de meterle la lengua a Sam hasta el fondo de la garganta en cuanto pudiera estar a solas con él. De todas formas, ya lo sabían.

El día después de que Sam recorriera cada centímetro de mi cuerpo en agosto, Sue se fijó en el chupetón que tenía su hijo en el cuello. Fiel a su característica e inquebrantable honestidad, Sam le reveló quién exactamente se lo había hecho. Sue llamó a mi madre justo antes de mi primer viaje en solitario a la cabaña para cerciorarse de que ella y mi padre estaban al corriente de lo que ocurría. Ella nunca me comentó nada pero, según Sam, Sue le dijo que habíamos comenzado una «relación a nivel físico» y después, hizo que su hijo se pusiera al teléfono para prometerle a mi madre que me trataría con respeto y cariño.

Mis padres nunca habían hablado de sexo conmigo y me quedé estupefacta cuando me enteré de que aquella llamada había tenido lugar. Cuando saqué las cosas de mi bolsa de viaje, dentro había una caja de condones con un pósit donde ponía «Por si acaso» con la letra de mi madre.

Sam trabajaba los viernes, así que normalmente iba derecha a La Taberna a esperar a que terminara su turno. Le tocaba echar una mano a Julien en la cocina porque Charlie se había ido a la universidad. Si a mi llegada el restaurante aún estaba concurrido, me ponía un delantal y limpiaba las mesas o echaba una mano a Glen, el chico con la cara llena de espinillas que había sustituido a Sam en el lavado de platos. Si no había ajetreo, me llevaba los deberes a la barra y estudiaba hasta que Julien le daba permiso a Sam para marcharse.

Como Sam se empeñaba en ducharse después de trabajar, siempre íbamos a su casa. En el trayecto, nos poníamos al día de cómo nos había ido la semana (los entrenamientos de natación, los exámenes de Biología, los dramas de Delilah…) y al llegar subíamos corriendo a la planta de arriba. Teníamos más o menos treinta minutos después de que Sam saliera de la ducha para meternos mano antes de que Sue llegara a casa después del cierre. Dejábamos la luz apagada, un remolino de lenguas, dientes y manos, y cuando los faros delanteros del coche de Sue iluminaban la ventana del dormitorio, nos poníamos la camiseta y bajábamos a toda prisa para meter en el microondas los platos de comida que Julien nos había dado. Cenábamos en la mesa de la cocina, lanzándonos miradas furtivas y dándonos toquecitos con los pies por debajo de la mesa mientras Sue se preparaba la cena. «Sois tan sutiles como un elefante en una cacharrería», nos dijo ella en una ocasión.

Hacia finales de septiembre, las hojas estaban cambiando de color y el agua ya estaba demasiado fría para nadar, así que ideamos una nueva rutina matutina. Yo dormía hasta que Sam llamaba a la puerta trasera después de su entrenamiento. Mientras él preparaba cafés con mucha leche, yo me encargaba de los bagels o cereales y luego desayunábamos en la barra de la cocina, charlando acerca de mi última historia, la nueva novia de Finn (a la que ni Sam ni Jordie soportaban) o las solicitudes de acceso a la universidad, cuyo plazo vencía en enero.

Delilah, Sam y Jordie tenían sus esperanzas puestas en Queens, en Kingston: tenía un precioso campus histórico y figuraba entre las mejores universidades del país. Delilah quería matricularse en Ciencias Políticas; Sam, en el curso preparatorio para Medicina; y Jordie, en Empresariales. Queens era reconocida por esas tres carreras. Sam seguía decidido a sacarse la beca como fuera porque, por mucho que Sue trabajara, no bastaba ni para pagar una parte de los gastos de la matrícula o de la residencia. Yo, a menos que mis notas cayeran en picado, tenía previsto ir a la Universidad de Toronto, tal y como soñaban mis padres, en parte debido a su lealtad hacia la institución y en parte porque el descuento del que se beneficiaban por ser docentes cubriría la mitad de mi matrícula. Iba a solicitar plaza en Lengua y, si me admitían, tenía intención de apuntarme a tantos cursos de escritura creativa como me fuera posible. Aunque la Universidad de Toronto era una magnífica institución, una parte de mí habría preferido estudiar en la misma que Sam. Toronto se hallaba a casi tres horas en coche de Kingston; dos y media si conducía rápido y no había demasiado tráfico. Un parásito de preocupación se había alojado en mi cerebro y me susurraba que lo nuestro no duraría mucho una vez que Sam se fuera a la universidad.

En Acción de Gracias, nuestras respectivas familias se juntaron para la celebración, a la que se sumó Julien, a quien Sue finalmente había logrado convencer para que se uniera a nosotros. Contando a Charlie, que había vuelto a casa a pasar el puente, nos sentamos un total de siete personas a la mesa de los Florek. Entre Charlie y Julien, a Sam y a mí nos llovieron las bromas acerca de nuestra relación, pero nos daba igual. Con las manos entrelazadas por debajo de la mesa, nos hizo gracia el shock inicial de mis padres ante la mordacidad de Julien y las indirectas de Charlie sobre la tasa de embarazos adolescentes.

Volvimos a reunirnos todos en Navidad, pero mis padres regresaron a la ciudad para Nochevieja y yo me quedé trabajando en La Taberna. A medianoche, Sam me condujo escaleras abajo, hasta la cámara frigorífica, y me besó contra las cajas de cítricos.

—Te quiero muchísimo —dijo cuando nos separamos. Su aliento formaba frías nubes de vaho.

—¿Lo juras? —susurré. Él sonrió y besó mi pulsera sobre la cara interna de mi muñeca.

Sue había accedido, previo consentimiento de mis padres, a que pasara la noche en su casa. Cuando todos nos duchamos y nos pusimos el pijama, abrió una botella de prosecco, se sirvió una copa del tamaño de una pecera, se fue a su habitación y nos dejó a Sam y a mí el resto. Pusimos un DVD y nos acurrucamos bajo una manta en el sofá del sótano.

Esperé diez minutos para asegurarme de que Sue no iba a volver a asomarse, y después gateé lentamente hasta Sam y me senté a horcajadas sobre su regazo. Estaba agitada debido al trabajo, y su «Te quiero» y el prosecco burbujeaban en mi interior. Le quité la camiseta y lo besé en el pecho, en el cuello, hasta llegar a su boca, donde mi lengua encontró la suya. Empezó a desabotonarme la camiseta de franela rosa con dedos temblorosos de excitación, y se detuvo al ver que no llevaba nada debajo. Levantó la vista hacia mí. El negro de sus pupilas se había tragado el azul de sus ojos, convirtiéndolos en un océano a medianoche. Salvo por lo que había ocurrido en su habitación en agosto, no habíamos ido más allá de tocarnos sin camiseta, y yo con el sujetador puesto. Desabroché los botones que quedaban.

—Yo también te quiero —susurré, y dejé caer la prenda.

Sam bajó la mirada a mis pechos y noté cómo se le ponía dura debajo de mí.

—Eres perfecta —dijo con voz rasgada, buscando mis ojos de nuevo.

Sonreí y me moví contra él. Me agarró por las caderas, después sus manos subieron a mis pechos y gimió. Me incliné, para quedarnos piel contra piel, y susurré contra su oreja:

—Quiero demostrarte cuánto te quiero.

Metí la mano entre nuestros cuerpos y lo rodeé con los dedos. Se mordió el labio y esperó, con el pecho reverberando por su respiración profunda.

—Vale —dijo, dejando escapar el aire, y me ayudó a bajarle los pantalones—. No voy a aguantar mucho —añadió con voz grave y cavernosa. Me acarició el pecho y me pellizcó la punta rosa—. Podría correrme simplemente viendo que tienes los pezones así de duros.

Lo miré, asombrada. Nunca lo había oído hablar así, y sus palabras provocaron una oleada de calor que me inundó el cuerpo. Tiré de la cinturilla de sus calzoncillos y me ladeé para que pudiera quitárselos mientras yo lo observaba con los ojos como platos. Volví a rodearle con la mano, tanteando con inseguridad. No tenía ni idea de lo que estaba haciendo.

—Enséñame —le pedí, y él puso la mano sobre la mía.

Esa primavera, Sam, Jordie y Delilah recibieron cartas de admisión en Queens. Me alegré mucho por ellos, sobre todo por Sam, que obtuvo una de las pocas becas académicas que cubrirían íntegramente sus estudios. Cuando yo logré entrar en la Universidad de Toronto, tanto mis padres como Sam recibieron la noticia con alegría, pero no pude evitar sentir que me quedaba en tierra mientras todos los demás embarcaban en una nave espacial.

No es que Sam me diera ningún motivo para sentirme así. Nos escribíamos correos constantemente cuando estábamos separados, y hacíamos planes para vernos una vez que ambos estuviéramos en la universidad. Me envió los horarios del tren que operaba entre Kingston y Toronto (el viaje duraba menos de tres horas) y la lista más dulce y friki de librerías y hospitales que debíamos visitar en ambas ciudades.

En abril, Toronto floreció a base de tulipanes y narcisos, y los capullos de las magnolias y las flores de los cerezos comenzaron a abrirse. Sin embargo, en el norte aún quedaban restos de nieve congelada en el arcén de Bare Rock Lane y en el bosque. Mientras Sam y yo recorríamos la vaguada, las botas se nos hundían en las zonas de nieve, de una sorprendente profundidad, y nos resbalábamos en el suelo empapado donde los rayos del sol habían conseguido filtrarse entre las ramas. Se respiraba un olor fresco y terroso, como el de una de las mascarillas caras de barro de mi madre, y el caudaloso torrente de agua corría con tal estrépito que no teníamos más remedio que levantar la voz.

El río se hallaba más tranquilo en las aguas que se arremolinaban en el estanque del árbol caído. Aunque hacía un día radiante, a la sombra de los pinos hacía frío y las cortezas empapadas me calaron los vaqueros. Agradecía que Sam me hubiera convencido para que me pusiera la chaqueta acolchada.

—Va a haber una fiesta por todo lo alto al final de curso —dijo una vez que nos acomodamos. Me ofreció una galleta de avena con trocitos de chocolate y pasas que sacó del bolsillo de su forro polar—. Es justo después de la graduación y, bueno, todo el mundo se pone elegante...

Se apartó el pelo del ojo. Llevaba meses sin cortárselo y le caía sobre la frente en una cascada de ondas y rizos.

—O sea, ¿un baile de fin de curso? —pregunté con una sonrisita.

—Hay un baile, pero no es nada del otro mundo. Esto es como una fiesta de graduación, pero se organiza en el campo, en medio del bosque.

Levantó las cejas como preguntándome «Bueno, ¿qué te parece?».

—Tiene buena pinta. Aprovecha y ve —dije, y le di un mordisco a la galleta.

Él carraspeó.

—Bueno, me preguntaba si querrías venir, siempre que no coincida con tu fiesta de graduación. —Hizo mueca y aclaró—: Ya sabes, como mi cita.

—¿Vas a llevar traje? —Sonreí al imaginarlo.

—Algunos se ponen chaqueta —dijo despacio—. ¿Es eso un sí?

—Si te pones traje, me apunto. —Le di un ligero codazo en las costillas—. Nuestra primera cita.

—La primera de muchas. —Me devolvió el codazo. Mi sonrisa se esfumó—. Habrá más, Percy —prometió, leyéndome el pensamiento, e inclinó la cabeza a la altura de la mía—. Iré a verte a Toronto, y tú vendrás a Kingston… siempre que podamos.

Sentí un picor en la nariz, como si me hubiera tomado una cucharada de wasabi.

—Cuatro años separados es mucho —susurré, jugueteando con mi pulsera.

—¿Para nosotros? No será nada —me aseguró en voz baja y, sin darme tiempo a preguntárselo, enganchó el dedo índice a mi pulsera y le dio un tironcito—. Lo juro. Además, todavía queda tiempo. Tenemos todo el verano por delante.

Pero se equivocaba. No tuvimos todo el verano.

Sam leía libros de texto (¡por gusto!) en su tiempo libre y le habían concedido una beca completa para estudiar una de las carreras más competitivas del país, de modo que no me cabía la menor duda de que era listo. Aun así, me quedé atónita cuando me enteré de que tenía la nota media más alta de su curso.

—Así que eres listo. Pero listo listo —dije cuando me llamó por teléfono para darme la noticia—. ¿Por qué no me lo habías contado?

—Estudio mucho y las clases me resultan bastante fáciles —respondió. Casi alcancé a oír cómo se encogía de hombros—. No es para tanto, en realidad.

Pero sí que lo era. Sacar las mejores notas de su clase en el último curso significaba que se graduaría con honores y, por tanto, tendría que dar un discurso en su graduación.

Puse rumbo a Barry's Bay el día de la ceremonia, en cuya noche se celebraría la fiesta de la que Sam me había hablado, con el vestido sin tirantes blanco que había elegido con Delilah colgado en el asidero del asiento trasero del coche. Mi graduación (un evento sofocante y tedioso que tuvo lugar a media tarde en el campo de fútbol del instituto) había sido unos días antes. Cuando llegué a la cabaña, tuve el tiempo justo para ducharme, cambiarme, maquillarme un poco y recogerme el pelo a un lado en una trenza. Le había pedido a Sam que averiguara qué tipo de calzado llevaban las chicas a una fiesta campestre de postín, así que puse rumbo a la casa de los Florek con unas sandalias plateadas de tiras de estrás.

Charlie estaba de visita al haber terminado su segundo año en la Western, y, cuando me metí por el camino de entrada, los tres Florek estaban sentados en el porche con sus vasos de té con hielo. Era raro verlos juntos en casa tan pronto un viernes por la noche y en verano. Sam, vestido con un traje negro, una camisa blanca y una corbata negra, se levantó de la butaca de mimbre y vino a mi encuentro. Se había cortado el pelo y parecía un James Bond adolescente.

«No me creo que sea mío», pensé al acariciarle los hombros y los brazos, aunque lo que dije fue:

—Supongo que esto me vale.

Él me dedicó una sonrisa que dejaba entrever que era perfectamente consciente del buen aspecto que tenía, y me dio un beso casto en la mejilla antes de que Sue nos hiciera posar para hacernos fotos.

Nada más poner un pie en el instituto, me quedó claro que Sam no solo era un cerebrito, sino que caía bien. No me extrañó. Yo ya sabía que era increíble; pero no era consciente de que los demás también se habían dado cuenta. Los tíos le chocaban los cinco o le daban apretones de manos y palmadas en la espalda; y varias chicas le echaron los brazos al cuello suspirando cosas como «No puedo creer que todo haya terminado», sin dignarse a mirarme. Conocía un poco a Jordie y a Finn, pero este otro mundo del que él formaba parte, o tal vez del que era el centro, era totalmente ajeno a mí.

En cierto sentido, seguía viendo a Sam como aquel chaval flacucho que conocí, un chico al que le costaba relacionarse con sus compañeros de clase desde la muerte de su padre y luego un adolescente demasiado ocupado para salir de fiesta a menos que yo le insistiera. Sin embargo, verlo subir al estrado con su toga y su birrete, vitoreado por sus compañeros de clase, fue como contemplar su metamorfosis en un instante. Pronunció su discurso con voz clara y grave, y fue autocrítico, gracioso, optimista y absolutamente encantador. Me sentí cautivada y orgullosa, pero al levantarme para aplaudir junto con el resto de los asistentes una semilla de temor germinó en mi interior. Sam había estado cuidadosamente escondido, a buen recaudo para mí, en Barry's Bay, pero en septiembre formaría parte de un mundo mucho más grande…, y, seguramente, las infinitas oportunidades que se abrirían ante él lo absorberían.

—¿Estás bien? —me preguntó en voz baja mientras Charlie nos llevaba en su camioneta a la fiesta. Íbamos los tres apretujados como sardinas en lata en el asiento delantero.

—Sí, es que estaba pensando en lo rápido que va a pasar este verano —contesté, mientras contemplaba cómo el bosque se iba haciendo más frondoso en las inmediaciones de la carretera—. Al menos nos quedan todavía dos meses más —le dije con una sonrisa. Justo entonces Charlie masculló algo por lo bajini—. ¿Qué acabas de llamarme? —le solté.

—No era a ti.

Miró a Sam de reojo, pero ninguno dijo nada más.

Cuando llevábamos casi veinte minutos de trayecto, Charlie giró por una carretera de tierra que atajaba por el bosque y que a continuación, de sopetón, se abrió a un paisaje de campos ondulados. Aunque el sol ya se había puesto, había suficiente luz como para distinguir una granja antigua y graneros situados en una loma al final del camino. Había decenas de coches aparcados en filas en la hierba, un pequeño escenario con luces y una cabina de DJ colocada al borde de uno de los pastos. Charlie paró delante de la granja, donde dos chicas estaban sentadas junto a una mesa plegable con una caja de caudales y un montón de vasos de plástico rojos. Con veinte pavos pagabas la entrada y el vaso para llenarlo en los barriles de cerveza.

—Os recojo aquí a la una —dijo Charlie, y nada más bajarnos salió disparado, levantando una nube de polvo.

El aire olía a hierba fresca y a desodorante Axe. Había muchas personas pululando por los campos, más que los estudiantes del curso de Sam que se habían graduado. Tal como me dijo, las chicas llevaban chanclas o sandalias con los vestidos, algunos de los cuales eran los típicos de fiesta de graduación, largos hasta los pies, pero otras los llevaban más informales, de algodón y veraniegos. Casi todos los chicos llevaban pantalones de vestir y camisas, menos unos pocos, como Sam, que iban de chaqueta. Después de llenar nuestros vasos, nos fuimos en busca de Jordie y Finn, pero las únicas luces que había eran las del escenario y, a menos que te pusieras justo delante, tenías que aguzar la vista para reconocer la cara de la gente bajo la tenue luz azul.

Cada dos por tres, alguien abordaba a Sam para elogiarle por su fantástico discurso. Conseguimos llegar al escenario, viendo cómo algunos, con varias copas de más, bailaban colgados de los hombros de sus parejas. Ya llevaba varias cervezas cuando me di cuenta de que no había urinarios portátiles y de que las chicas se metían con disimulo en el bosque a ponerse en cuclillas. A partir de ese momento bebí con más calma, pero al final no tuve más remedio que hacer pis entre los arbustos, como las demás.

—Ha sido una experiencia única —le comenté a Sam al volver.

Las luces rojas del escenario iluminaban su sonrisa de cuatro cervezas y sus ojos aletargados.

—Baila conmigo —me pidió, y me pasó los brazos alrededor de la cintura.

Nos balanceamos lentamente, a pesar de que la música que sonaba era un tema cañero de discoteca.

—Sé que ya te lo ha dicho un montón de gente esta noche —le dije, con los dedos enredados en el pelo que le cubría la nuca—, pero tu discurso ha sido una pasada. Pensaba que yo era la escritora de esta relación. ¿Qué más secretos me ocultas, Sam Florek? —bromeé, pero la sonrisa se le borró de la cara al oírlo—. ¿Qué pasa? —pregunté. Él apretó los labios y me dio un vuelco el corazón—. Sam, ¿qué pasa? ¿Me estás ocultando algo de verdad?

Dejé de moverme.

—Vamos a un sitio más tranquilo —dijo.

Me cogió de la mano y nos alejamos del escenario en dirección a un cúmulo de peñascos. Tiró de mí para rodearlos y se pasó la mano por el pelo.

—Sam, me estás asustando —insistí, tratando de mantener la voz firme. La cerveza se me estaba subiendo a la cabeza—. ¿Qué pasa?

Respiró hondo y se metió las manos en los bolsillos.

—Me han aceptado en el curso intensivo de pregrado para Medicina.

—¿Qué curso intensivo? —repetí—. No me dijiste que lo habías solicitado.

—Lo sé. Es que era una posibilidad remota. Solo aceptan a doce estudiantes de primer curso. En ningún momento pensé que lo conseguiría.

—Bueno, qué bien —dije, arrastrando las palabras—. Estoy orgullosa de ti, Sam.

—Percy, el caso es que... —Titubeó y basculó el peso del cuerpo de un pie a otro—. Comienza pronto. Tengo que marcharme dentro de tres semanas.

Un chorro de ácido sulfúrico me recorrió la columna.

—¿Tres semanas? —repetí. Tres semanas no era nada de tiempo. ¿Cuándo vería a Sam a partir de entonces? ¿En Acción de Gracias? Cerré los ojos con fuerza. Todo estaba empezando a darme vueltas—. Tengo ganas de vomitar —dije en tono quejumbroso.

—Siento no habértelo dicho antes. Debería haberlo hecho, pero sabía las ganas que tenías de que pasáramos el verano juntos —explicó, y me cogió de la mano.

—Pensaba que no era la única —masculló y, acto seguido, vomité encima de sus flamantes zapatos de vestir.

Charlie me echó un único vistazo cuando me subí a la camioneta, con churretones de rímel sobre las mejillas por culpa de las lágrimas, y le dijo a Sam:

—Por fin se lo has dicho, ¿eh?

Sam le lanzó una mirada asesina y nadie dijo una palabra durante el trayecto.

Las tres semanas pasaron como si fueran tres segundos. Al miedo que enraizó en mis pies le crecieron ramas que se extendieron hasta mis hombros y mis brazos. Sam se pasó gran parte del tiempo enfrascado en varios libros de texto, como si estuviera preparando un examen importante. Se negó a que nos saltáramos la tradición anual de cruzar el lago a nado, y yo me empeñé en hacerlo el día antes de que se fuera a la universidad. Hacía una mañana preciosa y soleada. Empecé a calentar y a estirar. Desde que había entrado en el mundo de la natación deportiva, cruzar el lago ya no suponía un reto como antes. Llegué entumecida a la otra orilla, doblé las rodillas contra el pecho y bebí a grandes tragos el agua que Sam había traído para mí.

—¡Ha sido tu mejor marca hasta ahora! —exclamó con entusiasmo cuando terminé. Me rodeó con el brazo para pegarme a su costado—. Pensé que no iba a ser capaz de seguirte el ritmo.

Solté una risa amarga.

—Tiene gracia —comenté, y me fastidió mi tono rencoroso—. A mí me da la sensación de que soy yo la que se queda atrás.

—No lo dices en serio, ¿verdad?

Evité su mirada, pero noté la inquietud en su tono de voz.

—¿Qué se supone que debo pensar, Sam? No me dijiste que habías solicitado el curso ese. Ni que te habían admitido. —Me tragué las lágrimas—. Entiendo que tengas ganas de hacerlo, y es increíble que hayas conseguido plaza. Pero me duele que me lo hayas ocultado justo hasta el último momento. Me duele mucho. Me hace sentir que lo que tenemos es unilateral.

—¡Para nada! —exclamó con voz quebrada. Tiró de mí para colocarme frente a él en su regazo y me sujetó la cabeza entre las manos para impedir que apartara la mirada—. Dios, por supuesto que no es así. Eres mi mejor amiga. Eres mi persona favorita.

Me besó, abrazándome contra su pecho desnudo. Tenía la piel cálida y sudorosa, y olía tanto a verano, a Sam, que me dieron ganas de hacerme un ovillo dentro de él.

—Hablaremos a todas horas.

—Siento que no voy a volver a verte casi nunca —reconocí, y él me miró con lástima, pero también como si por fin entendiera que mi miedo era ridículo e infundado.

—Solo es la universidad —dijo, y me besó en la coronilla mojada—. Algún día te resultará imposible librarte de mí. Te lo prometo.

Sue y Sam salieron temprano a la mañana siguiente. Charlie y yo dijimos adiós con la mano desde el porche mientras las lágrimas resbalaban por mis mejillas.

—Venga —dijo él cuando el coche se alejó, y me rodeó los hombros con el brazo—. Vamos a dar un paseo en barco.

Charlie resultó ser mucho menos cretino cuando no tenía a Sam delante para chincharle. Para gran desconcierto de mis padres, decidí hacer turnos extra en La Taberna. Incluso cuando no trabajaba, Charlie me llevaba en el barco. La mayoría de los días venía a mi encuentro a nado cuando yo bajaba al lago para ver qué tal me encontraba.

No estaba bien. Pasó más de una semana sin que recibiera noticias de Sam, a pesar de que al final se había comprado un móvil antes de marcharse a Kingston. Yo ya sabía que no era dado a mandar mensajes, pero no le encontraba explicación a que no hubiera respondido ninguno de mis «CÓMO ESTÁS?», «TE ECHO DE MENOS» o «PODEMOS HABLAR???». Y, cuando lo llamaba al teléfono de su habitación, no contestaba.

Charlie me lanzaba miradas interrogantes cada vez que entraba a la cocina a por una comanda. Una noche, de camino a mi casa, apagó el motor en medio del lago y se ladeó para mirarme.

—Suéltalo.

—¿El qué?

—No lo sé, Pers. Dímelo tú. Sé que estás de bajón porque Sam se ha ido, pero pareces un alma en pena, como la señorita Havisham.

—No me creo que sepas quién es la señorita Havisham —mascullé.

—Que te den.

Suspiré.

—Todavía no ha dado señales de vida. Ni un correo. Ni una llamada.

Charlie se frotó la cara.

—Creo que todavía no tiene instalado internet. Y mi madre te dijo que había llamado a casa. Está bien.

—Pero ¿por qué no me llama? —gimoteé, y Charlie se rio.

—Ya sabes lo caras que son las llamadas de larga distancia, Pers.

—¿Y un mensaje?

Charlie suspiró y vaciló.

—Vale, ¿quieres saber lo que pienso?

—No sé si quiero.

Lo miré con recelo. Uno nunca sabía qué esperar de Charlie.

—Sinceramente, pienso que mi hermano ha sido un cobarde por callarse lo del curso. —Hizo una pausa—. Y si fuera yo, te habría llamado nada más llegar a Kingston.

—Gracias —dije, sonrojada.

—A Sam se le ha metido en la cabeza que le perteneces. No en plan posesivo… Está seguro de que estáis destinados a estar juntos y que lo vuestro funcione. Y yo opino que eso es una gilipollez.

Me quedé blanca.

—¿No crees que vaya a funcionar? —pregunté con un hilo de voz.

—No creo que nada esté destinado a ser —afirmó en tono rotundo—. Ya la cagó cuando te echaste ese novio jugador de hockey. Espero que esta vez luche por ti —añadió, y arrancó el motor—. O si no, otro lo hará.

15

En la actualidad

Me escapo al coche para retocarme el maquillaje y pasar unos minutos a solas. Ha sido horrible sufrir un ataque delante de Sam y Charlie, pero el hecho de que Jordie y Finn me hayan visto a cuatro patas es todavía más humillante. Me frustra no haber sido capaz de reconocer las señales a tiempo para buscar un lugar tranquilo en el que venirme abajo en vez de lo que he hecho: asumir que el corazón me iba a explotar y multiplicar mi pánico por mil.

Me estoy echando una capa fresca de corrector en las ojeras cuando mi teléfono vibra. Ya no puedo ignorar más el nombre que aparece en pantalla.

—¿Sí?

—¡P! —exclama Chantal—. ¿Estás bien? Llevo todo el día llamándote.

Hago una mueca al recordar el mensaje que le envié esta mañana.

—Perdona, es que… me he liado un poco por aquí. Estoy… —Me quedo a medias, porque no tengo ni idea de cómo estoy.

—Persephone Fraser, ¿estás de coña? —dice en tono estridente—. No puedes enviarme un mensaje diciéndome que necesitas ayuda, que necesitas hablar inmediatamente, y luego no responder al teléfono. Me he vuelto loca intentando localizarte.

Pensaba que te había dado un ataque de pánico, que te habías desmayado por ahí en el bosque y que te había comido un oso, un zorro o algo.

Me rio.

—No estás del todo equivocada.

La oigo trajinar en la cocina y llenar un vaso. De vino tinto, sin duda. Toma vino tinto cuando se agobia.

—No te rías —bufa, irritada. A continuación, en un tono más suave, pregunta—: ¿Qué quieres decir con que no estoy equivocada? ¿Estás perdida en medio del bosque?

—No, claro que no. Estoy en el coche —respondo vacilante.

—¿Qué pasa, P? —Su voz ha recuperado su cadencia aterciopelada natural.

Me muerdo la cara interna de la mejilla y luego decido arrancar la tirita de un solo tirón.

—He tenido un ataque de pánico hace un rato, en el velatorio. No importa.

—¿Cómo que no importa? —Chantal levanta tanto el tono de voz que bajo el volumen de mi teléfono—. No has tenido uno en años y ahora ves al amor de tu vida por primera vez en una década en el funeral de su madre, una mujer que, si no recuerdo mal por lo que me has contado, era como una segunda madre para ti, te da un ataque de pánico en su velatorio y dices que «no importa»? ¡Sí que importa!

Balbuceo algo.

—P —continúa en un tono más bajo, pero con la misma contundencia—. Crees que no me doy cuenta, pero te equivocas. Veo cómo mantienes las distancias con todo el mundo. Veo lo poco que te importan los gilipollas pretenciosos con los que sales. Y, a pesar de que has enterrado tus mierdas con Sam bajo otros montones de mierda, sé que esto importa, joder.

Me quedo estupefacta.

—Pensaba que Sebastian te caía bien —murmuro.

Chantal deja escapar una risa suave.

—¿Te acuerdas de cuando nos fuimos los cuatro de *brunch*? La camarera nos estaba ignorando y tú te levantaste para ir al baño. Y le dijiste a Sebastian que pidiera por ti si ella se acercaba a la mesa.

Le digo que sí lo recuerdo y continúa:

—Terminó pidiéndote un plato enorme de tortitas con pepitas de chocolate. No te gusta desayunar dulce, pero no dijiste nada: te limitaste a darle las gracias. Te comiste media tortita y él ni siquiera se dio cuenta.

—Simplemente fue un desayuno… —digo en voz baja.

—No hay nada simple en lo tocante a la comida —replica Chantal, y a pesar de todo me hace gracia. Sue y Chantal habrían congeniado. Suelta un gran suspiro y añade—: Me refiero a que, a pesar de que estabas con Sebastian desde hacía meses, él no te conocía y tú no pusiste de tu parte para que te conociera. No me gustó.

No sé qué decir.

—Cuéntame qué está pasando —insiste Chantal tras un momento de silencio.

Chantal, la que averiguó mi estrategia en cuanto a relaciones en un *brunch* cualquiera. Así que lo hago. Se lo cuento. Se lo cuento todo.

—¿Vas a decírselo? —pregunta una vez he terminado—. ¿Toda la verdad?

—No sé si merece la pena remover el pasado de nuevo solo para dejar de sentirme culpable —respondo.

Chantal emite un murmullo por lo bajo que da a entender que no está de acuerdo.

—Seamos sinceras: esto no va de que te sientas mejor. Nunca has pasado página.

Para cuando vuelvo a entrar, casi todos los invitados ya se han marchado. Dolly y Shania han dejado de cantar, y Sam, Charlie, sus abuelos y un reducido grupo de tías, tíos y primos han juntado varias mesas y están sentados con copas de vino y coñac. Sam y Charlie parecen cansados, pero sobre todo aliviados; la tensión ha desaparecido de sus hombros. Dejo a los Florek rememorando los viejos tiempos, saco un delantal rojo del armario de la mantelería y una bandeja de detrás de la barra y empiezo a recoger los platos y vasos sucios para llevárselos a Julien, que está encorvado sobre el lavaplatos en la cocina.

Llevamos trabajando en silencio casi una hora y estamos terminando con los últimos cacharros cuando Julien, sin apartar los ojos de los cubiertos, dice:

—Siempre me pregunté adónde te fuiste.

—No me fui a ninguna parte, en realidad. Es solo que no volví. Mis padres vendieron la cabaña.

Transcurren unos segundos.

—Los dos sabemos que no es por eso por lo que desapareciste —dice, y me quedo pensativa. Seco el último tenedor y, cuando me dispongo a preguntarle a qué se refiere, continúa—: Estábamos todos de acuerdo en que tenías que venir. —Se vuelve hacia mí y me traspasa con la mirada—. No desaparezcas de nuevo.

—¿Qué quieres decir con que todos...? —empiezo a decir.

Justo en ese momento la puerta se abre de sopetón y Sam entra con media docena de copas sucias. Se detiene en seco al vernos y la puerta le golpea en el hombro al cerrarse. Se fija en el delantal y el paño de cocina que tengo en la mano.

—Menudo *dèjá vu* —dice con una media sonrisa cansada.

Parece algo aturdido. Se ha quitado la chaqueta, se ha aflojado el nudo de la corbata y lleva desabrochado el botón del cuello de la camisa.

—Sigo en forma —digo, y hago un ademán hacia mi delantal con la mano en la cadera mientras noto cómo me mira Julien—. Ya sabes a quién acudir si necesitáis personal.

Julien resopla.

—Solo es un poco menos negada que tú a la hora de lavar platos —le dice a Sam justo cuando Charlie entra con unas cuantas copas de coñac vacías.

—Se ha marchado todo el mundo. Estas son las últimas —anuncia, y mete las copas en el lavaplatos—. Muchas gracias por recogerlo todo, a los dos. Y a ti por organizar todo esto, Julien. Ha sido tal y como mi madre quería.

Me roza al pasar para darle un abrazo a Julien; huele a coñac y a los cigarrillos de los que ha disfrutado. Sam sigue su ejemplo y tira de mí para abrazarme, susurrándome un «Gracias» al oído que me arropa como una toalla cálida sobre hombros mojados.

—Largaos de aquí —dice Julien—. Ya termino y cierro yo.

Charlie echa un vistazo a las relucientes encimeras de acero inoxidable.

—A mí me parece que está perfecto. ¿Por qué no nos vamos todos y volvemos a casa? Podemos pillar una pizza de camino. Yo no he probado bocado.

Julien niega con la cabeza.

—Gracias, pero id vosotros —dice, y añade con voz bronca—: Y que conduzca Percy. Vosotros, no estáis en condiciones.

Como ninguno hemos comido durante el velatorio, hacemos una parada en el Pizza Pizza para recoger un par de pizzas de camino a casa de los Florek. Menos mal que Julien me ha pedido que los lleve. Todavía no estoy preparada para decirles adiós.

Estoy más tranquila después de haber hablado con Chantal. No me ha dado ningún consejo: se ha limitado a escucharme mientras la ponía al corriente de los últimos días y me ha dicho que no me sienta mal por lo que pasó con Sam en la camioneta. Cada cual sobrelleva el duelo a su manera.

Tal vez lo de esta mañana haya sido solo eso: un consuelo en un momento amargo. Me digo que, si ese es el caso, si eso es todo lo que Sam necesita de mí, puedo hacerme a la idea.

—Qué raro es esto —comenta Charlie desde el asiento trasero de la camioneta—. Vosotros delante y yo detrás. Siempre os sacaba yo por ahí.

—Nos sacabas de quicio, querrás decir —replica Sam, y nos cruzamos la mirada.

Está sonriendo, como yo, y por un segundo parece que solo estamos los dos, de que siempre hemos sido solo los dos. Pero la existencia de Charlie en el asiento trasero, y la de Taylor dondequiera que esté, disipan el momento.

—Oye, cuéntanos lo de esos ataques de pánico, Pers. ¿Estás de psiquiátrico o qué? —pregunta Charlie.

—Charlie. —El tono de Sam es tan duro como el cemento.

Echo un vistazo por el espejo y miro a Charlie a los ojos. No aprecio ningún brillo malicioso, solo preocupación y cariño.

—Me dejaron salir solo para el funeral —le digo. Se ríe, pero las arrugas de su entrecejo se han convertido en desfiladeros—. Tengo un poco de ansiedad —explico, y vuelvo la vista a la carretera. Espero a sentir la familiar presión en el pecho, pero no llega, así que prosigo—: Normalmente la tengo bajo control… Ya sabéis, con terapia, ejercicios de respiración, mantras… En fin, el paquete básico de bienestar de una chica blanca y privilegiada. Aun así, a veces se me va de las manos. —Cruzo de nuevo la mirada con la de Charlie a través del retrovisor y esbozo una tenue sonrisa—. Pero estoy bien.

—Me alegro, Percy —dice Sam.

Lo miro un instante, esperando ver lástima en su expresión, pero no la encuentro. Me sorprende lo fácil que me resulta sincerarme con los dos.

Cuando llegamos a la casa, se cambian de ropa, cogemos unas cervezas de la nevera, nos llevamos la pizza al porche y empezamos a comer directamente de la caja, con papel de rollo de cocina en vez de platos. Devoramos los primeros trozos en completo silencio.

—Me alegro de que haya terminado todo esto —comenta Charlie cuando deja de masticar para coger aire—. Ahora solo queda esparcir las cenizas.

—Creo que no estoy preparado para eso —confiesa Sam.

Bebe un sorbo de cerveza y mira hacia el lago, donde un chico y una chica están trepando a la balsa de los Florek.

—Ni yo —reconoce Charlie.

El sonido de los gritos y los chapuzones procedentes del lago llega hasta nosotros.

—Son los hijos de la familia que vive en la cabaña de al lado —explica Sam, al ver que me fijo en ellos—. La tuya.

Los dos son de pelo oscuro, el chico un poco más alto que la chica.

—¡Ni se te ocurra! —grita ella justo antes de que él la tire de la balsa de un empujón. Cuando ella vuelve a subir, les da un ataque de risa.

—¿Hasta cuándo te quedas aquí, Charlie? —pregunto.

—Hasta dentro de una semana más o menos —responde—. Aún tenemos que hacer un par de gestiones. —Doy por sentado que se refiere a la casa y al restaurante, pero no pregunto: la idea de que vendan este lugar es casi tan deprimente como cuando perdí mi cabaña, pero no es asunto mío—. ¿Y tú qué, Pers? ¿Cuándo te marchas?

—Mañana por la mañana —contesto, mientras arranco la etiqueta del botellín de cerveza. Ninguno de los dos dice nada, y el silencio enrarece el ambiente—. ¿Ya ha vuelto Taylor a Kingston después del funeral? —pregunto para cambiar de tema y porque no puedo evitar pensar que debería ser ella quien estuviera sentada aquí en este preciso instante. Sam murmura un «Sí», pero Charlie frunce el ceño—. Qué lástima —digo, y alargo la mano para coger otro trozo de pizza.

—¿Estás de puta coña, Sam? —brama Charlie.

Su voz me sobresalta, y recojo el brazo tan rápido que golpeo un botellín medio lleno y se derrama en mi regazo.

—¡Mierda!

—No es asunto tuyo, Charlie —le espeta Sam a su hermano mientras yo me levanto para sacudirme la cerveza del vestido. Es como si se hubieran olvidado de mi presencia.

—¡Es increíble! —grita Charlie—. Estás haciendo lo mismo otra vez. Eres un maldito cobarde.

Los orificios de la nariz de Sam se ensanchan con cada respiración pausada antes de contestar en voz baja:

—Tú no tienes ni idea de lo que estoy haciendo.

—Tienes razón: no tengo ni idea —replica Charlie, y empuja hacia atrás su silla con tal fuerza que la vuelca.

—¡Por Dios, Charlie! —grita Sam—. Sabe que Taylor y yo no estamos juntos, ¿vale? Y tampoco es que sea asunto tuyo.

—Tienes razón, no lo es —responde Charlie, cortante.

Su pecho sube y baja mientras respira pesadamente y el enfado emana de él.

—¿Charlie? —Doy un paso hacia él—. ¿Estás bien?

Se vuelve hacia mí como sorprendido de encontrarme ahí de pie. Se le suaviza la mirada.

—Sí, Pers. Estoy bien, o lo estaré cuando me líe un porro y me dé un buen paseo —dice, y se dispone a entrar en la casa—.

Dale algo de ropa seca —le dice a Sam por encima del hombro, antes de irse.

Recojo los trozos de papel de cocina sucios y los botellines vacíos con manos temblorosas, sin mirar a Sam.

—Dame —dice.

Me quita los botellines vacíos, agachándose para quedar a mi misma altura. Si se tratara de otra persona, diría que está demasiado tranquilo para haber tenido una bronca con su hermano hace unos segundos, pero su comportamiento es cien por cien Sam y, además, veo el rubor intenso que cubre sus mejillas.

—¿Seguro que está bien? —pregunto.

—Sí —suspira, y mira en dirección a la puerta corredera tras la que ha desaparecido Charlie—. Opina que no he cambiado nada desde que éramos críos, pero se equivoca. —Me mira lenta y detenidamente. Está sopesando si seguir hablando o no—. Pero tiene razón en que necesitas algo seco que ponerte.

—No puedo ponerme ropa de ella, Sam —le digo con la voz tan temblorosa como mis manos.

—De acuerdo —responde, y hace un ademán con la cabeza en dirección al interior de la casa—. Puedes ponerte algo mío.

En cierto sentido, todo este viaje ha sido como atravesar un portal del tiempo. Aun así, no estoy preparada para la oleada de nostalgia que me embarga cuando entro con Sam en su antiguo dormitorio: las paredes azul oscuro, la lámina con el diagrama del corazón, el escritorio, la cama individual, que parece mucho más pequeña que antaño…

Me da unos pantalones de deporte y una camiseta.

—Te dejo para que te cambies —dice, y cierra la puerta al salir.

Me sobran unas seis tallas de la ropa de Sam. Me remango las mangas de la camiseta y me la anudo a la cintura, pero no puedo hacer gran cosa con los pantalones excepto apretarme el cordón y remangarme los bajos.

—Te vas a reír cuando me veas —anuncio en voz alta.

Una caja amarilla y roja que hay en la repisa superior de la estantería atrae mi mirada. Ya no está colocada en vertical, con la tapa a la vista, pero no obstante ahí está. La estoy cogiendo cuando Sam vuelve a la habitación.

—Me parece increíble que aún lo tengas —digo, mostrándole la caja de *Operación*.

—¿Sabes qué…? El vestido aquel te sentaba de miedo, pero este estilo te queda mucho mejor. —Esboza una sonrisita irónica y señala hacia los pantalones—. Sobre todo por la entrepierna holgada.

—Deja mi entrepierna en paz —digo. Levanta una ceja a modo de respuesta—. Cállate —mascullo.

Él me quita la caja de las manos y la devuelve a la estantería.

—¿O te apetece jugar? —pregunta.

Niego con la cabeza.

—¿Qué más sigues conservando? —me pregunto en voz alta, inclinándome más hacia los estantes.

—Prácticamente todo —responde Sam a mi lado—. Mi madre nunca guardó mis cosas, y yo no las he tocado desde que volví.

Me pongo en cuclillas delante de las novelas de Tolkien y me siento con las piernas cruzadas sobre la moqueta.

—Nunca lo terminé —comento, dándole un toquecito con el dedo a *El hobbit*, y levanto la vista hacia Sam. Me observa con expresión tensa.

—Lo recuerdo —dice en voz queda—. Cantaban demasiado.

Se arrodilla junto a mí, con el hombro rozando el mío, y yo me recoloco nerviosamente el pelo para que me caiga sobre la cara a modo de escudo entre nosotros. Deslizo los dedos sobre los gruesos tomos de medicina. Mis dedos se detienen sobre el libro de texto de anatomía al recordar lo que sucedió en esta habitación cuando teníamos diecisiete años.

Mi cerebro da forma al pensamiento y nada lo detiene hasta que sale por mi boca.

—Fue lo más sexy que me ha pasado en la vida —Y, acto seguido—: Mierda.

Mantengo los ojos clavados en el estante, deseando morir sepultada bajo una avalancha de libros de ciencias desfasados. Sam deja escapar una bocanada de aire que suena casi como una risa y me aparta el pelo por detrás del hombro.

—He aprendido alguna que otra técnica más desde entonces —dice en voz baja y lo bastante cerca de mí como para sentir sus palabras sobre mi mejilla. Pongo las manos sobre mis muslos, a buen recaudo.

—Seguro —respondo, sin apartar la vista de los libros.

—Percy, ¿puedes mirarme?

Cierro los ojos durante un instante, pero después lo miro y me arrepiento. Su penetrante mirada se posa en mi boca y, cuando vuelve a mis ojos, los suyos se han oscurecido de deseo.

—Siento lo de esta mañana —digo sin pensar—. No debería haber ocurrido.

Manoseo el cordón de los pantalones.

—Percy —vuelve a pronunciar mi nombre y me sujeta la cara con las manos para impedir que rehúya su mirada—. Yo no lo siento.

—¿A qué te referías cuando dijiste que sí que habías cambiado desde que éramos unos críos? —pregunto, en parte porque me interesa saberlo, pero también para ganar tiempo.

Él respira hondo y me acaricia las mejillas hasta llegar a mi cuello, donde sus pulgares trazan la línea de mi mandíbula.

—Ya no doy por sentadas ciertas cosas… ni a las personas. Y sé que el tiempo no es eterno. —Sonríe un poco, tal vez con tristeza—. Creo que eso es algo que Charlie siempre tuvo presente, quizá porque era más mayor cuando mi padre falleció.

Según él, estaba perdiendo el tiempo con Taylor, pero yo creo que más bien estaba siguiendo el camino más fácil.

—¿Pero no es eso bueno? ¿Qué una relación sea fácil, que no haya roces entre dos personas? —pregunto.

Su respuesta es rápida y rotunda.

—No.

—¿Por qué rompiste con ella?

—Ya lo sabes.

En vez de sentirme aliviada, vuelvo a notar que el pánico me hace sudar. El corazón se me acelera. Intento negar con la cabeza, pero él me la sujeta con firmeza entre las manos y después se agacha despacio y posa su boca tan suavemente sobre la mía que apenas llega a ser un beso, un susurro. Se aparta unos milímetros.

—Me vuelves loco, ¿sabes? Siempre lo has hecho. —Me besa de nuevo con tanta delicadeza que mi corazón se relaja un poco, como si supiera que está a salvo, y mis pulmones deben de estar de acuerdo porque se me escapa un suspiro—. Nunca me he reído tanto con nadie como contigo. Jamás he tenido una amistad tan profunda con nadie como la que tuve contigo.

Me coge las manos para ponerlas alrededor de su cuello, tira de mí y nos quedamos de rodillas. Necesito decirle que tenemos que hablar antes de que esto siga adelante, pero me abraza con fuerza contra su pecho y mis huesos, mis músculos y todas las articulaciones que los mantienen unidos se disuelven y me derrito entre sus brazos.

Me suelta lo justo para retirarme el pelo de la oreja y susurrarme al oído:

—Llevo más de diez años tratando de olvidarte, pero ya no quiero seguir intentándolo.

No me da tiempo a responder. Tengo sus labios sobre los míos y sus manos enredadas en mi pelo, y sabe a pizza, a noches de películas y a descansos sobre la arena después de nadar. Me tira del labio inferior y, cuando gimo, noto que sonríe.

—Creo que yo también te vuelvo loca —dice contra mi boca.

Tengo ganas de subirme encima de él, de consumirlo y de que me consuma. Meto las manos por debajo de su camiseta, sobre los músculos de la parte baja de su espalda, y tiro de él con fuerza. Más que oír su gemido, lo siento por todo el cuerpo. Se deshace primero de su camiseta y después de la mía, tirándolas al suelo mientras yo me quedo mirando su piel bronceada. Le acaricio el vello claro del pecho y luego bajo las manos a su estómago, memorizando cada surco.

—No está mal, doctor Florek —susurro, sin aliento.

Sin embargo, cuando levanto la vista hacia él y veo su sonrisa torcida y el azul cielo de sus ojos, tan familiar, me siento tan en casa que sé que he de contárselo, aunque con ello vuelva a perderlo. Dejo caer las manos a mis costados.

—¿Qué pasa?

Me mira con ojos inquisitivos.

—Tenemos que hablar.

Miro al techo, pero no antes de que dos gruesas lágrimas resbalen por mis mejillas. Me las limpio.

—No hace falta que digas nada —asegura, cogiéndome la mano, pero yo niego con la cabeza.

—Tengo que hacerlo. —Aprieto sus dedos con fuerza—. Hace doce años, me pediste que me casara contigo —susurro. Respiro.

—Lo recuerdo —dice con una sonrisa triste.

—Y yo me alejé de ti.

—Sí —dice con voz ronca—. También lo recuerdo.

—Necesito que sepas por qué tuve que rechazarte a pesar de lo mucho que te quería, a pesar de que lo único de deseaba era decirte que sí.

Sam me rodea con los brazos y tira de mí, su pecho cálido pegado contra el mío.

—Yo también deseaba que me dijeras que sí.

Presiona los labios contra mi hombro, dejando un beso ahí marcado.

—Hoy te he oído hablando con Jordie y con Finn sin querer —digo contra su piel, y siento cómo se tensa. Lo miro a los ojos—. Parecía que hablabais de nosotros.

—Sí.

—¿A qué se referían cuando dijeron que estabas fatal después de lo que pasó?

—Percy, ¿de verdad quieres hablar de esto ahora? Porque yo preferiría hacer otra cosa.

Me besa con suavidad.

—Quiero saberlo. Necesito saberlo.

Suspira y frunce el ceño.

—Pasé una mala racha, eso es todo. Los chicos estaban al corriente. Jordie fue a la universidad conmigo, ¿te acuerdas? Fue testigo de todo: de las fiestas, del alcohol… Esas cosas. Se preocupan por mí, eso es todo.

Me da la impresión de que no me ha contado toda la verdad, y Sam nota mi sospecha.

—Es cosa del pasado, Percy —añade.

Y, aunque sé que no lo es, al menos no para mí, cuando me aparta el pelo del cuello y me besa justo por encima de la clavícula, echo la cabeza hacia atrás y enredo las manos en su pelo para sujetarle contra mí.

—Sam, para —logro decir al cabo de unos instantes.

Él se detiene y apoya la frente contra la mía.

—No soy lo bastante buena para ti —le digo—. No te merezco. Ni merezco tu amistad. Y mucho menos algo que vaya más allá de la amistad.

Hago amago de continuar, pero él pone dos dedos sobre mi boca y me mira con intensidad.

—No hagas esto, Percy. No te alejes otra vez —suplica—. Quiero esto. —Se le acelera la respiración y arruga el entrecejo con gesto interrogante—. ¿Tú no?

—Más que nada —respondo, y eleva una de las comisuras de la boca. Lleva mis manos hacia sus labios y las besa sin apartar los ojos de los míos.

—Entonces, déjame tenerte —dice.

Y, aunque no sé si se refiere a este momento o para siempre, en cuanto pronuncio el sí empieza a besarme.

El beso es apasionado y torpe. Cuando nuestros dientes chocan, ambos nos echamos a reír.

—Joder, Percy. Te tengo tantas ganas —dice, y me muerde el labio inferior, provocando que un estremecimiento me recorra de arriba abajo. Conforme va moviendo la boca hacia abajo, me mordisquea la clavícula—. Me he pasado noches en vela pensando en estas pecas —musita, mientras besa la constelación de puntitos marrones que decora mi pecho.

No me doy cuenta de que me desabrocha el sujetador y, cuando me baja los tirantes por los hombros, se me cae. Lleva las manos a mis pechos, acariciando mis pezones entre sus pulgares y sus índices y, cuando se endurecen, inclina la cabeza, lame el contorno de uno y se lo mete en la boca mientras me pellizca con fuerza el otro. Me sujeto de sus hombros. Cuando su nombre escapa entre mis labios, me devora con un beso húmedo antes de que su boca vuelva a mis pechos.

Llevo la mano a la bragueta de sus vaqueros y forcejeo con el botón, distraída por los movimientos de su lengua, por el roce de sus dientes y por los espasmos ávidos que noto en mi entrepierna. Consigo desabrocharlo, bajo la cremallera y tiro de los vaqueros, deslizándolos por sus caderas. Pongo la mano sobre la dureza bajo sus calzoncillos y él toma una súbita bocanada de aire que desata algo en mi interior: un ansia lejana de llevar a Sam al límite, de hacer que pierda el control, de conseguir que haga más ruidos como el que acaba de hacer. Los recuerdos son fuegos artificiales de lujuria, anhelo y noches de verano húmedas. Le acaricio la espalda con las uñas y acerco su cara a la mía.

—Solo para que quede claro —digo sin pestañear—. Quiero esto. A ti. Puedes tenerme, pero yo también te tengo a ti.

Cuando lo beso, es con hasta la última gota de lo que soy. Deslizo la mano por su pecho hasta su abdomen, la introduzco bajo la cinturilla de sus calzoncillos, lo rodeo con los dedos y muevo la mano hacia arriba y hacia abajo. Él baja la vista y observa durante un instante antes de volver a mirarme con una sonrisa. Me aparta la mano y me tiende sobre la moqueta.

—¿Te acuerdas de la primera vez que hiciste eso? —pregunta sin dejar de sonreír mientras se quita los vaqueros.

—Estaba muy nerviosa —digo—. Pensaba que te iba a hacer daño.

Engancha los dedos en la cintura de mis pantalones de deporte y me los baja hasta los tobillos.

—Le cogiste el tranquillo —comenta, y se arrodilla entre mis piernas—. Practicamos bastante —apostilla, mirándome con una sonrisa torcida.

—Sí —digo, devolviéndosela.

—Pero nunca me dejaste que practicara esto.

Se inclina y me besa por encima de las bragas.

—Me daba vergüenza —suspiro.

—¿Y ahora? —pregunta, apartando a un lado mi ropa interior. Un espasmo me sacude las piernas—. ¿Todavía te da vergüenza?

—No —jadeo.

Él me sonríe, pero tiene en la mirada un hambre voraz y tormentosa.

—Me alegro. —Engancha los dedos en el borde de las bragas, me las baja hasta los tobillos y después me sujeta las muñecas contra las caderas para inmovilizarme los brazos—. Porque tengo mucho tiempo perdido que recuperar.

Hunde la lengua en mí y después la lleva hasta mi clítoris y me lame con ella, moviéndola de un lado a otro, rodeándome mientras me dice cuántas veces se ha imaginado que hacía esto, lo mucho que le gusta mi sabor. Se me escapa un grito y él aumenta la intensidad. Intento separar las piernas, pero tengo los tobillos aprisionados por el tejido.

—¿Te gusta así? —pregunta en voz baja.

Acerco de nuevo las caderas a su boca a modo de respuesta. Me suelta las muñecas, se libra de la ropa que tengo a la altura de los tobillos y hunde los dedos en mis nalgas, pegándome de nuevo a sus labios mientras yo me aferro a su pelo. Vuelve a mover la lengua dentro de mí y el gemido que vibra en su pecho recorre todo mi cuerpo. Roza con los dedos el punto en el que más lo necesito. Cierro las piernas alrededor de su cabeza y él me muerde el muslo en respuesta. Alarga la mano hacia uno de mis pezones, pellizcándolo con un suave tirón, y de repente su boca también está ahí, su lengua esparciendo fuego por mi pecho mientras sus dedos se ocupan del calor entre mis piernas. Susurro su nombre una y otra vez y él introduce un dedo en mi interior. Tengo el cuerpo en llamas y cubierto de sudor, y le pido más. Levanta la vista hacia mí, con la mirada ardiente, mientras añade un dedo más y luego otro, hasta que estoy llena. Las piernas empiezan a temblarme y él se inclina para llegar al centro de mí, succionándolo con la boca, y cuando me roza con los dientes grito y estallo en mil pedazos.

Sube hacia mí, dejando un reguero de besos a su paso, y yo lo envuelvo con brazos y piernas.

—Mira todo lo que te perdiste por tener vergüenza —dice con una sonrisa pícara.

—Cierra el pico.

Le aprieto con las piernas y él se ríe, me besa y me aparta el flequillo de la frente sudorosa.

—Te he dicho que había aprendido un par de técnicas más —comenta, y me besa de nuevo.

—Me preocupa tu ego —digo con una sonrisa burlona.

Me mordisquea el hombro, luego la oreja, y entonces se me coloca encima, presionando contra mí, mirándome a los ojos. Tengo la sensación de que no he sido tan feliz desde hace más de una década, de modo que hago caso omiso de la molesta vocecilla en mi cabeza, a pesar de sé que no puedo ignorarla durante mucho más tiempo. Estoy desesperada por tenerlo. Nunca llegamos a acostarnos, y deseo borrar a todos los demás para que solo quede él.

Acerco mi cara a la suya y lo beso lentamente mientras muevo las caderas. Le bajo los calzoncillos y lo noto, caliente y duro, contra mi cadera. Él alarga la mano por encima de mi cabeza, saca un condón del cajón de su mesilla de noche, se lo pone y, con los antebrazos apoyados a la altura de mi cabeza, se coloca encima de mí y me sostiene la mirada.

—¿Vamos a hacer esto? —susurro.

Me penetra y tomo una brusca bocanada de aire. Se queda inmóvil y nos miramos el uno al otro durante varios segundos.

—Sí —responde.

Sale casi del todo y, con su segunda embestida, ambos gemimos. Engancho las piernas a su cintura y levanto las caderas contra él para acompasarme al ritmo pausado que marca, mientras muevo las manos por sus hombros, su espalda, ese culo increíble y duro que tiene. Él no aparta la mirada de mis ojos en ningún momento. Me levanta la rodilla para llegar más hondo y mueve las caderas en círculos pequeños y exasperantes que me llevan hasta el límite, pero no por completo. Gruño de impotencia y placer y le suplico que siga, le suplico que no pare, le suplico que vaya más rápido. A pesar de mis buenos modales, él se limita a sonreír con malicia y me tira del labio con los dientes.

—Llevo mucho tiempo esperando. No tengo ninguna prisa —dice.

Y no la tiene, por lo menos al principio, no hasta que la espalda se le pone resbaladiza de sudor, se le tensan los músculos y tiembla debido a la contención. Él aguanta hasta que el ansia me impacienta, le muerdo el cuello y susurro:

—Yo también llevo mucho tiempo esperando.

Después, nos quedamos tendidos en el suelo uno frente al otro mientras el sol de media tarde nos baña con su luz dorada. Sam, con los ojos entornados y una sonrisa cansada en los labios, desliza los dedos de arriba abajo por mi brazo. Sé que tengo que decírselo. Las palabras se repiten sin cesar en mi mente; solo tengo que pronunciarlas en voz alta.

—Te quiero —susurra—. Creo que nunca he dejado de quererte.

Pero apenas oigo lo que dice porque, al mismo tiempo, las palabras que debería haberle dicho hace doce años suben por mi garganta y salen de mi boca.

16

Otoño, trece años antes

Sam no dio señales de vida hasta dos semanas después de irse a la universidad. Yo estaba furiosa. Se disculpó con los típicos «¿Cómo estás?», «Te quiero» y «Te echo de menos», pero estaba raro. Eludió mis preguntas acerca del curso, la residencia y el resto de estudiantes, o me dio respuestas monosilábicas. A los cinco minutos de mi llamada, oí que llamaban a su puerta y que una chica le preguntaba cuánto le quedaba para estar listo.

—¿Quién era? —pregunté en tono áspero.

—Solo es Jo.

—¿Una chica?

—Sí. Es del curso —explicó—. Casi todos estamos en la misma planta. Vamos a cenar juntos, así que, bueno, tengo que irme.

—Oh. —Noté los latidos de mi corazón retumbar de enfado y frustración en mis propios oídos—. No nos hemos dado las tres novedades.

—Oye, luego te escribo un correo. Por fin me han puesto esta semana el internet.

—¿Esta semana? ¿Quieres decir antes de hoy?

—Desde hace un par de días.

—Ah.

—No te he escrito porque en realidad no tenía gran cosa que contarte. Pero lo haré, ¿vale?

Haciendo honor a su palabra, Sam me escribió unas líneas rápidas y escuetas y prometió contarme más novedades en unos días. Incluso me envió un par de mensajes. Puse al corriente de todo a Delilah, que prometió echarle un ojo a su llegada y darme el parte acerca de cualquier «pelandrusca» con quien le viera, y también a Charlie, que me escuchó sin hacer demasiados comentarios.

—Tienes que volver a nadar —me dijo una noche lluviosa después de aparcar la camioneta junto al restaurante, cuando terminé de contarle acerca del último mensaje de Sam. Tenía previsto cambiarse a una habitación doble para compartirla con Jordie a partir de septiembre—. Como hacías con Sam —continuó sin mirarme—. Así dejarás de comerte la cabeza. Empezamos mañana. Como no estés en el embarcadero a las ocho, voy a por ti y te llevo a rastras.

Y, sin más, saltó de la camioneta, abrió la puerta trasera de un empujón y entró a la cocina. Yo me quedé mirando con la boca abierta.

A la mañana siguiente, me estaba esperando en el embarcadero con un pantalón de deporte, una camiseta y una taza de café en la mano. Rara vez había visto a Charlie despierto tan temprano.

—No sabía que tu especie podía existir antes del mediodía —comenté mientras iba a su encuentro. Al acercarme más me fijé en que tenía las marcas de la almohada en la cara.

—Solamente por ti, Pers —dijo.

Me dio la sensación de que lo decía en serio. Iba a darle las gracias (porque, por mucho que la natación fuera algo que Sam y yo practicábamos juntos, también era algo mío y la echaba en falta), pero Charlie hizo un ademán con la cabeza en dirección al lago lanzándome una clara indirecta: «Al agua».

Quedábamos todas las mañanas. Charlie rara vez se metía en el lago conmigo, prefería quedarse sentado en el borde del embarcadero, observando y dando sorbos a su café humeante. No tardé en darme cuenta de que no era persona hasta que se tomaba media taza de su primer café, pero, una vez que lo apuraba, sus ojos recobraban el brillo, como la hierba recién regada. En las mañanas más calurosas, se lanzaba al agua y hacía unos largos a mi lado.

Tras pasar una semana nadando por la mañana, Charlie decidió que debía volver a cruzar el lago de nuevo antes del final del verano.

—Necesitas un objetivo. Y quiero ver cómo lo consigues en primera fila —comentó mientras subíamos a la casa desde el lago.

Recordé el verano en el que Charlie me sugirió que empezara a nadar en serio y se ofreció a ayudarme a entrenar, y acepté sin rechistar.

A veces desayunábamos con Sue después de nadar. Al principio a ella parecía incomodarle nuestra amistad y nos miraba a veces con el ceño ligeramente fruncido. Se lo comenté a Charlie en una ocasión, pero él le quitó importancia.

—Le preocupa que averigües quién es el mejor de los dos hermanos —dijo.

Yo puse los ojos en blanco. Sin embargo, me pregunté para mis adentros si ese era el caso.

En una cosa sí tenía razón Charlie: dejé de comerme la cabeza mientras nadaba, pero el descanso solo duraba lo que estuviera en el agua, centrada en mi respiración, avanzando. Para mediados de agosto, había desarrollado tendencias de «novia loca», como lo llamarían algunos. Cuando llegaba a casa del turno en La Taberna, llamaba a Sam desde el fijo de la cabaña sin que me importara lo tarde que fuera o el hecho de que mis padres me habían limitado las llamadas de larga distancia a dos por semana. Habría utilizado mi propio móvil de no haber sido tan mala la cobertura en el lago. Sabía que Sam madrugaba más de lo habitual para que le diera tiempo a salir a correr antes de sus clases en el laboratorio a las ocho, pero también sabía que estaría solo, en la cama, y que no podría evitarme.

Sin embargo, las llamadas no me hacían sentirme mejor en absoluto. Sam a menudo estaba distraído, me pedía que le repitiera las preguntas y me contaba tan poco acerca del curso que daba la impresión de que ni siquiera estaba disfrutando, y mi resentimiento se acrecentó ya no solo porque me lo hubiera ocultado, sino por el simple hecho de que hubiera ido.

—Renunciaste a que pasáramos juntos el verano por esto. Al menos podrías fingir que te gusta —solté una noche en la que se mostró especialmente monosilábico.

—Percy… —suspiró.

Parecía agotado, cansado de mí, o del curso, o de ambas cosas.

—No pido tanto —insistí—. Solo un ápice de entusiasmo.

—¿Un ápice? ¿Estás durmiendo con tu tesauro otra vez?

Fue su intento de templar los ánimos, pero no consiguió mejorar el mío, de modo que le formulé la pregunta que me reconcomía desde el instante en que me dijo que se iba a ir antes de tiempo a la universidad.

—¿Solicitaste este curso para alejarte de mí?

Mientras reinaba el silencio en el otro lado de la línea, oía el pulso de mi corazón en mis tímpanos, mientras mis sienes palpitaban con su impetuoso suministro de sangre.

—Claro que no —contestó por fin en voz baja—. ¿De verdad piensas eso?

—Casi no dices nada cuando hablamos y da la impresión de que no soportas estar allí. Además, lo de «¡Sorpresa, me marcho dentro de tres semanas!» no ha llenado nuestra relación de confianza precisamente.

—¿Cuándo vas a superar eso? —protestó con una aspereza que nunca había usado conmigo.

—Probablemente tarde lo mismo que tardaste tú en contarme tu secreto —repliqué.

Alcancé a oír cómo Sam respiraba hondo.

—No vine aquí para dejarte —siguió, más calmado—. Vine para empezar a labrarme un futuro. Solo me estoy adaptando. Todo esto es nuevo.

A partir de ahí la llamada no duró mucho más. Eran más de las doce. Me pasé casi toda la noche en vela, con el temor de que el futuro que Sam se estaba labrando no tuviera hueco para mí.

Estaba irascible con todos los que me rodeaban. Perdía la paciencia a menudo con Sam por teléfono y a veces, molesta por el entusiasmo de Delilah ante la perspectiva de irse a la universidad, evitaba responder a sus mensajes. Me parecía injusto que Sam y ella estudiaran en el mismo campus. Mis padres no parecían notar mi mal humor. Cuando entraba a la cabaña, a menudo me los encontraba conversando en voz baja junto a un montón de documentos.

—No vamos a ser capaces de sacar todo adelante —oí que mi padre le decía a mi madre en una de aquellas ocasiones, pero estaba demasiado inmersa en mi drama adolescente como para preocuparme por sus problemas de adultos.

Las mañanas con Charlie en el lago eran lo único que daba tregua a mi ansiedad. No me había molestado en decirles a mis padres que iba a cruzar el lago de nuevo. Habían regresado a la ciudad antes de tiempo (por algo relacionado con la casa, no presté mucha atención) y pasarían allí los diez últimos días del verano. La mañana prevista, quedé con Charlie en el embarcadero como cualquier otra, asentí con la cabeza, me zambullí y empecé a nadar. Ni siquiera esperé a que subiera a la barca, pero enseguida vi el remo golpeando el agua a mi lado.

Ese largo trecho ininterrumpido a nado supuso un rato de alivio frente a todo lo que me había estado agobiando y, al llegar a la playa, la quemazón de mis extremidades me resultó agradable, me hizo sentir viva.

—¡Pensaba que se te había olvidado cómo hacerlo! —gritó Charlie al varar la barca a mi lado. Iba en bañador, con la camiseta empapada de sudor.

—¿Nadar? —pregunté, confundida—. Pero si llevamos casi un mes entrenando a diario.

Charlie se sentó a mi lado.

—Sonreír —dijo, y me dio con el codo en el brazo.

Me llevé la mano a la mejilla.

—Me ha sentado bien —reconocí—. Moverme… Desconectar.

Él asintió con la cabeza.

—¿Quién no necesita desconectar de Sam de vez en cuando?

Movió las cejas como diciendo «¿Tengo razón, sí o sí?».

—Cómo te pasas con él —dije, todavía sonriendo hacia el sol mientras recuperaba el aliento. Estaba casi mareada por el subidón de endorfinas. No lo dije esperando una respuesta, y él tampoco me la dio—. Bueno, ¿se han cumplido tus expectativas? —pregunté. Él me miró con la cabeza ladeada—. Dijiste que querías verme nadar en primera fila. ¿Se ha cumplido tu sueño?

—Totalmente. —Esbozó una sonrisa que le marcaba los hoyuelos para darle énfasis—. Aunque en mis sueños tú siempre llevabas ese diminuto bikini amarillo con el que solías pavonearte por ahí.

Fue una de esas bromas, típicas de Charlie, que yo solía pasar por alto, pero ese día sus palabras fueron un chute de combustible. Me apetecía recrearme en ellas. Me apetecía jugar.

—¡No iba pavoneándome por ahí! —repuse—. No me he pavoneado en la vida.

—Vaya que no —afirmó Charlie con una expresión muy seria.

—Mira quién fue a hablar. Estoy casi segura de que tu foto aparece bajo la entrada de la palabra «ligón» en el diccionario.

Se echó a reír.

—¿Un chiste de diccionarios? Puedes hacerlo mejor, Pers.

—Es verdad —dije, riéndome también—. ¿Sabías que mi primer beso me lo diste tú?

La pregunta me salió a bocajarro y no era mi intención darle ninguna importancia, pero los hoyuelos de Charlie se desvanecieron.

—¿Verdad o atrevimiento? —preguntó.

Me había preguntado en alguna ocasión si se le habría olvidado. Estaba claro que no.

—Verdad o atrevimiento.

—Vaya —dijo, mirando hacia el agua. No sé qué reacción me esperaba, pero no esa. Se levantó de repente—. Bueno, tengo un calor de cojones. Me voy a bañar.

—Qué cosas: para una vez que llevas camiseta y resulta que es la única vez que no deberías habértela puesto —bromeé mientras veía cómo forcejeaba para quitársela.

Normalmente intentaba mantener la vista en la cara de Charlie cuando no llevaba camiseta. Esa superficie de piel y músculo era demasiado, pero ahí estaba, delante de mis ojos, con un bronceado intenso y cubierta de sudor. Me pilló antes de que pudiera apartar la mirada y flexionó el bíceps.

—Creído —dije entre dientes.

Me tendí al sol en la arena, con los ojos cerrados, mientras Charlie nadaba. Casi me había quedado dormida cuando se sentó a mi lado.

—¿Sigues escribiendo? —preguntó.

No habíamos hablado de ese tema antes.

—Mmm…, no mucho —respondí.

Ese verano no me sentía especialmente creativa. Nada creativa, la verdad.

—Tus historias son buenas.

Me incorporé al escuchar eso.

—¿Las has leído? ¿Cuándo?

—Las he leído. El otro día estaba buscando una cosa en el escritorio de Sam y encontré un montón. Las leí todas. Están genial. Se te da bien.

Mientras yo le miraba, él contemplaba el lago.

—¿En serio? ¿Te gustan?

Sam y Delilah siempre habían mostrado mucho entusiasmo por mis historias, pero no les quedaba otra. Charlie, en cambio, no tenía por costumbre regalar cumplidos que no hicieran referencia a partes del cuerpo.

—Sí. Son un poco raras, pero esa es la idea, ¿no? Son diferentes, en el buen sentido. —Me miró. Sus ojos, de un verde manzana bajo el sol, resplandecían en contraste con su piel morena. No reflejaban atisbo de burla—. Igual escribir algo nuevo te ayuda a lo de desconectar —añadió.

Emití un sonido evasivo a modo de respuesta. De pronto fui plenamente consciente de todas las maneras en las que Charlie había estado tratando de ayudarme a superar el bajón ese verano, a pesar de que me había portado como un ogro con él. Si no me hubiera dado cuenta entonces, me habría percatado un poco después, esa misma tarde.

Fuimos en la camioneta hasta la parte de atrás de La Taberna porque yo tenía las piernas demasiado flojas como para caminar desde el muelle del pueblo al restaurante. Charlie apagó el motor y se ladeó para mirarme de frente.

—Oye, se me ha ocurrido una cosa y a lo mejor podría animarte un poco.

Me sonrió con aire vacilante.

—Ya te dije que los tríos están totalmente fuera de mis límites —le dije con absoluta seriedad. Él se rio entre dientes.

—Cuando te hartes de mi hermano, avísame, Pers —dijo, todavía riendo.

Me quedé muda. Nunca había pasado tanto tiempo con Charlie, y el caso es que lo estaba disfrutando, y mucho. En algunos momentos hasta se me olvidaba lo enfadada que estaba con Sam y lo mucho que lo echaba de menos. Charlie no tenía ninguna chica pegada a él ese verano y a mí no dejaba de sorprenderme lo bien que se le daba escuchar. Disipaba mis malos humos a base de ignorarlos o enfrentarse a mí. «No te pega ser una borde», me había dicho la última vez que le había dado un corte tras recibir un correo de Sam penosamente escueto.

En ese momento, el ambiente en la camioneta era tan denso como el almíbar.

—El autocine —soltó, con un guiño—. Esa es la idea. Van a poner uno de esos clásicos de terror horribles que te gustan y he pensado que podría ser un buen plan. Tus padres están en la ciudad esta semana, ¿no? Pensaba que a lo mejor te sentías un poco sola.

—No sabía que había un autocine en Barry's Bay —dije.

—Es que no hay. Está a una hora de aquí más o menos. Yo iba cada dos por tres cuando estaba en el instituto. —Hizo una pausa—. ¿Qué te parece? Es el domingo, y no trabajamos.

Aquello era peligroso, pero no sabía decir exactamente por qué. Las películas de terror eran una afición mía y de Sam, pero él no estaba allí. Y yo sí. Y también Charlie.

—Me apunto —dije, y salté de la camioneta—. Es justo lo que necesito.

El email llegó el sábado. Acaba de subir del lago después de un turno de trabajo agotador y, a pesar del viento fresco que soplaba durante el trayecto de vuelva en barco, todavía tenía la piel pegajosa. Prácticamente todas las comandas habían sido de *pierogi*, y se nos habían agotado en mitad de la noche. Julien se había puesto de un humor de perros y a los turistas tampoco les hizo ni pizca de gracia.

La cabaña estaba vacía. Me duché y encendí el ordenador portátil para echar un vistazo al correo electrónico mientras me preparaba un plato de queso y galletas saladas. Era mi rutina habitual después del trabajo y antes de hablar por teléfono con Sam. Lo extraño era el correo sin leer que tenía en la bandeja de entrada y que Sam me había enviado un par de horas antes con el asunto: «He estado pensando». Sam solía escribirme por la mañana, antes de sus clases, o por la tarde, justo a la salida, con novedades en una o dos frases, y siempre sin asunto. Me quedé paralizada de miedo al abrirlo y ver los párrafos de texto.

Percy:

Las últimas seis semanas han sido duras, más de lo que me imaginaba. Todavía no me he acostumbrado a la habitación ni a la cama. La universidad es enorme y la gente, muy lista, en el sentido de que me hace ser consciente de que el hecho de criarme en un pueblo pequeño me ha creado un falso concepto de mi propia inteligencia. Miro a mi alrededor durante una clase o en el laboratorio y todo el mundo parece asentir y seguir las indicaciones sin necesidad de aclaraciones. Siento que están a años luz de mí. Para empezar, ¿cómo es posible que me admitieran en este curso? ¿Va a ser así toda la universidad?

Sé que me pasé el poco tiempo que nos quedaba juntos estudiando, pero no fue suficiente: debería haberme esforzado más. Ahora necesito hacerlo si aspiro a conseguir buenos resultados aquí.

Y te echo mucho de menos. A veces no puedo concentrarme porque pienso en ti y en lo que estarás haciendo constantemente. Cuando hablamos, noto que estás decepcionada conmigo por no haberte contado lo del curso y por lo triste que estoy aquí. No quiero que todo haya sido en balde. Me esforzaré más para conseguir buenos resultados aquí. No me queda otra.

Y por eso creo que es necesario que pongamos algunos límites. Me encanta oír tu voz al teléfono, pero al colgar me siento solo. Dentro de poco tú también te irás a la universidad y entenderás a lo que me refiero. Tenemos que dar el cien por cien, tú con la escritura y yo en el laboratorio… Es un deber que tenemos con nosotros mismos y el uno con el otro.

Lo que te propongo es que nos tomemos un tiempo sin comunicarnos tanto. Ahora mismo se me ocurre, por ejemplo, una llamada a la semana. Podemos acordar hacerlo siempre a la misma hora, como si fuera una cita. Si no, no podré pensar en nada que no seas tú. Si no, no seré capaz de lograr esto que tanto he deseado y durante tanto tiempo, y no llegaré a ser la persona en la que me quiero convertir. Por ti, pero también por mí. Solo te pido un poco de espacio para construir un gran futuro.

¿Qué opinas? Hablemos de ello mañana. Estaba pensando que el domingo podría ser nuestro día.

SAM

Lo leí entero tres veces, con las mejillas bañadas en lágrimas y una bola de galletas saladas alojada en mi garganta. Sam quería espacio. De nosotros. De mí. Porque hablar conmigo le hacía sentir solo. Yo era una distracción. Le estorbada para labrarse un futuro.

Sam lo llevaba claro si pensaba que me esperaría al día siguiente para abordar hablarlo con él. Para discutir. Así no se trataba a una mejor amiga, y desde luego tampoco a una novia.

Su teléfono sonó tres, cuatro, cinco veces hasta que lo cogieron, salvo que no fue Sam quien saludó por encima del ruido de fondo de música y risas, sino una chica.

—¿Quién eres? —pregunté.

—Soy Jo. ¿Quién eres tú?

¿Por eso no quería Sam que lo llamara hasta mañana? ¿Porque quería llevar a su habitación a otras chicas?

—¿Está Sam?

—Ahora mismo está ocupado. Lo estamos animando. ¿Quieres dejarle un recado? —dijo arrastrando las palabras.

—No. Soy Percy. Que se ponga.

—¡Percy! —Una risita—. Hemos oído hablar…

De pronto se interrumpió, la música dejó de sonar y se oyó una risa amortiguada justo antes de cerrarse una puerta. Luego hubo silencio hasta que Sam habló.

—¿Percy?

Una sola palabra me bastó para darme cuenta de que estaba borracho. Vaya con lo de necesitar espacio para esforzarse más.

—¿Así que lo que decías en el correo no era más que un montón de gilipolleces? ¿Para lo único que quieres más tiempo es para emborracharte con otras chicas? —dije furiosa.

—No, no, no. Mira, Percy, estoy como una cuba. Jo ha traído vodka de frambuesa. Hablamos… mañana, ¿vale? Creo que voy a…

La llamada se cortó y me hice un ovillo en el sofá, donde lloré hasta quedarme dormida.

Charlie me recogió poco antes de las ocho de la tarde al día siguiente. Para entonces, ya me había quedado sin lágrimas. Había llorado desconsoladamente durante una larga conversación con Delilah y luego otra vez cuando Sam me envió una breve disculpa por colgarme el teléfono para vomitar. En su mensaje decía que quería que hablásemos esa noche. No contesté.

Pensé que me resultaría imposible reírme, pero la montaña de bolsas de picoteo que Charlie había dejado sobre el asiento delantero era francamente descomunal.

—También tengo hamburguesas, perritos calientes y patatas fritas, por si te apetece algo más consistente —dijo, mientras yo miraba atónita las bolsas de patatas fritas y golosinas.

—Sí, porque seguramente esto no va a ser suficiente —bromeé. Y me sentó bien. Me sentí liviana—. Suelo zamparme unas cuatro bolsas de tamaño familiar de patatas fritas por la noche y aquí solo hay tres, así que…

—Listilla —dijo, mirándome un instante mientras avanzábamos por el largo camino de entrada—. Como no sabía de qué sabor te gustan, me he cubierto las espaldas.

—Siempre me he preguntado qué hacías con todas esas chicas con las que quedabas —dije, sujetando en alto una caja de Oreos—. Ahora lo sé: las cebas y te las comes para cenar.

Me lanzó una mirada traviesa.

—Bueno, una de esas cosas es cierta —dijo en voz baja, alargando las palabras.

Puse los ojos en blanco y miré por la ventanilla para que no viera el rubor que me subía del pecho al cuello.

—Te acobardas con facilidad —señaló al cabo de unos instantes.

—No es verdad. Lo que pasa es que a ti te gusta provocar a la gente sin necesidad —repuse, observándole de perfil. Tenía el ceño fruncido—. Qué, ¿me equivoco? —ladré, y le hizo gracia.

—No, no te equivocas. Tal vez «acobardarse» no sea la palabra adecuada, pero es fácil sacarte de quicio. —Me volvió a mirar un segundo—. Me gusta.

Sentí cómo el rubor se extendía por mi cuerpo. Él volvió la vista hacia la carretera con una sonrisa lo bastante grande como para que un hoyuelo asomara a su mejilla. Tuve el fuerte impulso de acariciárselo con el dedo.

—¿Te gusta cabrearme? —pregunté, tratando de parecer indignada, pero también tonteando un poco con él.

Volvió a mirarme antes de responder.

—Más o menos. Me gusta cómo se te pone rojo el cuello, como si te entrase calor. Mueves mucho la boca y te sale un brillo oscuro y un poco feroz en los ojos… Es bastante sexy —comentó, sin apartar la vista del tramo de carretera desierto—. Y me gusta que me plantes cara. Eres una salvaje insultando, Pers.

Me quedé pasmada, no por lo de sexy (eso solo era Charlie siendo Charlie, o así lo interpreté yo), sino por el hecho de que me había estado prestando atención. Los ratos que pasaba con él se habían convertido en mi única tabla de salvación para mantener la cordura, pero me estaba empezando a dar cuenta de que Charlie había comenzado a prestarme atención incluso antes de apiadarse de mí durante ese verano. Porque había asumido que se trataba de compasión, aunque ya no estaba tan segura.

—En lo tocante a insultos, te mereces solo lo mejor, Charles Florek —repliqué, procurando que sonara desenfadado.

—No podría estar más de acuerdo contigo —respondió él. Acto seguido, añadió—: Oye, ¿y esos ojos hinchados?

Volví a mirar por la ventanilla.

—Supongo que las rodajas de pepino no han surtido efecto —mascullé.

—Parece que has estado nadando con los ojos abiertos en una piscina con cloro. ¿Qué ha hecho ahora? —preguntó.

Titubeé un poco, sin saber muy bien cómo pronunciar las palabras lo bastante rápido como para que no me diera tiempo a echarme a llorar de nuevo.

—Pues… Mmm… —Carraspeé—. Dice que le distraigo y que

quiere tomarse un tiempo. —Miré a Charlie, que tenía los ojos en la calzada y la mandíbula apretada—. Que necesita más espacio. Que tiene que distanciarse de mí. Para poder estudiar y llegar a ser alguien algún día.

—¿Ha roto contigo? —lo preguntó en voz baja, pero había ira contenida en sus palabras.

—No lo sé —reconocí, al tiempo que se me quebraba la voz—. No creo, pero quiere que solo hablemos una vez a la semana. Y cuando lo llamé por teléfono anoche, había gente en su habitación, y una chica con la que pasa el rato… Estaba borracho. —Un músculo se tensó en la mandíbula de Charlie—. Dejemos el tema —susurré, a pesar de que ambos nos habíamos quedado callados unos instantes—. Esta noche quiero divertirme —añadí con más firmeza—. Nos queda por delante una semana de verano y estamos a punto de ver una de las mejores películas de terror de todos los tiempos.

Charlie me miró con expresión apenada.

—Por favor —supliqué.

Volvió la vista hacia el parabrisas.

—Pues a divertirse.

La película era *La semilla del diablo*, una de mis favoritas de los sesenta, y no era precisamente el bodrio sangriento que Charlie imaginaba. Mientras pasaban los créditos, se quedó mirando la pantalla boquiabierto.

—Pero qué movida más oscura —murmuró, y se volvió despacio hacia mí—. ¿A ti te gusta esto?

—Me encanta —respondí con voz melosa.

Nos habíamos zampado una bolsa de patatas fritas con sal y vinagre, un puñado de gominolas y regaliz y dos granizados del bar. Estaba hasta arriba de azúcar y me lo había pasado mejor que en todo el verano, lo cual era insólito teniendo en cuenta que había pasado la mayor parte del día en posición fetal.

—Eres una chica inquietante, Pers —comentó negando con la cabeza.

—Eso es mucho decir viniendo de ti.

Sonreí con malicia y cuando me devolvió la sonrisa bajé la vista a sus hoyuelos antes de darme cuenta de que él había posado la suya en mi boca. Carraspeé y él miró rápidamente hacia el reloj del salpicadero.

—Será mejor que te lleve a casa —dijo, y arrancó la camioneta.

Realizamos el trayecto de vuelta charlando, primero sobre sus estudios de Economía en la Western y de los chicos ricos con los que iba a compartir casa en otoño, y luego sobre cómo me sentía yo quedándome en Toronto, siguiendo el camino marcado por mis padres, mientras todo el mundo se marchaba y hacía grandes planes. Charlie no intentó hacerme sentir mejor ni me dijo que exageraba; se limitó a escuchar. No hubo más de unos cuantos segundos de silencio en una hora entera de camino. Cuando llegamos a la cabaña estábamos partiéndonos de risa por una anécdota de su primer baile de fin de curso. Su padre le había enseñado a bailar «como es debido» antes de la fiesta, de modo que acabó marcando el compás de un baile de salón con Meredith Shanahan, totalmente pasmada, en la pista del gimnasio.

—¿Quieres pasar? —pregunté, sin dejar de reír—. Me parece que en la nevera quedan unas cuantas cervezas de mi padre.

—Claro —aceptó Charlie. Apagó el motor y me acompañó hacia la puerta—. Si juegas bien tus cartas, igual te saco a bailar.

—Yo solo bailo el tango —le dije por encima del hombro mientras giraba la llave en la cerradura.

—Sabía que lo nuestro no iba a funcionar —me dijo al oído. Se me erizó el vello de los brazos.

Tras descalzarnos, Charlie observó la pequeña y diáfana sala.

—Hacía siglos que no venía por aquí —comentó—. Me gusta que tus padres la conserven como una auténtica cabaña. Bueno, aparte de eso —dijo, señalando la cafetera exprés que ocupaba gran parte de la encimera de la cocina.

Crucé la sala y encendí el foco exterior que alumbraba los imponentes pinos rojos.

—Es mi lugar favorito del mundo —dije, contemplando el vaivén de las ramas durante unos instantes.

Al darme la vuelta, Charlie me estaba observando fijamente con una expresión extraña.

—Creo que lo mejor sería que me fuera a casa —murmuró con voz ronca, señalando hacia la puerta.

Ladeé la cabeza.

—Pero si acabas de llegar. —Pasé junto a él para para abrir la nevera—. Y te he prometido una cerveza. —Le tendí un botellín.

Él se rascó la nuca.

—No me va mucho lo de beber solo.

Puse los ojos en blanco, tiré de la manga de mi sudadera para cubrirme la mano con ella y, ayudándome de la fricción, abrí la cerveza. Le di un buen trago y se lo pasé.

—¿Mejor? —pregunté.

Él tomó un sorbo mientras me observaba con recelo.

—Te has arreglado mucho esta noche, ¿eh? —dijo señalando hacia mi ropa. Llevaba unos vaqueros cortos con desgarrones y una sudadera gris. Me había recogido el pelo en una coleta. Hasta ese momento no me había fijado en que él se había puesto unos vaqueros oscuros bonitos y un polo que parecía nuevo.

—Es que me dejé el vestido de fiesta en Toronto —repliqué.

Él esbozó una sonrisita y bajó la vista a mis piernas.

—Las chicas con las que quedo no llevan vestidos de fiesta, Pers —dijo, y volvió a mirarme a los ojos—, pero se suelen poner ropa limpia. —Bajé la vista y, en efecto, tenía una mancha anaranjada en la pernera—. Ya sabes, como muestra de que tienen un nivel de higiene básico —apostilló.

Empecé a acalorarme y él sonrió de oreja a oreja.

—Te lo dije —susurró con voz grave. Dejó el botellín sobre la encimera y dio un paso hacia mí—. El cuello rojo…, un mohín en la boca… y la mirada aún más oscura que de costumbre.

Nos quedamos así, conteniendo la respiración, durante largos instantes.

—Es jodidamente sexy —dijo con voz rasgada—. Eres tan jodidamente sexy que me resulta insoportable.

Parpadeé una vez y acto seguido me abalancé sobre él, le eché los brazos al cuello e hice que pusiera su boca sobre la mía. Me moría de ganas de que me desearan. Charlie me recibió con el mismo ímpetu: me agarró por la cintura y tiró de mí para apretarme contra su duro cuerpo. Apretó mi cadera con una mano mientras con la otra me agarraba la coleta, echándome la cabeza hacia atrás y lamiendo la piel expuesta de mi cuello. Cuando gemí, me agarró el culo con las manos, me levantó del suelo y guio mis piernas alrededor de su cintura. Entreabrió mis labios con la lengua y avanzó hasta dejarme sentada sobre la encimera. Me separó las piernas para colocarse en medio y me acarició la pantorrilla.

—No me he depilado —susurré entre beso y beso, y él se rio contra mi boca, sus carcajadas vibrando por todo mi cuerpo.

Se agachó, me agarró el tobillo y deslizó la lengua desde mi espinilla, pasando por mi rodilla hasta el bajo de mi pantalón corto, sin apartar los ojos de los míos en todo el recorrido.

—No me importa —dijo con un gruñido. Luego se incorporó y me sujetó la cara entre las manos—. Aunque estuvieras un mes entero sin depilarte, seguirías poniéndome a cien.

Lo aprisioné entre mis piernas, lo besé con fuerza y le arranqué un gemido al morderle el labio. El sonido fue una droga para mi ego.

—Vamos arriba —dije, apartándome de él para bajar de un salto de la encimera, y lo conduje a mi dormitorio.

Nada más cruzar el umbral ya tenía sus manos sobre mí. Caminé hacia atrás hasta que mis rodillas chocaron con la cama. Intenté quitarle la camiseta al mismo tiempo que él aferraba la mía, y nos deshicimos de ellas en un enredo de brazos. Me desabrochó el sujetador en cuestión de segundos y lo tiró al suelo. Alcancé el botón de sus vaqueros, desesperada por sentirlo contra mí, por olvidarme de la tristeza, por sentir que alguien me quería. Él me observó mientras se los quitaba y después me bajó la cremallera de los míos, deslizándolos por mis caderas y dejándolos caer al suelo. Nos quedamos de pie el uno frente al otro, jadeando, hasta que me bajé la ropa interior y me acerqué más a él para acariciarle los hombros con los dedos. No me di cuenta de que me temblaban hasta que Charlie puso sus manos encima de las mías.

—¿Estás segura? —preguntó con delicadeza.

A modo de respuesta, tiré de él para que cayera encima de mí sobre la cama.

Debí de quedarme dormida inmediatamente después porque, cuando me desperté, el cielo rosado del amanecer se filtraba por las ventanas. Aún grogui, sentí una respiración sobre mi hombro antes de darme cuenta de tenía encima el muslo de alguien. La caja de condones que mi madre me había dado el año anterior estaba abierta encima de la mesilla de noche.

—Buenos días —me dijo al oído una voz grave y ronca con un timbre muy parecido al de Sam.

Cerré los ojos con fuerza, deseando que fuera una pesadilla. Él se incorporó sobre mí y me besó en la frente, en la nariz y por último en los labios, hasta que abrí los ojos y me quedé mirando unos ojos verdes.

Los ojos equivocados.

El hermano equivocado.

Inhalé brusca y entrecortadamente, buscando oxígeno, mientras sentía el pulso desbocado e incómodo por todo el cuerpo.

—Pers, ¿qué te pasa? —Charlie se apartó de mí y me ayudó a incorporarme—. ¿Vas a vomitar?

Negué con la cabeza, lo miré con los ojos fuera de las órbitas y resollé:

—No puedo respirar.

Pasé los últimos días del verano en una vorágine de odio hacia mí misma, tratando de averiguar por qué había hecho lo que había hecho y qué posible explicación iba a darle a Sam acerca de mi traición.

Cuando el ataque de pánico remitió, eché a Charlie de la cabaña, pero volvió por la tarde para ver cómo me encontraba. Le grité y chillé a través de lágrimas amargas, le dije que había sido un tremendo error, le dije que lo odiaba, le dije que me odiaba a mí misma. Cuando empecé a hiperventilar, me abrazó con fuerza hasta que me tranquilicé, susurrándome una y otra vez que lo sentía y que en ningún momento quiso hacerme daño. Volvió a disculparse una vez me hube calmado y, con una expresión vacía y dolida al mismo tiempo, me dejó sola y sintiéndome peor, si cabía, por haberle herido a él también.

Charlie me pidió perdón de nuevo cuando me recogió al día siguiente antes de mi último turno en La Taberna. Yo asentí con la cabeza y esa fue la última vez que hablamos de lo que había ocurrido entre nosotros.

Cuando regresé a la ciudad, mis padres me comunicaron que en otoño iban a poner la cabaña en venta. Debí haberlo visto venir, haber prestado más atención a las pullas que se habían estado lanzando sobre el dinero. Me eché a llorar cuando me explicaron que era necesario reformar nuestra casa de Toronto y que, por otro lado, siempre podría quedarme en casa de los Florek. Parecía un castigo por lo que yo había hecho.

Aunque Sam y yo solo nos habíamos comunicado por correo desde la noche con Charlie, me llamó por teléfono en cuanto leyó la noticia para decirme que era una lástima, pero que estaba seguro de que podría pasar el verano siguiente en su casa.

—Sé que te ha debido de sentar fatal —dijo—. Pero no tienes por qué despedirte de la cabaña tú sola: podemos empaquetar tus cosas juntos en Acción de Gracias y dejar algunas cajas en mi casa. Puedes colgar el póster de *La mujer y el monstruo* en mi habitación.

Ninguno de los dos mencionó su correo. Y yo no dije una palabra de lo que había ocurrido con Charlie.

Lo que necesitaba era hablar con Delilah, pero ya se había largado a Kingston. Quería desahogarme con ella, que me aconsejara sobre cómo arreglarlo todo, pero no podía hacerlo en un mensaje, ni en una llamada en la que oyera su voz pero no pudiera ver su reacción.

No recuerdo gran cosa de aquellas primeras semanas en la universidad, solo que Sam empezó a escribir correos más largos entre nuestras habituales llamadas de los domingos. Ahora que Jordie y él compartían habitación y se estaba adaptando al campus y a la ciudad, se sentía más seguro. Además, aunque en el curso que había hecho no daban notas, lo habían elogiado profusamente en su evaluación y había recibido una oferta para trabajar a media jornada en el proyecto de investigación del coordinador. Todavía no se había cruzado con Delilah, pero estaba atento a cualquier mata de pelo rojo.

Se sinceró sobre lo solo que se había sentido a su llegada a la universidad y me dijo que había sido escueto en sus mensajes para no preocuparme. Se disculpó por haber estado borracho cuando lo llamé por teléfono y me dijo que siempre que pensaba en el futuro, era uno conmigo. También me pidió perdón por no haberlo dejado claro. Me dijo que era su mejor amiga. Me dijo que me echaba de menos. Me dijo que me quería.

Sam terminaba las clases pronto los viernes y su intención era coger el tren para ir a verme a Toronto los fines de semana, pero lo disuadí con la excusa de que mi profesor nos había mandado terminar un relato corto de veinte mil palabras en cuestión de semanas. No era mentira, pero terminé el encargo con bastante antelación y se lo oculté a Sam. Para cuando Acción de Gracias estuvo a la vuelta de la esquina, yo estaba hecha un manojo de nervios por la expectación. Aún no le había contado a Delilah lo ocurrido, pero me había convencido a mí misma de que le iba a decir la verdad a Sam. Estaba dispuesta a hacer cualquier cosa con tal de que lo nuestro funcionara, pero era incapaz de mentirle.

Me puse en marcha el viernes, sin ni siquiera parar a hacer pis, con el objetivo de llegar a su casa más o menos a la misma hora a la que Sue llegaría con Sam a Barry's Bay. Mis padres ya se habían llevado la mayoría de los trastos de la cabaña y no iban a volver durante el festivo. Me habían dejado mi habitación intacta para que yo me ocupara de ella. El agente inmobiliario iría a la semana siguiente a preparar la casa para ponerla a la venta y empezar a enseñarla.

Le había escrito a Sam un correo para avisarle de que tenía que hablar con él de algo importante en cuanto regresara a su casa. «Qué curioso, yo también tengo algo sobre lo que quiero hablar contigo», respondió.

Me mantuve ocupada mientras le esperaba. Tenía un nudo en el estómago y las manos me temblaban mientras quitaba las chinchetas del póster de *La mujer y el monstruo* sobre mi cama.

Despejé el escritorio, hojeé el cuaderno entelado que Sam me había regalado y deslicé los dedos sobre la dedicatoria de la portadilla («Para tu próxima historia fascinante») antes de meterlo en una caja. Guardé la cajita de madera con mis iniciales grabadas en la tapa encima de todo lo demás. Sabía, sin necesidad de mirar en el interior, que aún contenía el hilo de bordar con el que hice nuestras pulseras.

«Tiene que perdonarme», dije para mis adentros, una y otra vez, con la esperanza de que se hiciera realidad.

Cuando estaba a punto de vaciar la mesilla de noche, oí que se abría la puerta trasera. Bajé volando por las escaleras y me lancé a los brazos de Sam con tal ímpetu que cayó contra la puerta. Su risa resonó en mi interior mientras nos abrazábamos con fuerza. Lo notaba más corpulento de lo que yo recordaba. Lo notaba sólido. Y real.

—Yo también te he echado de menos —dijo contra mi pelo. Al respirar su olor, me entraron ganas de colarme entre sus costillas y hacerme un ovillo.

Después de besarnos y abrazarnos, yo entre lágrimas, me condujo al centro de la habitación y apoyó la frente contra la mía.

—¿Tres novedades? —susurré. Se le formaron arrugas alrededor de los ojos al sonreír.

—Una: te quiero —contestó—. Dos: no puedo soportar la idea de marcharme de nuevo, de que no regreses a esta cabaña, sin que sepas cuánto te quiero. Y tres… —Con la respiración entrecortada, puso una rodilla en el suelo, tomó mis manos entre las suyas, levantó la vista hacia mí y, con los ojos muy abiertos y el gesto serio, esperanzado y temeroso, dijo—. Quiero que te cases conmigo.

El corazón me explotó de felicidad y una oleada de placer corrió por mis venas. Y, con la misma rapidez, recordé lo que había hecho y con quién lo había hecho, y palidecí.

Sam continuó hablando a borbotones.

—No tiene que ser hoy, ni este año. Puede ser cuando cumplas los treinta, si eso es lo que quieres. Pero cásate conmigo.

Metió la mano en el bolsillo de los vaqueros y sacó un anillo de oro con un círculo de pequeños diamantes alrededor de una gema central. Era precioso, y sentí que se me revolvía violentamente el estómago.

—Me lo ha dado mi madre. Era de mi abuela —dijo—. Eres mi mejor amiga, Percy. Sé también mi familia, por favor.

El shock me dejó muda durante cinco largos segundos, con la mente a cien por hora. ¿Cómo iba a contarle lo de Charlie en ese momento, cuando estaba de rodillas con el anillo de su abuela en la mano? Pero ¿cómo iba a aceptar sin contárselo? No podía hacerlo. No iba a hacerlo. No cuando él pensaba que yo era lo bastante buena como para casarse conmigo. Solo había una salida.

Me arrodillé frente a él odiándome a mí misma por lo que estaba a punto de hacer, por lo que no tenía más remedio que hacer.

—Sam —dije, conteniendo las lágrimas mientras le cerraba el puño donde llevaba el anillo—. No puedo.

Él parpadeó, confuso. Abrió la boca y la cerró. Volvió a abrirla, pero ningún sonido salió de ella.

—Somos demasiado jóvenes, ya lo sabes —susurré.

Era mentira. Lo único que deseaba era decirle que sí y mandar a la mierda a cualquiera que nos cuestionara. Quería a Sam para siempre.

—Sé que yo te dije eso una vez, pero estaba equivocado —adujo—. No todo el mundo conoce al amor de su vida a los trece años. Pero nosotros sí, ya lo sabes. Te quiero ahora y te quiero para siempre. Pienso en ello a todas horas. Pienso en viajar. En encontrar trabajos. En formar una familia. Y siempre estás ahí conmigo. Tienes que estar ahí, conmigo —dijo con la voz que—

brada, escudriñándome en busca de algún indicio de que hubiera logrado convencerme.

—Puede que no siempre sientas lo mismo, Sam —repuse—. Te distanciaste de mí antes. Me ocultaste lo del curso y me pasé casi todo el verano preguntándome por qué apenas me hablabas. Y luego me enviaste aquel correo… No puedo confiar en que me quieras eternamente cuando ni siquiera sé si me querrás el mes que viene. —Mis palabras sabían a bilis. Él dio un respingo, como si hubiera recibido un golpe—. Creo que deberíamos darnos un tiempo —añadí en voz baja para que no notara la angustia en mi voz.

—No estarás hablando en serio, ¿verdad? —preguntó con voz rasposa y los ojos vidriosos.

Fue como si me hubieran dado un puñetazo en el estómago.

—No será para siempre —repetí, conteniendo las lágrimas.

Él me miró, buscando algo que se le estuviera pasando por alto.

—Júralo. —Lo dijo en tono desafiante, como si no me creyera del todo.

Yo titubeé, y seguidamente enganché el dedo índice a su pulsera y le di un tirón.

—Lo juro.

17

En la actualidad

—Me acosté con Charlie —le digo a Sam, sin apenas ser consciente de que acaba de decirme que me quiere. Él se queda callado—. Lo siento mucho —le digo, ya con un río de lágrimas cayendo por mi cara.

Lo repito una y otra vez. Y él continúa sin decir una palabra. Estamos sentados el uno frente al otro en el suelo. Tiene la mirada apagada y perdida en un punto más allá de mi hombro y los dedos inertes sobre mi brazo.

—¿Sam? —No se inmuta—. Fue un error —explico con voz temblorosa—. Un tremendo error. Te quería más que a nada en el mundo, pero te marchaste. Y luego me escribiste aquella carta y pensé que habías terminado conmigo. Sé que no es excusa. —Me enredo con las palabras, entre sollozos—. Es por eso... Por eso rompí contigo. Te quería, Sam. De verdad. Muchísimo. Pero no te merecía. Y ahora tampoco...

Me quedo a medias, porque Sam está entreabriendo y cerrando la boca, como intentando decir algo, pero no dice nada.

—Haría lo que fuera por deshacerlo, por arreglarlo todo. Dime qué puedo hacer.

Me mira, parpadeando rápidamente, y niega con la cabeza.

—Sam, por favor, di algo, lo que sea —suplico, con la garganta seca.

Entrecierra los ojos y se le ensombrecen las mejillas. Mueve la mandíbula de un lado a otro, como si estuviera rechinando los dientes.

—¿Qué tal estuvo? —pregunta en voz tan baja que me da la impresión de haberlo oído mal.

—¿El qué?

—Te follaste a Charlie. Te he preguntado qué tal estuvo.

Sus palabras están llenas de veneno y son tan impropias de Sam que me encojo de dolor. Me quedo petrificada mientras una sensación punzante se me extiende por el pecho y los brazos, como si lo que ha dicho me hubiera intoxicado de verdad. Me he imaginado muchas veces cómo sería revelarle esto a Sam, cómo sería su reacción: de dolor, de indignación o, después de tanto tiempo, de indiferencia… Pero nunca pensé que sería cruel.

Me traspasa con la mirada y de pronto soy consciente de que estoy completamente desnuda. Necesito salir de aquí. Pensé que sería capaz de afrontar esto, pero me equivocaba.

Me siento y me cubro con un brazo mientras alargo el otro para coger mi ropa, con el pelo cayéndome sobre la cara. Me visto lo más deprisa que puedo, de cara a la estantería, temblando y conmocionada, y me precipito hacia la puerta.

—No me lo puedo creer —dice Sam a mi espalda, y me detengo—. Te vas a largar sin más.

Me seco las lágrimas con brusquedad. Cuando me giro veo que Sam está de pie, completamente desnudo, con los brazos cruzados y los pies separados. Quiero contestar, pero mis pensamientos se han derretido.

Él sacude la cabeza.

—Vas a huir, como hiciste entonces. —Cada palabra es punzante y mordaz. Seis dardos envenenados—. Yo me fui a la universidad, pero tú te fuiste y jamás regresaste.

Tartamudeo, buscando algo sólido en la ciénaga de palabras,

pero el sutil cambio de tema me ha dejado confundida. Lo único que parece funcionar es mi corazón, y va a toda máquina. Noto el pulso en las yemas de los dedos.

—Pensé que no querrías verme —logro decir por fin—. Vendimos la cabaña, no tenía adónde volver.

El dolor se refleja en sus ojos.

—Yo era tu sitio al que volver. Cada día festivo. Cada verano. Yo estaba aquí.

—Pero me odiabas. Te escribí y jamás me contestaste o llamaste.

Se lleva las manos a la cabeza y yo me callo. Inspira hondo y explota.

—¡¿Cómo esperabas que reaccionara?! —grita, con los tendones del cuello marcados. Lo único que puedo hacer es mirarlo boquiabierta—. ¡Te acostaste con mi hermano! —Pronuncia la última palabra con un bramido, y yo me encojo.

Algo está fallando en mi cerebro, porque soy incapaz de procesar lo que acaba de decir. El orden cronológico está enredado. «Me acosté con Charlie. Rompí con Sam. Jamás volvimos a hablar». Siento presión en el pecho. Me froto la cara y trato de centrarme de nuevo. Me acosté con Charlie, pero ese no fue el motivo por el que Sam dejó de hablarme: dejó de hablarme porque lo rechacé. Y entonces las piezas empiezan a encajar y se me escapa un grito ahogado. Me da la sensación de que la cabeza se me va a despegar del cuello. Puntos diminutos como hormigas pasan a toda velocidad por delante de mis ojos, y los cierro con fuerza. Necesito salir de aquí ya.

Giro sobre mis talones, abro la puerta de golpe y corro en dirección al descansillo y escaleras abajo hasta la entrada. Sam me llama a voces. Oigo cómo viene en mi busca. Cojo el bolso del perchero que hay junto a la puerta, salgo corriendo, bajo los escalones del porche y me paro en seco.

Mi coche ha desparecido. «¿Dónde demonios está mi coche?». Giro la cabeza bruscamente, como si estuviera en un aparcamiento y me hubiera equivocado de fila, pero no hay rastro de él, solo están la hierba y los árboles, y Sam de pie desnudo en el umbral de la casa. Juraría que volví en coche del funeral, pero ahora me entran las dudas. «¿Qué está pasando?». Un fuerte resuello sale de mi boca. «Debo de estar soñando —pienso—. Todo esto es un sueño».

Enfilo por el camino de grava en dirección a la carretera. Sam grita, suelta improperios, pero yo sigo corriendo mientras los guijarros afilados se me clavan en los pies. Es como si mi cuerpo hubiera puesto el piloto automático mientras mis pulmones pugnan por llenarse de oxígeno. Sin darme cuenta, me dirijo a mi cabaña. No me detengo al llegar al principio del largo camino de entrada.

«Es solo una pesadilla».

Solo quiero acurrucarme en mi cama y dormir hasta mañana. Al despertarme, desayunaré con mis padres, y Sam llegará poco después, sudado de su entrenamiento, para llevarme a nadar. Y todo volverá a ser como debería ser: Sam, el lago y yo.

Cuando la cabaña aparece ante mi vista, casi no la reconozco. En la parte trasera sobresale una ampliación totalmente nueva y han despejado los pinos que la rodeaban. Hay un foso para fogatas que nunca estuvo ahí, y un monovolumen aparcado en la puerta. No es mi cabaña y esto no es un sueño. Doy media vuelta, trastabillando en dirección a la carretera, pero al llegar al camino de entrada me fallan las piernas, caigo al suelo jadeando y cierro los ojos para mitigar el escozor de las lágrimas.

No oigo a Sam acercarse. Soy totalmente ajena a su presencia hasta que veo sus zapatillas de deporte justo delante de mí.

—Dos ataques de pánico el mismo día es un poco excesivo, ¿no te parece? —dice, pero sus palabras no tienen ni un poco de mordacidad.

Soy incapaz de responder. Ni siquiera puedo mover la cabeza. Lo único que puedo hacer es seguir intentando respirar. Se pone en cuclillas delante de mí.

—Tienes que respirar más despacio —dice. Pero no puedo; me siento como si estuviera corriendo un maratón al ritmo de un esprínter. Él suspira—. Vamos, Percy. Podemos hacerlo juntos. —Me rodea la cara con las manos. Noto sus pulgares sobre mis mejillas, sus dedos enterrados en mi pelo—. Mírame —dice, y hace que levante la cabeza con suavidad hacia él.

Empieza a respirar despacio, contando las respiraciones, como hizo antes, con la frente arrugada. Aunque tardo un minuto en concentrarme, al fin consigo respirar con más facilidad, luego un poco más despacio, y poco después mi corazón se acompasa.

—¿Mejor ahora? —pregunta.

Pero no estoy mejor en absoluto, porque ahora que la neblina ha comenzado a disiparse, recuerdo qué me ha provocado el huracán de ansiedad.

—No —digo con voz ahogada. Con la barbilla temblorosa, lo miro y hago de tripas corazón para pronunciar las palabras mientras sujeta mi cara—. Ya lo sabías.

Traga saliva y aprieta los labios.

—Sí —reconoce con voz ronca—. Lo sabía.

Cierro los ojos y me desplomo sobre la tierra, temblando con sollozos silenciosos. Le oigo decir algo, pero lo único en lo que puedo pensar es en cuánto tiempo lo ha sabido y lo mucho que debe de haberme odiado desde entonces.

Primero noto sus manos en mi espalda y que me rodea con los brazos, y después todo se funde a negro.

18

Invierno, doce años antes

Delilah cogió un taxi desde la estación de tren directamente a mi casa nada más llegar para las vacaciones de Navidad, con la maleta a rastras. Se lanzó a mis brazos en cuanto abrí la puerta. Todavía recuerdo cómo olía cuando apreté la cara contra su hombro: a una mezcla de su abrigo de lana, humedad por la gran nevada y champú Herbal Essences.

—Estás hecha una mierda —comentó al soltarme—. Se supone que no debemos permitir que los hombres nos hagan esto.

—Me lo he hecho yo misma —contesté, y arrugó el gesto con aire comprensivo.

—Ya lo sé —susurró.

Cargó con la maleta hasta mi habitación y se tumbó conmigo en la cama mientras le contaba todo lo que ya le había dicho por teléfono, incluidos los muchos mensajes que le había dejado a Sam y que jamás contestó.

—No me lo he cruzado por el campus —dijo cuando le pregunté—. Pero si lo veo, prometo no ocultártelo.

Tener a Delilah de vuelta en Toronto durante aquellas cortas vacaciones de invierno fue la primera dosis de normalidad que tuve desde el verano. Patel y ella habían retomado su relación (por enésima vez). Según Delilah, no era más que un rollo sin ataduras, pero yo tenía mis dudas. Aunque ya habían hecho planes para verse durante las vacaciones, Delilah se pasó la mayor parte del tiempo conmigo. Cogíamos el metro para ir al centro y dábamos una vuelta tranquilamente por el centro comercial, comíamos *poutine* en la zona de restaurantes y, cuando teníamos los pies destrozados, nos repantigábamos en el cine.

Un día, estábamos sentadas en el suelo de mi habitación, tenedor en mano, zampándonos una tarta de queso entera, y le conté lo difícil que me estaba resultando la universidad, que las palabras no me salían como antes cuando escribía.

—Echo de menos sus comentarios —reconocí con la boca llena de chocolate—. Ya no sé para quién escribo.

—Escribes para ti, Percy, igual que has hecho siempre —dijo—. Yo seré tu lectora. Te prometo que reduciré al mínimo las peticiones para que incluyas más escenas sexuales.

—¿Acaso eso es posible? —pregunté, sintiendo una sonrisa inesperada perfilándose en mi boca.

—Por ti haría lo que fuera —me aseguró con un guiño—. Incluso renunciaría a la literatura erótica.

En Nochevieja, fuimos a la plaza del ayuntamiento, donde tenía lugar un gran concierto y las campanadas. Nos apretujamos para resguardarnos del viento gélido y bebimos vodka de la petaca de su padre con disimulo. No hablábamos de Sam y, cuando estaba con Delilah, me daba la sensación de que alcanzaba a ver más allá de la niebla en la que llevaba meses sumida. Pero cuando ella volvió a Kingston, la niebla volvió a asentarse, perdí completamente la energía, el apetito y cualquier ambición que en su momento tuve de despuntar en la universidad.

Delilah mantuvo su promesa. Me llamó a principios de marzo.

—Lo he visto —dijo cuando descolgué. Sin saludo, sin preámbulos.

Yo iba caminando entre unos edificios en el campus y me senté en el banco más próximo.

—Vale. —Suspiré con fuerza.

—Fue en una fiesta. —Hizo una pausa—. Percy, estaba borrachísimo.

Había algo en su manera de hablar impropio de Delilah, algo demasiado amable.

—No sé si quiero oír lo que viene ahora —pregunté.

—No lo sé —respondió—. No es bueno, Percy. Dime si quieres oírlo.

Agaché la cabeza para que el pelo me cayera por los lados y amortiguara el bullicio de los estudiantes.

—No tengo más remedio.

—Vale. —Respiró hondo—. Me tiró los tejos. Me dijo lo guapa que estaba y me propuso que me fuera con él a su habitación. —Se me cayó el mundo encima—. ¡No lo hice, por supuesto! Lo mandé a tomar por saco y me fui.

—Sam no haría eso —protesté con un hilo de voz.

—Lo siento, Percy, pero sí que lo hizo. Aunque, como te decía, llevaba encima un buen pedo…

—¡Tuviste que hacer algo! —grité—. ¡Seguro que ligaste con él, como haces siempre, o le dijiste lo mono que es o lo que sea!

—¡Claro que no! —exclamó Delilah, ahora con enfado—. No hice ni dije nada para darle a entender que estaba interesada. ¿Cómo puedes pensar eso de mí?

—Tampoco puedes culparme por pensarlo —la corté—. Te gusta zorrear y lo sabes. Te enorgulleces de eso.

El impacto de mis palabras se extendió entre nosotras como una onda expansiva. Delilah se quedó callada. Sabía que seguía ahí únicamente porque oía su respiración y, cuando volvió a hablar, también oí sus lágrimas.

—Sé que estás disgustada, Percy, y siento lo de Sam, pero no vuelvas a hablarme así en tu vida. Llámame cuando estés dispuesta a disculparte.

Me quedé sentada con la cabeza gacha y el teléfono pegado a la oreja hasta mucho después de que me colgara. Era consciente de que no debería haber dicho lo que dije. Era consciente de lo feo que estuvo, y ni siquiera lo pensaba. Pensé en llamarla. En pedirle perdón. Pero no lo hice. Jamás lo hice.

19

En la actualidad

Me despierto en la cama de Sam con un dolor de cabeza martilleante. Una tenue luz rosa azulada entra por la ventana. ¿Cuánto tiempo he estado durmiendo? Acalorada, aparto la sábana. Todavía llevo puestos su camiseta y sus pantalones de deporte, con las rodillas manchadas de tierra. Me quedo tumbada y aguzo el oído, pero en la casa reina el silencio. Hay un vaso de agua y un frasco de Advil encima de la mesilla de noche. Seguramente me los haya dejado ahí Sam.

Tras tragarme dos comprimidos y beberme toda el agua, me siento en el borde de la cama, con los pies en la moqueta y la cabeza entre las manos, a hacer inventario de los daños que he causado. He arrollado a Sam con la verdad en el peor momento posible: el día del funeral de su madre. No he pensado en él; solo quería quitarme ese peso de encima. Y él ya lo sabía. Lo sabía y no quería hablar de ello, al menos en ese momento.

Sam ha dejado mi bolso en el suelo al lado de la cama. Hurgo en busca de mi teléfono. Con la determinación de no apartar a nadie más de mi vida, llamo a Chantal.

—¿P? —dice ella, amodorrada.

—Todavía le quiero —susurro—. Lo he jodido todo. Y le quiero. Y me preocupa que, aunque consiga que me perdone, siga sin ser lo bastante buena para él.

—Eres lo bastante buena —afirma Chantal.

—Pero si soy un desastre absoluto. Y él es médico.

—Eres lo bastante buena —repite.

—¿Y si él no opina lo mismo?

—Pues vuelves a casa, P, y yo te diré por qué se equivoca.

Cierro los ojos y dejo escapar un suspiro tembloroso.

—Vale. Puedo enfrentarme a esto.

—Sé que puedes.

Al colgar, cruzo el pasillo oscuro en dirección al baño. Enciendo la luz y no puedo evitar hacer una mueca al ver mi reflejo en el espejo. Bajo los churretes de rímel, tengo la piel enrojecida y los ojos hinchados e inyectados en sangre. Me lavo la cara con agua fría y me froto la máscara de pestañas hasta dejarme las mejillas en carne viva.

Me llega el olor del café cuando empiezo a bajar de puntillas las escaleras. La luz de la cocina está encendida. Respiro hondo antes de hacerle frente a Sam de nuevo. Pero no es Sam; es Charlie. Está sentado a la mesa, en el mismo sitio que solía ocupar Sue. Tiene una taza en la mano y mira directamente hacia mí, como si me estuviera esperando.

—Buenos días —saluda, levantando la taza de café.

—Te llevaste mi coche —digo desde la puerta.

—Me llevé tu coche —repite. Le da un sorbo al café—. Lo siento. Pero no imaginé que tendrías tanta prisa por marcharte. —Está claro que Sam le ha puesto al corriente de un par de detalles—. Está abajo, en el lago —dice antes de que le pregunte.

Miro hacia allí, y acto seguido a Charlie.

—Me odia.

Él se levanta y se acerca a mí. Esboza una sonrisa amable y me recoge un mechón de pelo detrás de la oreja.

—Te equivocas —dice—. Me parece que lo que siente por ti

es todo lo contrario. —Me escudriña y se le borra la sonrisa—. ¿Tú me odias a mí? —pregunta en voz baja.

Tardo un momento en entender a qué viene esa pregunta, pero entonces caigo en la cuenta: Charlie es la única persona que podría haberle contado a Sam lo que pasó entre nosotros.

—Nunca —le aseguro, pero se me quiebra la voz. Él me abraza con fuerza—. Tampoco te odiaba entonces, después de lo que pasó. Te portaste muy bien conmigo ese verano.

—Tenía segundas intenciones, pero en ningún momento me planteé dar el paso —susurra—. Hasta aquella noche.

—Lo de aquella noche fue culpa mía —afirmo. Charlie me abraza con fuerza y después me suelta—. ¿Puedo preguntarte una cosa? —digo al separarnos.

—Claro —responde con voz rasgada—. Lo que sea.

—¿Tu madre lo sabía?

Se le ensombrece un poco el semblante y yo cierro los ojos, intentando tragarme el nudo que tengo en la garganta.

—Si te hace sentir mejor, se puso furiosa sobre todo conmigo.

—No me hace sentir mejor —digo con voz ahogada.

Asiente con la cabeza. Sus ojos brillan como luciérnagas.

—Intenté explicarle que me sedujiste con golosinas y con tus piernas peludas, pero no logré convencerla. —Se me escapa una carcajada y el ambiente se aligera un poco—. Ella me pidió que te llamara —añade con gesto serio de nuevo. Se me corta la respiración—. Antes de morir. Dijo que él te necesitaría después.

Lo abrazo de nuevo.

—Gracias —susurro.

Sam está sentado en el borde del embarcadero, con los pies en el agua. Aunque el sol todavía no asoma sobre las colinas, el halo que proyecta con su luz sobre la lejana orilla es una promesa de que pronto lo hará. Mis pasos hacen cimbrar las láminas de madera conforme camino hacia él, pero no se gira.

Me siento a su lado, pongo las dos tazas humeantes entre nosotros y me remango los pantalones hasta las rodillas para meter las piernas en el agua. Le paso uno de los cafés y bebemos en silencio. Todavía no se divisa ninguna embarcación y el único sonido es el lejano reclamo lastimero de un somormujo. Ya me he bebido la mitad del café mientras pensaba por dónde empezar, pero Sam se me adelanta.

—Charlie me lo contó esa misma Navidad, cuando volvimos a casa de la universidad —dice, contemplando el agua en calma.

Siento el impulso de interrumpirle para pedirle perdón, pero sé que tiene más cosas que decir y, como mínimo, debo darle la oportunidad de contar su versión a pesar de lo mucho que la temo. Me aterra escuchar lo que ha supuesto para él saber durante todo este tiempo lo que hice, escuchar que llega a la parte en la que me dice que no quiere volver a verme jamás.

Tiene la voz ronca, como si todavía no hubiera hablado esta mañana.

—Me quedé hecho polvo cuando rompimos. No entendía qué había salido mal y por qué te cerraste en banda. Aun si era cierto que no estabas preparada para casarte, o para simplemente hablar de matrimonio, no le encontraba sentido a que hubiéramos terminado. Me daba la sensación de que tal vez había vivido toda nuestra relación de una manera completamente diferente a como la habías vivido tú. Creía que me estaba volviendo loco.

Hace una pausa y me mira por el rabillo del ojo. Aunque noto que la vergüenza me aprieta con más firmeza la garganta y que el corazón me late con más fuerza, en vez de resistirme, acepto que esto me va a resultar desagradable y me centro en Sam y en lo que necesita decirme.

—Creo que Charlie pensó que si me enteraba de lo que de verdad había ocurrido, a lo mejor servía de algo y explicaba por qué me apartaste. —Niega con la cabeza, como si todavía le resultara inconcebible—. Me dijo que aún me querías, que te habías arrepentido nada más hacerlo, que habías perdido los papeles.

—Me dio un ataque de pánico —susurro.

—Sí, en el velatorio llegué a esa conclusión —señala, mirándome de frente.

Está mucho más tranquilo que ayer, pero su tono es inexpresivo.

—Sí que me arrepentí —afirmo. Titubeo antes de ponerle la mano sobre el muslo. Como no se aparta ni se tensa con el contacto, la dejo ahí—. Es de lo que más me arrepiento en mi vida. Ojalá no hubiera ocurrido, pero sí que pasó, y lo siento mucho.

—Lo sé —dice, volviendo la vista hacia el lago, con los hombros caídos—. Siento haber reaccionado así ayer. Pensaba que lo había superado hace años, pero al oírlo de tu boca me sentí como si fuera la primera vez.

Cojo su mano y tiro de ella.

—Eh —digo para que me mire y, cuando lo hace, le doy un apretón fuerte y lo miro a los ojos—. No tienes que disculparte por nada. Yo, en cambio…

Sonríe con tristeza y se pasa la mano por el pelo.

—El caso es que sí tengo que disculparme, Percy.

Frunzo el ceño, confundida. Él sube una pierna al embarcadero y se gira para colocarse y mirarme cara a cara. Saco los pies del agua y me siento con las piernas cruzadas, igual que él.

—Siempre pensaste que yo era perfecto.

—Sam, es que eras perfecto —afirmo, como si fuera obvio.

—¡No lo era! —exclama, rotundo—. Estaba obsesionado con largarme de aquí, y cuando me fui a la universidad me aterraba la posibilidad de cagarla, de haberme creído listo porque me había criado en un pueblo pequeño. Me sentía como si el día menos pensado todos fueran a descubrir que era un fraude. Estaba muerto de miedo y también tenía mucha morriña. Te echaba muchísimo de menos. No quería que supieras lo mal que lo estaba pasando, que eso dañara la imagen que tenías de mí, así que decidí no llamarte.

—Tenías dieciocho años, y era totalmente normal que te sintieras así. Yo era demasiado inmadura para darme cuenta de eso.

Él niega con la cabeza.

—Siempre tuve celos de Charlie. Creo que tú eras consciente de ello. Él apenas estudiaba en el instituto, pero bordaba todos los exámenes. Las chicas caían rendidas a sus pies. Todo le sabía bien. Y contigo pasó lo mismo.

Siento como si mi estómago descendiera en picado cuarenta pisos.

—Fue como si todos mis planes de futuro saltaran por los aires cuando dijiste que no podías casarte conmigo —continúa—, pero aun así pensé que cambiarías de idea. Creí que los dos necesitábamos un poco de tiempo. Sin embargo, luego… Cuando me enteré de lo tuyo con Charlie, me lo tomé muy mal. —Se frota la cara—. Estaba furioso contigo, con Charlie, conmigo mismo. Siempre tuve muy claro lo que sentía por ti: incluso cuando éramos adolescentes sabía que estábamos hechos el uno para el otro. Que éramos dos mitades de un todo. Te quería hasta tal punto que me parecía que la palabra «amor» se quedaba corta para describir lo que sentía por ti. Pero ahora sé que la única razón por la que te fijaste en Charlie fue porque no te dije todo esto. Y lo siento mucho.

Alarga la mano y me separa el labio inferior de los dientes con el pulgar. No me había dado cuenta de que me lo estaba mordiendo.

Voy a contestar, a decirle que no tiene por qué pedir disculpas, que soy la única que debería dar explicaciones, pero me lo impide.

—Cuando volví a la universidad después de las navidades, quería olvidarme de ti, de lo nuestro y de todo —explica—. Quería sacarte de mi cabeza, pero creo que también quería hacerte tanto daño como tú a mí. Estudiaba como loco, pero bebía mucho. Me dio por ir a todas esas fiestas de hermandades, donde siempre había barriles de cerveza y chicas.

Se queda callado. Se me encoge el estómago cuando menciona a otras chicas. Me mira con gesto interrogante, como pidiéndome permiso para continuar; yo respiro hondo y aguardo.

—No me acuerdo de la mayoría de ellas, pero sí de que hubo muchas. Jordie intentaba cuidar de mí. Le preocupaba que pillara algo o que me liara con la novia de algún psicópata, pero yo estaba desatado. Y el caso es que no me servía de nada, daba lo mismo. Pensaba en ti cada día —dice con voz ronca—. Incluso mientras estaba con otras, tratando de borrarte de mis recuerdos, seguías ahí. Cuando me despertaba, a veces sin saber siquiera dónde me encontraba, me moría de vergüenza y te echaba muchísimo de menos. Pero volvía a las andadas una y otra vez con tal de olvidarte. Y entonces, una noche, en una de esas fiestas, en el sótano de una de esas casas, coincidí con Delilah.

Al oír su nombre, se me corta la respiración y me froto el pecho como si pudiera aliviar el dolor que siento bajo el esternón.

Sam espera hasta que vuelvo a mirarle a los ojos.

—Puedes ahorrarte esa parte —digo—. Creo que me la sé.

—¿Te lo contó Delilah?

Asiento con la cabeza.

—Supuse que lo haría. Era muy buena amiga.

Hago una mueca de dolor al recordar lo tremendamente mal que me porté con ella. Me enfadé sin motivo y, cuando mi ira se aplacó, me dio demasiada vergüenza pedirle perdón.

—Estaba como una cuba, Percy. Intenté enrollarme con ella, pero me mandó a la mierda y se largó hecha una furia. Creo que me puse perdido de vómito como dos minutos después.

Exactamente lo que Delilah me había contado. Él deja escapar una risa amarga.

—A raíz de eso, dejé de acostarme con la primera que pillaba. Me limitaba a comer, a ir a clase y a estudiar. Funcionaba como una especie de robot, pero al cabo de un tiempo dejé de estar tan enfadado contigo y con Charlie... y conmigo mismo.

—Lo siento mucho —susurro—. Odio haberte hecho pasar por eso. —Observo las ondas concéntricas que ha formado un pez al saltar. Nos quedamos callados un momento—. Me lo merecía —digo al cabo de unos instantes, volviendo la vista hacia él—. Lo de las otras chicas, que le tiraras los tejos a Delilah, que me gritaras ayer... Me lo merecía por lo que hice.

Sam se inclina hacia delante, como si no me hubiera oído bien.

—¿Cómo que te lo merecías? —repite, con la mirada implacable—. ¿Qué dices? No te merecías nada, Percy, igual que yo tampoco me merecía lo que sucedió con Charlie. Dos traiciones no se anulan entre sí, solo duelen más. —Me coge las manos y las acaricia con los pulgares—. Me planteé contártelo —continúa—. Debería habértelo contado. Recibí todos los correos que me enviaste, e incluso intenté responderte, pero te eché la culpa de todo durante mucho tiempo. Pensé que tal vez siguieras escribiéndome si todavía te importaba, pero dejaste de hacerlo.

Está cabizbajo y me mira a través de las pestañas.

—En cuarto, cuando encontré aquel videoclub con la sección de terror, estuve a punto de ponerme en contacto contigo. Pero pensé que era demasiado tarde. Que habrías pasado página.

Niego con la cabeza enérgicamente. De todo lo que me acaba de decir, esto es lo que más me duele.

—No pasé página —digo con voz ahogada.

Le aprieto los dedos y nos quedamos mirándonos el uno al otro durante largos instantes. Y justo entonces me viene a la cabeza el eco de las dos palabras de ayer, resonando en tentativos ondas de felicidad.

«Te quiero».

Sam sabe lo mío con Charlie desde hace años, lo sabía desde el primer momento de mi llegada. Ha roto con su novia a pesar de saberlo.

«Te quiero. Creo que nunca he dejado de quererte».

Hace un rato, durante mi ataque de pánico, no conseguí pronunciar esas palabras, pero ahora se pegan a mis costillas como la melaza.

—Aún no lo he hecho —susurro.

Aunque está totalmente inmóvil, sus ojos danzan frenéticos sobre mi cara, y ladea la cabeza como si lo que acabo de decir no tuviera sentido. Ahora que hay más luz, veo lo rojos que tiene los ojos. No debe de haber dormido mucho anoche.

—Pensé que jamás volvería a verte. —Me falla la voz y trago saliva—. Habría dado lo que fuera por sentarme en este embarcadero contigo, por oír tu voz, por tocarte. —Le acaricio la mejilla, cubierta de barba incipiente y él posa la mano sobre la mía y la deja ahí—. Me enamoré de ti a los trece años y nunca he dejado de quererte. Siempre has sido tú.

Sam cierra los ojos durante tres largos segundos y, al abrirlos, son como dos lagos azules resplandecientes bajo un cielo estrellado.

—¿Lo juras? —pregunta.

Y, sin darme tiempo a responder, pone las manos sobre mis mejillas y acerca sus labios, llenos de ternura y perdón, a los míos, y es Sam en estado puro. Los aparta demasiado pronto y apoya la frente contra la mía.

—¿Puedes perdonarme? —susurro.

—Te perdoné hace años, Percy.

Me mira fijamente a los ojos, sin decir una palabra, durante un momento.

—Tengo una cosa para ti —dice.

Se aleja de mí y hurga en su bolsillo. Bajo la vista al notar que está trasteando con algo alrededor de mi muñeca.

No es tan llamativa como antaño: el naranja y el rosa están desvaídos; el blanco, grisáceo; y ha dado de sí. Pero ahí está, después de tantos años, la pulsera de la amistad de Sam, anudada en mi muñeca.

—Te dije que te regalaría algo si cruzabas el lago. Supuse que te merecías un premio de consolación —dice, y le da un tironcito a la pulsera.

—¿Amigos de nuevo? —pregunto, al tiempo que noto la sonrisa que se extiende hasta mis mejillas.

La comisura de su boca se eleva.

—¿Podemos hacer fiestas de pijamas como amigos?

—Si no recuerdo mal, las fiestas de pijamas forman parte del trato —respondo, y acto seguido añado—: No quiero cagarla de nuevo con esto, Sam.

—Me parece que cagarla forma parte del trato —contesta, y me rodea la cintura con el brazo—. Pero creo que la próxima vez igual se nos da mejor solucionarlo.

—Me parece bien.

—Me alegro —dice—. Porque a mí también.

Me pone en su regazo y le acaricio el pelo. Nos besamos hasta que el sol se eleva sobre la colina y nos envuelve en un manto cálido y radiante. Cuando finalmente nos separamos, ambos esbozamos una gran sonrisa tonta.

—Bueno, ¿y ahora qué? —pregunta Sam con voz cavernosa, mientras recorre con el dedo índice las pecas de mi nariz.

Se supone que tengo que dejar la habitación del motel libre esta misma mañana. No tengo ni idea de lo que va a pasar después de eso, pero sí de lo que vamos a hacer justo ahora.

Le quito la camiseta, le acaricio los hombros y sonrío.

—Creo que deberíamos darnos un baño.

EPÍLOGO

Un año después

Esparcimos las cenizas de Sue en el lago un viernes de julio por la noche. Sam y Charlie tardaron un año entero en estar preparados para dejarla marchar. Elegimos esa época del año porque, en las rarísimas ocasiones en las que Sue pasaba una noche de verano en casa con los chicos, servía la cena en el porche, justo cuando la luz del sol comenzaba a bañar la lejana orilla del lago, y suspiraba de gozo. «No sé si es más bonito porque casi nunca tengo ocasión de verlo por esta época o si siempre es así de especial —me comentó en una ocasión mientras poníamos la mesa—. Es la hora mágica».

Y sí que lo parece mientras Sam y yo, agarrados de la mano, bajamos la colina detrás de Charlie en dirección al lago. El resplandor dorado ilumina hasta el último detalle de la hilera de árboles y la orilla, que no se distinguen cuando el sol está alto. El agua parece aquietarse, como si también disfrutara de un descanso para tomar una copa y hacer una barbacoa en familia. Caminamos por la pasarela de madera del embarcadero de los Florek y nos subimos al barco banana.

Tanto Charlie como Sam coincidieron en que era necesario que el barco formase parte de este momento, en dar un paseo en el barco de su padre para despedirnos de su madre. Habían intentado repararlo entre los dos en los escasos fines de semana de primavera en los que a todos nos fue posible volver de la ciudad. Yo tenía mis dudas respecto a su ambicioso plan, pero Charlie insistió en que ya lo habían arreglado una vez y que podrían hacerlo de nuevo. Sam comentó que era mucho más manitas que antes. Ninguna de las dos cosas resultó ser cierta.

Durante un puente en mayo, los encontré en el garaje, embadurnados de grasa, medio borrachos y golpeando con frustración el casco del barco. Al día siguiente lo trasladaron al puerto deportivo.

Charlie se pone a timón, Sam toma asiento a su lado y ponemos rumbo al centro del lago. Yo los observo desde el banco delantero, el mismo en el que me di cuenta, hace años, de que me había enamorado de mi mejor amigo. Hoy Sam lleva puesto el traje porque otra cosa que Charlie y él han acordado es que la ocasión requiere chaqueta y corbata, a pesar de lo mucho que ambos las detestaban. Sam tiene pinta de adulto, lo que aún me resulta chocante, pero también hay en él algo de aquel cerebrito de ciencias flacucho del que me enamoré.

Cuando me pilla mirándolo, me dedica una sonrisa torcida y, sobre el ruido del motor, articula con los labios un «Te quiero». Yo hago lo mismo. Charlie lo ve y le da un golpe en el brazo a Sam al poner el motor al ralentí. No hay un alma en el lago.

—No es momento para coqueteos, Samuel —dice Charlie, guiñándome un ojo.

Ahora todos vivimos en Toronto: Sam y yo en un pequeño piso de alquiler en el centro, y Charlie en uno más pijo que tiene en propiedad en un barrio residencial exclusivo, situado a cinco paradas en metro al norte del nuestro. Entre las largas jornadas de trabajo de Charlie, los turnos de Sam en el hospital y el tiempo que dedico a la escritura (desde que Sam me convenció para que lo intentara, sin presiones, hago malabares para sacar unas horas de madrugada antes de irme a la oficina), no pasamos juntos tantos ratos como nos gustaría. Y nos gusta mucho pasar tiempo juntos. Es una revelación y un alivio. Sí, hubo momentos desagradables y un par de discusiones, sobre todo durante aquellos primeros encuentros, pero aquí estamos los tres, con el pelo al viento, el sol en la cara, navegando a gran velocidad hacia el centro del lago Kamaniskeg en el barco banana.

A Sam y a mí también nos ha costado mucho llegar a este punto. Hemos tenido que adaptarnos a nuestra relación, confiar el uno en el otro y, en lo que a mí respecta, plantar cara a la insistente vocecilla que me dice que no soy lo bastante buena, que no lo merezco a él ni ser feliz. Hemos tenido más de una bronca, nos hemos echado cosas en cara y nos hemos gritado, pero hemos trabajado para solucionarlo y seguimos juntos. También seguimos siendo amigos, y esa ha sido la parte fácil: las risas, las pullas, los ánimos... Todavía podemos comunicarnos sin palabras. Y le hemos sacado mucho partido a la colección de películas de terror de Sam.

Sam se aferra a la urna, un recipiente de madera pulido con esmero que a simple vista resulta demasiado pequeño para contener todo lo que era Sue. Su sonrisa. Su confianza en sí misma. Su amor.

—¿Y bien? —le pregunta a su hermano—. ¿Estás listo?

—No —contesta Charlie—. ¿Y tú?

—Qué va —responde Sam.

—Pero ha llegado el momento —señala Charlie.

Sam coincide con él.

—Ha llegado el momento.

Sam se dirige a la parte de atrás mientras Charlie, desde el asiento del patrón, observa cómo su hermano destapa la urna y apoya las piernas contra la popa del barco. Sam vuelve la cabeza, primero hacia mí y después hacia Charlie, y asiente.

—Dale —dice.

Charlie empuja la palanca del acelerador y el barco toma velocidad en el agua. Sam levanta la urna y la inclina ligeramente para esparcir las cenizas de Sue en el aire a medida que el barco avanza, formando un tenue hilo grisáceo que, en cuestión de segundos, desaparece sobre el azul intenso del agua.

Volvemos a la casa en silencio, Charlie delante y Sam junto a mí, con el brazo alrededor de mis hombros. Oímos música y risas antes de llegar a la mitad de la cuesta.

Habrá decenas de personas reunidas en la casa de los Florek, en una gran fiesta, tal y como Sue habría querido. Dolly y Shania sonarán por los altavoces. Habrá muchísima comida, cerveza y vino. Habrá *pierogi* preparados por Julien, que compró La Taberna con un «descuento familiar» a Charlie y Sam. Habrá decenas de invitados: todas las personas que apreciaban a Sue, incluidos mis padres, y algunas que no tuvieron la oportunidad de conocerla pero les habría gustado, como Chantal. Y habrá un destello de pelo rojo, porque una de las cosas más difíciles que hice el año pasado fue pedirle perdón a Delilah. Cuando quedé con ella en una cafetería en Ottawa, me esperaba que se mostrase educada e indiferente porque había pasado muchísimo tiempo. No esperaba que me abrazase y que me preguntase por qué demonios había tardado tanto.

Y esta noche, más tarde, cuando todos se hayan ido y Sam y yo nos quedemos a solas en pijama en el sótano, habrá palomitas, una película proyectándose al fondo y un anillo guardado en una antigua cajita de madera con mis iniciales grabadas en la tapa. Estará tejido con hilos de bordado a juego con la desvaída pulsera de mi muñeca. E hincaré una rodilla en el suelo y le pediré a Sam Florek que se quede conmigo. Que sea mi familia. Para siempre.

AGRADECIMIENTOS

En julio de 2020, decidí escribir un libro. Era algo de deseaba hacer desde hacía mucho tiempo, pero estaba enterrado en el fondo de mi corazón y de mi mente. Pensaba que jamás conseguiría sacar tiempo para ello y estaba convencida de que, si lo intentaba, no sería capaz de terminarlo. Además, he sido editora: durante quince años mi trabajo consistió en contribuir a que las palabras de otros escritores brillaran. Pero ese verano, cuando la pandemia me hizo plantearme las grandes preguntas de la vida, decidí no postergarlo más. Me puse dos objetivos: escribir el borrador de una novela para finales de año y hacerlo bien. No hacía falta que fuera perfecto, pero sí que me sintiera orgullosa de él. No sabía que escribir *Todos nuestros veranos* sería el proyecto más gratificante que he emprendido en mi vida. No sabía que me daría tantas alegrías en tiempos difíciles. Y tampoco sabía que llegaría a convertirse en un libro como tal y yo, en escritora. Y por esto último, tengo muchas personas a las que dar las gracias.

La primera es Taylor Haggerty, la agente literaria de mis sueños. Reprimí las lágrimas cuando se ofreció a representarme. Es una auténtica superheroína dotada de un sagaz instinto, un impecable criterio editorial e hizo gala de una paciencia infinita con una novelista novata que tenía un montón de preguntas.

No podría haber pedido una mejor compañera en este viaje. Taylor, gracias por creer en mí y en este libro.

Desde nuestra primera conversación, intuí que Amanda Bergeron estaba destinada a ser mi editora. Estaré eternamente agradecida (y un poco alucinada) porque eso es justo lo que ocurrió. Tanto Amanda como yo estábamos embarazadas mientras trabajamos en *Todos nuestros veranos*, y me encanta que lo trajéramos al mundo junto con dos criaturas. Amanda, gracias por tu pasión inagotable por la historia de Percy y Sam, y por todo lo que has hecho para darle vida.

He tenido la fortuna de contar con el talento y la orientación de otra brillante editora, Deborah Sun de la Cruz. Deborah, gracias por tus ingeniosas correcciones y por reunir a las tropas canadienses para el libro. Me siento sumamente agradecida de tenerte en mi equipo.

A Sareer Khader, Ivan Held, Christine Ball, Claire Zion, Jeanne-Marie Hudson, Craig Burke, Jessica Brock, Diana Franco, Brittanie Black, Bridget O'Toole, Vi-An Nguyen, Megha Jain, Ashley Tucker, Christine Legon, Angelina Krahn y al equipo de ventas de Berkley, así como a Jasmine Brown y al equipo de Root Literary: gracias por vuestro entusiasmo con este libro y por vuestro arduo trabajo a la hora de publicarlo.

Gracias a Nicole Winstanley, Bonnie Maitland, Beth Cockeram, Dan French y Emma Ingram de Penguin Canada por hacer un hueco tanto a mí como a *Todos nuestros veranos* en Canadá. Gracias también a Heather Baror-Shapiro por convertir el libro en un auténtico fenómeno internacional, y a Anna Boatman y al equipo de Piatkus por publicar la novela en el Reino Unido, Nueva Zelanda y mi otra tierra natal, Australia.

A Ashley Audrain y Karma Brown: gracias por vuestra extraordinaria amabilidad, apoyo y sabios y valiosísimos consejos acerca de cómo enfrentarme al mundo editorial y a tener vida de escritora.

A Meredith Marino, Courtney Shea y Maggie Wrobel: gracias por ser mis primeras lectoras y por vuestros agudos comentarios (¡nada menos que a dos semanas de que expirara el plazo!). Tengo la suerte de contar con la amistad de estas mujeres tan brillantes y motivadoras. En las primeras fases de este libro, envié a Meredith las diez primeras páginas del manuscrito, y me prometió darme su opinión con sinceridad. Poco después, recibí este mensaje de ella: «¡¡¡Creo que vas a ser una escritora de verdad!!!». Meredith, tenías razón, como siempre. Gracias por infundirme confianza para seguir adelante.

Me aterraba dejar que mi marido leyera el primer borrador. Me aterraba tener que vivir bajo su mismo techo mientras lo leía, seguramente odiando cada palabra. Marco se pasó varios días convenciéndome para que me dejara de tonterías y le diese una copia del manuscrito. Cuando por fin cedí, lo leyó a una velocidad de vértigo y me aseguró que era «un libro de verdad» y que lo había disfrutado mucho. También comentó que estaba lleno de erratas. Gracias, Marco, por corregir el manuscrito antes de que lo enviara. Gracias por no poner objeciones cuando de pronto anuncié que iba a escribir un libro y a dedicarle tiempo todos los días. Gracias por cuidar de Max mientras yo escribía. Y, por encima de todo, gracias por ayudarme a armarme de valor y no permitir que el miedo se interpusiese en mi camino.